연필로 쓰기

연필로 쓰기

김훈 산문

문학동네

일러두기

1. '연필로 쓰기'는 정진규 시인(1939~2017)의 시 제목이다. 이 시는 『정
   진규 시선집』(책만드는집, 2007)에 수록되어 있다.
2. 이 책은 2018년 9월부터 2019년 1월까지 문학동네 네이버 카페(cafe.
   naver.com/mhdn)에 '누항사―후진 거리의 노래'라는 제목으로 연
   재한 글을 묶은 것이다. '누항사'에 포함되지 않은 글은 말미에 별도로
   발표 지면을 표기했다.

알림

나는 여론을 일으키거나 거기에 붙어서 편을 끌어모으려는 목표를 가지고 있지 않다. 나의 글은 다만 글이기를 바랄 뿐, 아무것도 도모하지 않고 당신들의 긍정을 기다리지 않는다.

나는 나의 편견과 편애, 소망과 분노, 슬픔과 기쁨에 당당하려 한다. 나의 이야기가 헐겁고 어수선해도 무방하다.

나는 삶을 구성하는 여러 파편들, 스쳐지나가는 것들, 하찮고 사소한 것들, 날마다 부딪치는 것들에 대하여 말하려 한다. 생활의 질감과 사물의 구체성을 확보하는 일은 언제나 쉽지 않았다.

이 책의 출간으로, 나의 적막이 훼손된다면 그것은 전혀 내가 바라는 바가 아니다.

2019년 봄

일산에서 미세먼지fine dust를 마시며

김훈 쓰다

차례

2부

지우개는 나의 망설임이다

3부

연필은 깎아지고 가루는 쌓인다

시작! →

연필은 내 밥벌이의 도구다.
글자는 나의 실핏줄이다.
연필을 쥐고 글을 쓸 때
나는 내 연필이 구석기 사내의 주먹도끼,
대장장이의 망치, 뱃사공의 노를
닮기를 바란다.

지우개 가루가 책상 위에
눈처럼 쌓이면
내 하루는 다 지나갔다.
밤에는 글을 쓰지 말자.
밤에는 밤을 맞자.

1부

연필은
나의 삽이다

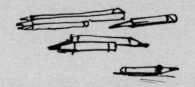

호수공원의 산신령

지난여름은 너무 더워서 호수공원에 나온 사람이 거의 없었다. 인적 없는 공원에 연꽃이 피어서 그윽했다. 수련 꽃은 물위에 내려앉은 별들처럼 보였다. 연꽃은 여기저기 피어 있어도 무리를 짓지 않고, 혼자서 피어 있다. 연꽃은 활짝 피어 있어도 소란스럽지 않다. 연꽃은 늘 고요하고 차분하다. 연꽃은 절정에서도 솟구치지 않고 안쪽으로 스민다. 홍련紅蓮이나 백련白蓮이나, 연꽃의 색깔은 이 색에서 저 색으로 흘러가고 있다. 수련의 잎은 수면 위에 붙어서 기름진 빛으로 반짝거리고, 연잎은 코끼리 귀처럼 너울거리면서 꽃을 받쳐준다. 연잎은 꽃과 봉오리에 시립侍立한 시녀들 같다. 연꽃의 봉오리는 멀리서부터 가까이 다가오는 기별처럼 기척이 없는데, 그 봉오리가 조금씩 벌어지는 모습은 곤한 잠에서 서서히 깨어나서 이승으로 다가오는 꿈처럼 보인다.

이제, 호수공원의 연꽃은 모두 시들었다. 여름에 빛나던 꽃일수록, 가을에는 더 참혹하게 무너진다. 연잎은 누렇게 시들고 걸레처럼 썩어서 물에 떨어지고, 줄기는 모두 목이 부러져서 꺾인다. 수면에는 연꽃의 잔해로 누런 폐허가 펼쳐진다.

백일홍은 한꺼번에 떨어지지 않고 좀먹듯이 부스러져 내리는데, 그 꽃이 여름 내내 찬란했던 만큼 꽃이 떨어진 자리는 횅하다. 백일홍百日紅은 오랫동안 피어서 백일홍인데, 꽃이 질 때도 느릿느릿 사위어간다.

무너져서 결실을 이루니, 무너짐과 피어남이 본래 같은 것임을 가을의 호수공원에서 나는 안다.

여름꽃들이 모두 질 때 억새는 홀로 피어나서 바람 속으로 꽃씨를 퍼뜨린다. 풍매風媒하는 풀꽃들은 벌과 나비를 부르지 않는다. 억새꽃은 향기도 없고 꿀도 없다. 생김새는 초라하고 색깔은 희뿌옇다. 꽃씨는 가볍고 또 작아서 사람의 눈에 띄지 않는다. 억새꽃씨는 바람에 흩어지는 미립자이다. 억새는 바람의 풀이다. 억새가 가진 것은 저 자신 하나와 바람뿐이다. 그래서 억새꽃은 꽃이 아니라 꽃의 혼백처럼 보인다. 가까이 가서 들여다보면 이 혼백 안에 가을빛이 모여서 반짝거린다. 작은 꽃씨 하나하나가 가을빛을 품고 있다. 가을 억새는 날마다 말라가면서 이 꽃씨들을 바람에 맡긴다. 꽃씨들이 모두 흩어지면 억새는 땅에 쓰러지고, 가을은 다 간 것이다.

연꽃 줄기가 꺾인 자리에, 백일홍이 떨어진 자리에, 억새가 쓰러진 자리에, 가을 잠자리들이 내려와 앉는다. 가을 잠자리는 바람을 거슬러 날지 못하고 낮은 자리에 오래 앉아 있다. 가을 잠자리의 날개는 수평보다 아래로 처져 있다. 가을 잠자리는 내려앉은 채 바람에 흔들리는데, 잠자리가 흔들리면 잠자리 날개 무늬에 내려앉는 가을빛이 흔들린다. 잠자리는 그 자리에서 겨울을 나지는 못할 터이고, 거기서 마지막을 맞을 작정인가보다. 첫 추위에 모든 잠자리들은 죽는다고 하는데, 잠자리들이 어디서 죽는지 알 수 없다. 나는 자연사한 잠자리의 무리를 본 적이 없다. 그것들의 작은 육신도 억새꽃씨처럼 바람에 흩어지는 모양이다.

매미 울음소리가 사라져서 가을의 공원은 더욱 고요하다. 가끔씩 늦매미들이 우는데, 늦매미 울음은 여름날의 울음처럼 맹렬하거나 집요하지 않다. 매미의 울음은 수매미가 암매미를 부르는 구애의 절규라고 하는데, 저 작은 벌레가 어찌 그런 놀라운 사랑의 마그마를 쓰나미 같은 목청으로 폭발시키는 것인지, 사람보다 낫구나 싶다.

가을 매미는 마그마가 고갈되어서 두어 번 울다가 울음을 그친다. 그 짝들도 이미 기력이 다해서 찾아오지 않는다. 마지막으로 한번 더 울어보는 매미의 울음을 그 짝들이 경청해주기를 나는 바랐다. 첫 추위에 이것들도 다 죽는다.

가을이 깊어지면 물속의 자라들은 바위에 올라가서 햇볕을 쪼인다. 자라들은 볕을 몸속에 저장해서 겨울을 날 작정인 모양이다.

자라들은 몇 시간이고 같은 자리에 앉아서 미동도 하지

않고, 저네들끼리 장난도 치지 않는다. 자라는 오직 고요해서, 바위와 구별하기 힘들다.

자라의 눈은 바늘구멍처럼 작은데, 그 구멍으로 날카로운 빛을 쏘아낸다. 자라들은 그 눈으로 공원 너머의 내 작업실 쪽 빌딩들을 바라보고 있다. 나는 자라의 눈을 들여다보면, 가슴이 답답하다. 자라는 무엇을 생각하고 있는가. 자라의 마음에 관해서 인간은 무엇을 아는가. 자라는 인간의 언어개념을 가지고 있지 않은데, 인간이 자라를 설명할 수 있겠는가. 자라와 내가 동일한 대상을 바라보고 있을 때, 자라의 눈에 보이는 것과 내 눈에 보이는 것은 같은가 다른가. 자라의 눈에는 내가 자라로 보이는가……

이래서, 나는 자라의 눈을 오랫동안 들여다보지 못한다.

공원 안 동물원의 두루미는 햇볕 비치는 자리에 외발로 서서 목을 틀어 머리를 죽지 밑에 파묻고 있다. 아이들이 불러도 두루미는 쳐다보지 않는다. 두루미는 한쪽 다리로 한나절을 서 있으면서도 다리를 바꾸지 않는다. 어떤 때는 흙을 파고 들어앉아서 사람 쪽을 외면하고 있다. 두루미는 시베리아를 오가는 철새인데, 사람한테 붙잡혀서 갇혀 있다. 가끔씩 날개를 펴고 높은 소리로 울면서 철장 안을 날아보는데, 그때 두루미는 가장 불쌍하다.

두루미는 얼마 전까지 한 마리였는데 그후에 짝을 지어주어서 지금은 두 마리다. 이 두루미는 금실이 안 좋아서 늘 따로따로 논다. 한 놈은 저쪽에서 외발로 서 있고, 다른 놈은 그 반대쪽에서 외발로 서 있다. 두루미에게는 대체 어떤 외로움이 있다는 것인가. 가을에 두루미는 더 쓸쓸해 보인다. 저런 서먹한 금실로 어찌 겨울을 나겠는가 싶다.

호수의 잉어는 천적이 없고 먹을 게 많아서 그런지 다들 살쪄 있고 움직임이 활발하다. 잉어는 얼음 밑에서 겨울을 나니까, 물이 차가워질수록 신나는 모양이다.

내가 물가에 서면 잉어들이 다가오는데, 그중에서 대가리에 흰 점 박히고 주둥이 둘레가 립스틱 칠한 것처럼 빨간 놈이 특히 나에게 자주 왔다. 나는 그놈이 나를 알아보고, 나를 맞이하러 오는 걸로 생각했다. 나는 이걸 동네 아이들한테 자랑했는데, 물론 아이들을 즐겁게 해주기 위한 것이었다. 그랬더니 아이들이 저마다 제 물고기를 정해놓고 물가에서 서로 "온다 온다, 내 거야" 하면서 재재거렸다. 언젠가는 동네 인터넷방송 기자가 이 소문을 듣고 진짜로 물고기가 특정 사람을 알고 찾아오는지를 촬영하러 오겠다고 해서 내가 말렸다. 나는 그 기자에게 아이들의 놀이를 훼방 놓지 말아달라고 부탁했다. 겨울에 호수가 얼면, 잉어도 자라도 얼음 밑으로 들어가고 오리도 나들이를 하지 않으니까 물가에서 놀던 아이들은 심심하다.

나는 20년째 일산 신도시에서 살고 있다. 50살 때 이사 와서 지금 70살이 되었다. 20년 전에 이사 올 때는 지금의 정발산동에 마을이 없었고, 집은 나의 집을 포함해서 두 채뿐이었다. 나는 지금의 일산동구청과 롯데백화점 자리에서 연을 날리며 놀았다. 50대와 60대는 어려운 시절이었는데, 나는 정발산의 숲과 호수공원 나무에 많이 의지했다. 고양시는 그 20년 동안에 인구 100만이 넘는 대도시로 커졌다.

20년 전의 어린 나무가 이제는 크게 자라서 잎이 무성하고 그늘을 거느려서 사람과 새를 모은다. 나는 내가 점 찍어놓은 나무들이 자라는 과정을 20년 동안 들여다보았다. 나무의 우듬지 쪽 윗가지들은 새롭게 뻗어나와서 바람에 출렁거리지만, 밑동에 가까운 굵은 가지들은 더 굵어지고 껍질이 더 거칠어지기는 했지만, 가지가 벌어진 각도나 방향은 어렸을 때의 표정을 그대로 지니고 있다.

나무는 커졌고, 사람들은 사라졌다. 20년 전에 공원에서 장기를 두던 노인들은 이제는 보이지 않는다. 노인들은 이사를 갔거나 세상을 떠났다. 지금은 그들의 뒤를 잇달아서 늙은, 다른 노인들이 장기를 두고 있다. 이 판에서는 처음 만나는 사람끼리도 장기를 둔다. 다 같이 늙었다는 동류의식이 작용하는 때문일 것이다. 노인들은 장기판을 들고 여름에는 그늘을, 겨울에는 햇볕을 따라서 옮겨다닌다.

장기판 둘레에는 여러 노인들이 둘러서서 구경을 하고 있다. 겨울의 눈구덩이 속에서도 노인들은 오리털 외투를 입고 털모자를 쓰고 장기를 둔다. 손을 주머니 속에 넣고 있다가 장기 말을 옮길 때만 뺀다. 호수공원의 장기판은 수준이 높아서 내 실력으로는 끼어들기 어렵지만, 나는 하수들끼리 겨루는 판에서 몇 번 붙어본 적이 있었는데, 판판이 깨졌다. 나는 장기판 둘레에 서서 구경도 많이 했는데, 실전하고 달라서 구경으로는 실력이 향상되지 않았다.

1부 연필은 나의 삶이다

패자부활전을 기다리는 노인들은 줄담배를 피워가며 잡담을 했다. 노인들은 죽음을 아주 가볍게 이야기하고 있었다. 나는 엿들으면서 메모를 했다.

—그, 최씨 있잖아, 1·4 때 내려왔다는 사람. 요즘 안 보이네.

—그 사람 죽었대. 부산 사는 아들네 집에 가서는 죽었다는구만.

—그래? 멀어서 문상 못 가네.

—이 사람아, 장기판에서 무슨 문상인가?

—아니 최씨가 누구야? 난 기억 안 나.

—아, 거 왜 상象 잘 쓰는 사람 있잖아, 상으로 난데없이 옆구리 찌르는 사람 말이야. 못 당하지, 못 당해.

상 잘 쓰는 사람! 나는 이 사소한 것의 신선함에 놀랐다. 이렇게 기억되는 생애는 얼마나 가벼운가. 상은 사정거리가 너무 길고 진로에 장애가 많아서 나는 상을 잘 부리지 못한다. 나는 초장부터 상을 상대의 졸과 바꿔놓고 끝판에 후회한다. 나중에 호수공원 장기판에서 나는 '상 못 쓰는 사람'으로 기억될 법한데, 잘 쓰는 사람은 기억되지만 못 쓰는 사람은 기억되지 않는다.

언제나 혼자서 산책 다니는 노인도 있다. 내가 아는 한 노인은 늘 추석이나 한식 때 성묘 가서 만난다. 산소는 일산에서 가깝다. 내 돌아가신 아버지의 묘소와 그 노인의 아내의 묘소가 바로 이웃이다. 묘비를 보니까, 노인의 아내는 40대에 죽었고 자식은 없었다. 노인은 늘 혼자서 아내의 무덤에 왔다. 제사음식도 없고, 절도 하지 않았다. 낫 한 자루와 호미 한 개를 들고 와서 풀을 깎고 잡초 뿌리를 뽑았다. 그 묘지에는 넝쿨이 우거져서 봉분을 덮었다. 걷어내려면 한나절이 걸렸다. 노인은 힘이 부쳐서 자주 쉬었다. 나는 노인의 작업을 거들어주었다. 작업을 마치고 돌아갈 때, 노인은 무덤을 향해서 나 간다, 라고 말했다.

이 노인은 나보다 열 살쯤 위였는데, 몇 년 뒤부터는 전동휠체어를 타고 호수공원에 왔다. 내가 웬일이냐고 물으니까 무릎에 관절염이 왔다고 했다. 노인은 휠체어에 음향기기를 매달아놓고, 노래를 들으면서 존다. 노인이 늘 듣는 노래는 남인수, 배호이다.

찾아갈 곳은 못 되더라 내 고향

버리고 떠난 고향이길래[*]

이 노인도 보이지 않은 지가 오래다.

20년 전에는 공원에 개들이 별로 없었는데, 지금은 개들이 많아졌다. 주인을 따라서 공원에 나온 개들은 덩치나 생김새가 제가끔인데, 다들 잘 손질되어 있고 교양 있어 보인다. 서양 귀부인 같은 개도 있고 동화 속의 천사 같은 개들도 있다. 개들은 잘 교육받아서 함부로 날뛰거나 짖어대지 않고 먹을 것을 봐도 껄떡거리지 않는다. 줄이 풀어진 개들도 주인이 부르면 달려와 꿇어앉아서 스스로 사슬을 받는다. 일산 공원에 이 우아한 개들이 늘어나고 개 관련 업소가 성업중인 현상은 고양시민의 생활 정서가 안정되어가는 증거라고 말하는 사람들도 있다.

내 소년 시절에는 개들이 거리에서 자유롭게 흘레붙었다. 동네 악동들의 온갖 신나는 장난질들 중에서 개흘레를 응원하는 놀이는 상위 랭킹에 속하는 즐거움이었다. 학교

* 남인수 노래 〈고향의 그림자〉 첫 소절.

가 파하고 집에 돌아가는 길에 개흘레를 만나면, 아이들이 빙 둘러서서 흘레를 응원했다. 개 두 마리가 꽁무니를 마주대고, 운동회 때 줄다리기하는 것처럼 서로 반대쪽으로 끌고 당겼는데 아이들은 이쪽 개, 저쪽 개 편을 갈라서 박수치며 응원했다. 어른들이 이 남세스러운 꼴을 보다못해 뜨거운 물을 개에게 끼얹으면 개 두 마리는 교미를 해체하고 깨갱거리면서 달아났는데, 그때 아이들은 배를 잡고 깔깔거렸다. 이 짓거리는 참으로 신났다.

일산 호수공원의 개들은 흘레를 붙지 않는다. 나는 이 사태를 매우 괴이하게 생각한다. 흘레를 마음대로 붙지 못하는지, 흘레할 생각이 아예 없는지, 개노릇하기도 쓸쓸하고 힘들어 보인다. 사람의 마을에서 사는 개들은 경계심이 거의 없고, 먹이를 다투지 않고, 기아나 죽음과 싸우지 않는다. 인간의 사랑을 갈구하는 성정이 개의 본능이 되었고, 이 본능은 유전된다. 개는 개가 아닌 것이 됨으로써 아파트에서 살 수 있다. 개들은 저 자신이 무엇을 잃어버렸는지를 모른다. 사람도 이와 다르지 않다. 벤치에 앉아 있는 내 앞으로 우아하고 외로운 개들은 지나가고 지나간다.

아무리 품격 높은 개라 하더라도 아무데서나, 누가 보

건 말건 똥오줌을 눈다. 이 배뇨 방변은 개들의 마지막 자유처럼 보인다. 개가 똥을 누려고 쩔쩔매다가 쭈그리고 앉으면 개주인은 아무 도리 없이 개의 똥 마려움을 존중할 수밖에 없다. 망아지만큼 큰 개들은 똥의 물량도 엄청나고 오줌은 길 위로 길게 흘러간다.* 개를 데리고 가던 젊은 여성이 개똥을 집게로 주워 봉지에 담는데, 개오줌은 처리할 수가 없다. 남의 개가 싼 똥은 공원 당국이 치울 때까지 아무도 치우지 않는다. 개똥은 땅에 말라붙어 가을바람에 똥가루가 날린다. 개주인 남녀들 중에서 어떤 사람들은 개똥 봉지를 공원 쓰레기통이나 대로변 쓰레기통에 버리고 가서 파리가 들끓는다. 이것은 개똥을 치운 게 아니라 이동시킨 것에 불과하다.** 우아하고 교양 있는 개를 데리고 가는 남녀들이 어찌 이런 짓을 하는가. 이런 사람들이 개고기를 가끔 먹는다고 해서 나를 비난할 수 있겠는가.

---

* 도시공원 및 녹지 등에 관한 법률에 따르면 개똥을 안 치우면 벌금 5만 원, 벤치 위에 싼 개오줌을 안 치워도 벌금 5만 원인데, 길바닥에 싼 개오줌은 양에 관계없이 벌금을 내지 않는다.
** 개똥이 얼마나 더러운지에 대해서는 다음 글 「밥과 똥」에서 다시 말하겠다.

유치원에 다니는 동네 아이가 공원에서 두발자전거를 타다가 넘어졌다. 나는 벤치에 앉아 있었다. 뒤따르는 자전거들이 많았으므로, 나는 아이를 안아서 길 밖으로 데리고 나왔다. 아이는 무르팍이 깨져서 피가 조금 배어나왔다. 아이는 엄마를 부르며 울었다. 아이는 핸드폰을 가지고 있지 않았다. 나는 아이에게 엄마 핸드폰 번호를 물어서 내 핸드폰으로 엄마에게 연락해주었다. 집이 가까워서 엄마는 금세 달려왔다. 젊고 아름다운 엄마였다. 울음을 그쳤던 아이는 엄마를 보자 다시 울음을 터뜨렸다. 아이들은 엄마를 보면 참았던 설움이 복받치는 모양이다. 아이는 울면서 엄마한테 말했다.

—내가 넘어져서 우는데, 이 산신령 할아버지가 날 구해줬어.

아이 엄마는 우는 아이를 안고 달래면서 깔깔 웃었다. 아이 엄마가 말했다.

—얘가 그림책을 너무 많이 봐서 이렇게 됐어요. 할아버지, 죄송해요.

요즘도 산신령 나오는 그림책이 있는 모양이다.

아이는 동화 속 세상에서 살고 있었다. 울음을 그친 아이는 엄마와 함께 돌아가면서 나를 향해 단풍잎 같은 손을 흔들었다. 일산에서 20년을 살고 나니 나는 호수공원의 산신령이 되었다.

40대 후반쯤 돼 보이는 남녀가 공원 벤치에 앉아서 기타를 치고 있었다. 삶의 무게와 피로가 느껴지는 사람들이었다. 나는 이 남녀가 어떤 관계인지는 알지 못한다. 여자는 노래를 부르면서 남자에게 기타를 가르쳐주고 있었다.

남자는 자꾸만 줄을 헛짚었고, 강약 조절을 못했다. 여자는 남자의 손가락을 끌어서 기타줄을 짚어주었다. 나는 옆 벤치에 앉아 있었다.

여자가 말했다.

─줄을 튕길 때 얼마큼 힘을 줘야 하는지는 가르쳐줄 수가 없어. 혼자서 몸으로 알아야 하는 거야.

남자는 자꾸만 음정이 틀렸고, 여자는 처음부터 다시 노래를 불렀다. 여자가 남자에게 가르쳐주고 있는 곡조는 〈클레멘타인〉이었다.

넓고 넓은 바닷가에

오막살이 집 한 채
고기 잡는 아버지와
철모르는 딸 있네
내 사랑아 내 사랑아
나의 사랑 클레멘타인
늙은 아비 홀로 두고
영영 어디 갔느냐

　내가 어렸을 때 학교 뒷산에 올라가서 하모니카로 불고 목소리로도 불렀던 슬픈 노래였다. 그 노래를 생각하면 지금도 내 소년 시절의 천막 교실과 조개탄 난로가 생각난다. 고기 잡는 홀아버지와 살던 클레멘타인은 어려서 죽었든지, 멀리서 온 낯선 사내와 눈이 맞아서 따라갔을 것이다.

　이 40대 남녀는 저녁 7시쯤에 같은 벤치에서 만나 기타 치고 노래 불렀다. 여자는 김밥이나 샌드위치, 마실 물을 가지고 왔다. 걸어갈 때 보니까 남자는 다리를 약간 절고 있었다. 남자가 〈클레멘타인〉을 어느 정도 칠 수 있게 되었을 때부터, 이 남녀는 공원에서 보이지 않았다. 나는 이 남녀가 다른 벤치로 옮겨갔는지 싶어서 공원 전체를 수색했으나 찾지 못했다. 나는 그 남녀가 헤어지지 않기를 바랐다. 이 세상에는 슬픈 노래가 많다.

공원에서 남성 노인과 여성 노인들은 좀처럼 어울리지 않는다. 여성 노인들은 모여서 주로 수다를 떤다. 여성 노인들은 그룹별로 모이는 장소가 따로 있다. 그들은 생애 전체와 눈에 보이는 것 모두를 수다로 바꾸어놓을 수 있는 놀라운 언어능력을 지니고 있다. 나는 무심한 척 그 옆자리에 앉아서, 나중에 혹시 써먹을 수 있겠거니 하면서 그들의 수다를 메모했는데, 지금이 써먹을 때다.

대형병원에서는 70살이 넘은 노인들에게는 대장내시경 검사할 때 부작용을 우려해서 수면검사를 해주지 않는다. 여성 노인들은 수면검사를 해주는 작은 병원에 대한 정보를 서로 주고받는다. 맨정신으로 대장내시경 검사를 받으려면, 바지를 벗고 항문을 젊은 의사 쪽으로 내밀어야 하고, 꼬챙이가 대장 안으로 들어올 때의 느낌이 너무나 모욕적이라고, 한 여성 노인이 말했다. 그러자 다른 여성 노인은, 그래도 맨정신으로 받는 편이 안심이지, 수면검사했다가 잠에서 깨어나지 못하고 죽지도 않으면 자식들이 얼마나 힘들겠냐고 말했다. 결론은 없었다.

또다른 여성 노인은 골다공증에 걸려서 몇 년째 고생을 하고 있다면서 골다공증에 걸린 원인이, 소싯적부터 월경 피를 흘렸고, 자식 셋을 젖 먹여 기를 때 애들이 먹성이 좋아 젖꼭지를 깨물어서 놓아주지 않고 사정없이 꿀꺽꿀꺽 빨아먹었으며, 남편이 속썩여서 눈물을 많이 흘렸기 때문에 몸속과 뼛속의 진액이 다 빠져나가 뼛속이 말라서 버스럭거리고 뼈마디에 윤활유가 말라서 마디마디마다 부딪치고 갈리기 때문이라는 것이었다. 이 여성 노인은 약을 먹어도 아무 효과가 없다면서 병원을 바꾸어야겠으니 용한 데를 가르쳐달라고 말했다. 그러자 또다른 여성 노인이 대거리를 하는데, 이제는 월경도 진작 끝났고 젖 먹일 아이도 없고 남편도 늙어서 마누라를 속썩일 힘이 없어졌으니, 늙음을 복으로 알고 살아야 한다면서, 약을 먹어서 병이 낫는다면 죽을 놈이 누가 있겠느냐, 어차피 이약 저약 먹어봐야 다 마찬가지니까 병원을 바꿀 필요가 없다는 것이었다.

죽는 얘기가 나오자, 아프지 않고 냉큼 죽는 것이 최고의 복이라고 다들 말했다. 오래 아프다가 죽으면 얼굴이 망가져서 추악해진다고 한 여성 노인이 말하자 다른 노인이, 아니 뭐 죽어서도 거울 볼 일이 있니, 라고 말했고, 또 다른 노인은, 내가 거울 보는 게 아니라 염하고 입관할 때 남들이 나를 보니까 걱정되는 게 아니냐, 고 말했다.

또다른 여성 노인은, 예전에는 죽으면 땅에 묻었지만, 지금은 우선 냉동창고에 넣었다가 화장터로 가져가니까, 얼음구덩이에 들어갔다 나와서 또 불구덩이에 들어갈 일이 무섭다고 말했다.

이야기는 결론이 없었지만, 이야기 자체의 신명에 이끌렸고 어조에 리듬이 붙었다. 수다는 한이 없었고, 결론은 없었다.

늙은 여성들이 젊은이들을 못마땅하게 말할 때는 '요샛것들'이라는 삼인칭 복수대명사를 쓴다. 내가 분석해보니까, '요샛것들'이란 주로 며느리들을 가리키는데, 이 며느리는 자신의 며느리일 수도 있고, '요새' 며느리들을 싸잡아서 일컫는 말이기도 하다.

며느리라는 집단을 흉볼 때는, 한 명이 말하면 봇물 터지듯이 다들 따라한다.

어떤 여성 노인은 작년에 칠순을 맞이했는데, 며느리가 전화해서 '어느 식당에 가고 싶으냐?'고 묻더라는 것이다. 노인의 말인즉, 며느리가 미리 식당을 정해놓고 가자고 해야지, 시어머니한테 그걸 물어보니까 비싼 식당에 가고 싶어도 말을 할 수가 없었고, 하도 더러워서 "칼국수를 먹을란다"고 했더니 정말로 칼국숫집으로 데려갔다는 것이다. 다른 노인이 맞장구를 치는데, 요샛것들은 다 그래, 제 돈 아끼려는 거지 뭐겠어, 요샛것들, 제 서방하고 자식만 알고, 시어미는 안중에도 없어, 아예 바라지도 마, 라고 말했다.

몇 년 전에는 추석 지나고 나서 공원에 나갔더니, 여성 노인들이 모여서 추석 쇤 얘기를 하고 있었다. 나는 또 메모했다.

해마다 추석이 지나면, '요샛것들'이 무슨 명절증후군이라는 걸 앓는다고 신문 방송에서 하도 떠들어대길래, 전 부치고 있는 며느리한테 "너도 그 증후군이 있냐?"고 물었더니 배시시 웃으면서 대답하지 않더라고, 한 노인이 말했다. 그러자 수다의 봇물이 터지면서 '요샛것들'을 성토했다.

1부 연필은 나의 삶이다

아, 요샛것들만 증후군이 있고 늙은 것들은 증후군이 없나, 즈들만 증후군이 있느냔 말야! 늙고 병드는 거 외에 웬 증후군이 또 있냐? 고 다른 노인이 말했다.

그러자 또다른 노인이 말했다. 그건 당신들이 몰라서 하는 소리다. 내 며느리도 맞벌이하는데, 아침마다 애가 엄마하고 떨어지기 싫어서 어린이집 차가 올 때마다 운다. 우는 애를 잡아 가두다시피 차에 실어 보내고 나면 에미가 또 우는데, 울면서 화장품 찍어 바르고 출근한다. 에미는 저녁때 애 찾아와서 씻기고 먹이는데, 서방놈은 밖에서 술 퍼먹고 늦게 돌아와서 테레비 보다가 곯아떨어지는 판이니, 어찌 며느리가 견딜 수가 있겠는가. 이러니 증후군 소리가 나오는 거야. 이걸 알고 얘기를 하라구. 며느리를 욕할 게 아니라 우리 아들놈들이 정신 차려야 해. 제 아비들이 하던 대로 하면 안 된단 말이야. 세상 돌아가는 물정을 알아야지.

여성 노인들은 아들 편을 들었다가 며느리 편을 들었다가, 며느리를 욕했다가 자랑했다를 반복하면서 끝없이 이야기를 이어갔다. 이야기는 날마다 이어진다. 누구의 삶인들 고단하지 않겠는가. 이러니 남에 대하여 말한다는 것은 얼마나 두려운 일인가.

한 생애를 늙히는 일은 쉽지 않다.

젊은 부부들은 어린아이를 태운 유모차를 밀고 가고, 늙은 사내는 늙은 아내가 탄 휠체어를 밀고 간다. 20년 전에 지나가던 노인들은 다 지나가고 지금은 딴사람이 지나간다. 지나가는 것들은 지나가고 지나간다.

호수공원은 인공의 공원이지만 이제는 숲이 무성하고 그늘이 짙어서 자연의 너그러움을 지니고 있다. 사람들의 지지고 볶는 사연들을 숲이 품고 있다. 노인들은 길에서 멀리 물러나 있고 어린아이들은 두 발로 오뚝 서는 미어캣 앞에 모여 있다. 아이들이 발돋움을 하고 미어캣을 흉내내면 미어캣과 똑같다.

지금, 공원 숲에서는 가을냄새가 난다. 가을냄새는 메말라가는 숲에 내리는 햇볕의 냄새다. 김포 쪽 하늘에 노을이 지는 무렵에, 나는 집으로 돌아간다.

1부 연필은 나의 삶이다

밥과 똥

시방세계 억조창생과 모든 들짐승 날짐승 길짐승, 바닷
속의 물고기와 거북이, 풀 속의 버러지 들이 창세기 이래
로 무시무종無始無終하게 내지르는 모든 똥 중에서 최상위
포식자의 똥이 가장 더럽고 구리다. 나는 이 학설을 한 동
물학자의 글에서 읽고 충격을 받았다.* 이 진리는 구태여
증명할 필요가 없이, 사람에 속하는 자들은 다들 스스로
알 터이다. 이 진리에 접하는 순간, 똥에 대한 나의 모든
기억과 느낌이 되살아나서, 잊어버리기 전에 서둘러 몇 자

---

* 이배근,「야생동물이 남긴 소중한 흔적, "똥"」, 국립생태원 소식지 〈생태동
  산〉 2017 겨울호(NO.11), 14쪽.

적는다.

　며칠 전 밤에 호수공원을 산책하다가 개똥을 밟았다. 나는 신발을 벗어서 개똥을 찬찬히 들여다보았다. 똥의 양이 많았고 자루가 굵어서, 덩치가 큰 개의 똥이 분명했다. 물기가 축축하고 끈기가 살아 있었다. 싼 지 얼마 안 된 생똥이었다. 이 개똥의 구린내는 사람의 똥보다 더하면 더했지, 결코 덜하지 않았다. 구린내의 계통도 사람의 똥과 같았다. 산과 들과 물속의 온갖 것을 다 집어먹고 내지른, 종합적이고 공격적인 구린내였다.

　요즘은 개의 지위가 높아져서, 개를 개라고 하면 무식쟁이 취급을 받고, 반려견이라고 해야 교양인 대접을 받는다. 개가 되었건 반려견이 되었건, 개는 상위 포식자가 아니다. 집에서 기르는 개는 야성이 퇴화해서 제 먹이를 스스로 해결하지 못한다. 반려견은 먹이사슬의 최하위거나, 사슬의 위계에 속하지 않는다. 그럼에도 불구하고 반려견이 최상위 포식자의 똥을 누는 까닭은 사람이 주는 먹이를 먹기 때문이다. 내가 사는 신도시 동네에는 반려견의 먹이를 파는 가게가 성업중인데, 메뉴는 20~30가지다. 사슴 앞다리(1만 2천 원), 양갈비구이(1만 원), 유기농 샐러드

(5천 원), 야채고기죽(4천 원) 외에도 많다. 개는 인간에게 꼬리를 흔들고 인간에게 안김으로써, 최상위 포식자의 먹이를 먹고 최상위 포식자의 똥을 눈다.

원효元曉 스님과 혜공惠空 스님은 함께 공부도 하고 장난도 했다. 두 스님이 오어사吾魚寺 앞 개울에서 물고기와 새우를 잡아먹고 돌 위에 똥을 누었다. 혜공은 원효의 똥을 가리키며 "그대가 눈 똥은 내가 잡은 물고기다"라고 말했다.[•]

일연一然 스님이 두 선배 스님의 똥 이야기를 『삼국유사』에 실어서 후세에 전한 의도는 헤아리기 어렵다. 아마도, 물속에서 놀던 발랄한 생명이 인간의 똥으로 변하는 중생苦衆生苦를 희화적으로 제시한 것이 아닐까 싶기도 하다. 이날 개울가에서 혜공 스님도 똥을 누었는지 아닌지는 문맥에서 확실하지 않지만, 물고기를 함께 먹었던 것으로 보인다. (혜공은 나중에 누었을 수도 있다.) 물고기를 먹고 눈 똥이라면 상위 포식자의 것이므로, 고승의 똥이라고 해도 보통 사람의 똥과 별 차이 없었을 것이다.

인간이 자연계의 최상위 포식자라고 하지만 인간에 속

[•] 『삼국유사』 권4 이혜동진二惠同塵조.

하는 자들의 똥의 가치가 다 똑같지는 않다. 최상위 포식
자 그룹 안에서 또다시 먹이사슬의 서열이 펼쳐지는 것인
데, 거름으로 쓰는 똥의 효능은 그 주인의 먹이사슬의 지
위에 따른다. 잘 먹고 잘살고 권세 높은 자들의 똥은 하위
계급의 똥보다도 훨씬 더 기름지고 건더기가 많고 영양분
이 풍부하다. 이것은 자명해서 설명할 필요가 없다. 일본
인들도 오랫동안 인간의 똥을 거름으로 사용했다. 똥은 비
료로 시장에서 거래되었다. 메이지유신이 한창 전개되던
1878년에 일본 정부가 제정한 '분뇨 취급규칙'은 전국의
똥의 가치를 5등급으로 분류해서 값을 매겼다.

　다이묘大名의 저택에서 나오는 똥이 최상품으로 값이 가
장 비쌌고 공중변소의 똥이 상등품, 일반 가정의 똥은 중
등품, 출처에 관계없이 오줌이나 물이 많이 섞인 똥은 하
등품, 감옥이나 유치장에서 나온 똥은 최하등품으로 값이
가장 쌌다.• 근대적 합리성을 추구하던 메이지의 관료들은
똥을 그 효능에 따라 분류하고 값을 차이나게 매겨서 시장

• 　내가 사는 고양시 호수공원의 화장실은 연꽃 핀 호수를 내려다본다. 이 화
　장실 옆에 '고양 화장실 전시관'이 있다. 이 대목의 기술은 이 전시관의 전
　시자료를 옮긴 것이다.

의 원리에 편입시켰다. 먹이사슬의 섭리는 밥뿐 아니라 똥까지도 지배했다. 애덤 스미스가 인류를 구원하는 만고의 진리로 떠받들던 '보이지 않는 손'의 실체가 이 사슬이라고 말하는 것은 무리한 일일 테지만, 딱히 그렇지 않다고 할 수도 없다.

얼마 전에 제주도 중산간에서 자전거를 타다가 목장을 만나서, 말똥냄새와 소똥냄새를 실컷 맡았다. 말이나 소는 덩치는 크지만 먹이사슬 속의 지위는 매우 낮다. 소나 말은 사람을 위해서 살다가 사람에게 잡아먹히거나 버림받지만, 일생 동안 풀만 먹고 산다. 소똥이나 말똥에서는 사람똥이나 개똥처럼 악취가 나지 않는다. 가을볕에 마른 말똥에서는 마른풀의 냄새가 난다. 물론 구린내도 섞여 있지만 이 구린내는 사람똥의 구린내와 달라서 공격성이 없다. 이 구린내는 사람을 찌를 듯이 달려들지 않고, 넓게 퍼져서 평화롭다. 소똥냄새는 소의 울음소리와 닮아 있고 말똥냄새는 말의 울음소리와 닮아 있다. 소똥, 말똥의 냄새를 맡으면, 평생 말을 안 하고 평생 풀을 먹고 평생 노역을 바치는 덩치 큰 짐승의 몸속의 온도와 습도, 질감과 풍경이 떠오르거나, 전혀 떠오르지 않는데, 거기에 대해서는 쓸 수가 없다. 나는 우선 내가 눈 똥과 내가 겪은 세월 속의 똥에 대해서 쓰겠다.

내가 70년을 살면서 눈 똥의 질감과 표정은 다양하다. 아침에 화장실 변기에 앉으면 어떠한 표정의 똥이 나올는지를 미리 알 수 있다. 창자 속의 풍경이 고압전류처럼 몸에 전달되므로, 이 예감은 틀린 적이 없다. 이런 똥 저런 똥을 일일이 다 들추어 보인다는 것은 못할 것은 없지만 비루하고 불결한 짓일 터이므로 가장 슬프고 괴로운 똥 한 가지만을 말하려 한다.

생애가 다 거덜난 것이 확실해서 울분과 짜증, 미움과 피로가 목구멍까지 차오른 날에는 술을 마시면 안 되는데, 별수없이 술을 마시게 된다. 지금보다 훨씬 젊었을 때의 이야기다. 술 취한 자의 그 무책임하고 가엾은 정서를 마구 지껄여대면서 이 사람 저 사람과 지껄이고 낄낄거리고 없는 사람 욕하고 악다구니하고 지지고 볶다가 돌아오는 새벽들은 허무하고 참혹했다. (나는 이제 이런 술을 마시지 않는다.)

다음날 아침에 머리는 깨지고 속은 뒤집히고 몸속은 쓰

레기로 가득찬다. 이런 날의 자기혐오는 화장실 변기에 앉았을 때 완성된다.

뱃속이 끓어서, 똥은 다급한 신호를 보내오고 항문은 통제력을 잃고 저절로 열린다. 이런 똥은 힘을 주어서 짜내지 않아도 새어나온다. 똥은 대장을 가득히 밀고 내려오지 못하고 비실비실 기어나오는데, 그 굵기는 국숫가락 같다. 국숫가락은 툭툭 끊어진다. 슬픈 똥이다. 간밤에 안주로 집어먹은 것들이 서로 엉기지 않고, 제가끔 반쯤 삭아서 따로따로 나온다. 소화되지 않은 김이 변기 물 위에 시커멓게 뜬다. 가늘고 무기력하고 익지 않은 날똥인데, 이 무력한 똥의 악취는 극악무도하고 똥과 더불어 나오는 오줌은 뿌연 구정물 같다. 이런 똥은 평화로운 구린내의 조화를 이루지 못하고, 덜 삭은 원료들이 제가끔의 악취를 뿜어낸다. 똥의 모양새는 남루한데 냄새는 맹렬하다. 사나운 냄새가 길길이 날뛰면서 사람을 찌르고 무서운 확산력으로 퍼져나간다. 간밤 술자리에서 줄곧 피워댔던 담배 냄새까지도 똥냄새에 배어 있다. 간밤에 마구 지껄였던 그 공허한 말들의 파편도 덜 썩은 채로 똥 속에 섞여서 나온다. 똥 속에 말의 쓰레기들이 구더기처럼 끓고 있다.

저것이 나로구나. 저것이 내 실존의 엑기스로구나. 저것이 내 밥이고 내 술이고 내 몸이고 내 시간이로구나. 저것이 최상위 포식자의 똥인가? 아니다. 저것은 먹이사슬에서 제외되지 않기 위하여 먹이사슬의 하층부로 스스로 기어들어간 자의 똥이다. 밥이 삭아서 조화로운 똥으로 순조롭게 연결되면서 몸밖으로 나가는 것이 아니라, 밥과 똥의 관계는 생계를 도모하는 신산辛酸에 의해 차단되거나 왜곡된다. 이 똥은 사회경제적 모순과 갈등이 한 개인의 창자 속에서 먹이와 불화를 일으켜서 소화되지 않은 채 쏟아져 나온 고해의 배설물이다. 그 똥을 들여다보면서 나는, 김수영이 저걸 봤다면 뭐라고 썼을까, 김소월, 서정주, 윤동주, 청록파들은 뭐라고 썼을까를 생각했는데, 생각은 떠오르지 않았다.

이런 똥을 누는 아침마다 나는 식은땀을 흘리며 기진하였다. 아, 이런 썩어빠진 삶, 반성 없는 생활, 자기연민과 자기증오를 좌충우돌하는 비겁한 마음과 작별하고, 삶의 건강과 경건성을 회복하자고 나는 날뛰는 똥냄새 속에서 맹세했다. 맹세는 비통했고, 작심삼일이었지만 그 맹세에 의해 나는 나 자신을 응시하는 또다른 나를 확인할 수 있었다.

나는 요즘에는 이런 똥을 거의 누지 않는다. 나이를 먹어가면서 나의 똥은 다소 안정되어갔다. 자아와 세계 사이의 경계가 흐릿해져서 나는 멍청해졌다. 이 멍청함을 노혼老昏이라고 하는데, 똥도 노혼이 왔는지 날뛰지 않는다.

똥이 편안해졌다는 것은 나이 먹은 나의 이야기일 뿐이고, 지금 동해에서 해가 뜨는 매일 아침마다 이 나라의 수많은 청장년들이 변기에 앉아서 내 젊은 날의 아침처럼 슬픔과 분노의 똥을 누고 있다. 밥에서 똥에 이르는 길은 어둡고 험하다.

허준許浚(1539~1615)은 인간의 똥오줌을 면밀히 관찰하고 분석해서 『동의보감』에 적었다. 그 책 '대변大便' 편에 이르기를, 음식이 삭지 않고 그대로 나오는 똥은 '날것의 더러운 냄새(성예腥穢)'가 난다고 했으니, 내가 말한 똥을 진단하는 것이지 싶다. 똥은 허준이 인간의 질병을 판단하는 중요한 준거였다. 그가 병든 똥을 진단하는 기준은 여러 가지가 있는데, 그중에서 똥의 색깔을 기준으로 한다면, 푸른 똥, 붉은 똥, 노란 똥, 검은 똥, 흰 똥이 모두 병든 똥이다. 몸속에 열이 많을 때는 검은 똥, 한기寒氣가 많을

때는 오리똥처럼 생긴 흰 똥, 습기가 많을 때는 검은 물찌
똥, 풍기風氣가 많을 때는 푸른 똥이 나온다.

또 설사의 원인이나 설사똥이 창자 속에서 요동칠 때
의 몸상태, 설사똥이 항문에서 뿜어져나오는 모양새를 기
준으로 똥의 병을 진단하면 설사는 대략 13종의 유형으로
분류되는데, 이것을 일일이 다 옮겨적지는 않겠다. 이 모
든 똥의 문제는 외부에서 '사악한 기운邪氣'이 몸을 침범했
기 때문이라고 허준은 썼다.

인간의 질병은 단순히 병리적이고 생리적인 원인뿐 아
니라 그의 시대, 직업, 작업환경, 성장지, 거주지, 상종하
는 무리, 사회계급, 출생신분 같은 정치사회적 조건에 의
해 더 크게 영향받는 것이므로, 허준이 말한 '사악한 외부
의 기운'이란 이 모든 것을 아우르는 개념일 터이고 이것
이 바로 내가 말한 똥의 참상이다.

이질에 걸려서 설사를 계속하다가 똥물 없이 피만 계속
싸면 죽고, 항문이 대나무통처럼 벌어져서 오므라지지 않
으면 죽는다고 『동의보감』에 적혀 있다.• 이로써 똥병의

• 『동의보감』(남산당, 1971) 189쪽에서 191쪽에 이르는 글을 발췌했다.

무서움을 알 수 있다.

정약용丁若鏞(1762~1836)은 그의 저술『민보의民堡議』에서 사람의 똥을 전쟁무기로 활용하는 방안을 소상히 밝혔다.『민보의』는 외적의 침입이 잦은 접경지역의 향토방위 전술전략을 연구한 저술이다. 정약용은 접경지역의 요새와 진지에 똥독을 묻어놓고 똥을 모아야만 한다고 말했다. 남녀의 뒷간을 따로 하되, 모든 똥을 모아서 물을 섞고 휘저어놓았다가 이 똥물을 대나무통에 넣어서 적이 다가오면 얼굴에 쏘라고 말했다. 똥물을 바가지로 퍼서 끼얹으면 조준이 정확하지 않고 똥물을 낭비하게 되니까 대나무에 넣어서 쏘라고 정약용은 말했다. 정약용은 이 장치를 분포糞砲●라고 이름 지었는데, 분포를 쏘는 자는 기름 먹인 옷을 입어야 하고 전투가 끝나면 몸을 깨끗이 씻으라고 말했다.●●

정약용이 발명한 이 분포가 실전에 사용되었는지는 알

● 대나무통 안에 피스톤을 넣어서 똥물을 전방으로 쏘아내는 장치인 것으로 보인다.
●● 정약용,『임진왜란과 병자호란』, 정해렴 역주, 현대실학사, 2001, 199쪽.

수 없다. 인간과 사회를 들여다볼 때 정약용의 시선은 따듯한 만큼 울분에 차 있었지만, 사물을 바라볼 때 그의 시선은 냉엄했다. 그의 경세經世는 이 여러 갈래의 시선이 합쳐지면서 이루어진다. 정약용은 똥의 더러움, 똥의 맹독성, 똥의 모욕감을 무기화했다. 냉엄하게 바라본 똥의 본질을 인간의 효용에 결부시킨 발명품이 '분포'이다.

분포를 쏠 때는 적의 얼굴을 조준하라고 정약용은 말했다. 얼굴에 똥물을 맞고 온몸에 똥칠갑을 한 적병은 당연히 전투의지를 상실할 터이다. 피를 흘리면서 돌격할 수는 있겠지만, 얼굴에 똥을 뒤집어쓴 채 돌격하는 적병은 상상하기 어렵다. 얼굴에 묻은 똥은 적개심을 마비시킨다. 더구나 전쟁터의 군사들은 몸에 상처가 많을 테니까 똥물을 쏘아주면 상처가 덧나서 몸을 작동시킬 수 없을 터이니, 이 똥물은 심리전 무기일 뿐 아니라 초보적인 생물무기이다.

정약용은 똥을 사적으로 정서화하지 않았다. 똥 속에서도 그는 단념할 수 없는 삶의 길을 모색했고, 당대의 질곡을 향해 그 길을 설파했다. 적에게 똥을 끼얹어가면서, 인간은 살아남아야 하고 자신을 지켜야 하고 희망을 기약해야 한다. 이 경세가의 우국憂國은 똥 속에도 길이 있다고 외친다. 내가 좀더 일찍 '분포'를 읽었더라면 똥에 대한 나의 생각은 많이 달라졌을 테지만, 나는 아직도 나의 똥을 사물화하지 못한다.

이제, 똥과 대지 사이의 순환고리는 차단되었고, 복구는 불가능하다. 개인의 내면에서 밥과 똥이 조화롭지 못하듯이 똥에서 대지로, 대지에서 밥으로 연결되는 순환의 통로는 차단되었다. 대지는 더이상 사람의 똥을 분해시켜서 흙으로 돌려보내지 않는다. 이제 똥을 받아줄 대지는 없다.

농경은 더이상 똥거름에 의존하지 않고, 제주의 똥돼지도 사라진 지 오래다. 똥돼지는 사람의 뒷간 바닥에 살면서 사람의 똥을 먹고 살았다. 똥돼지는 갓 나온, 더운 똥을 좋아한다. 똥돼지의 살은 포근하고 비계는 고소해서 돼지고기 중 최상의 육질로 꼽혔다. 똥돼지가 사람의 똥을 먹고 눈 똥은 거름이 되어서 밭으로 돌아가 사람의 먹이를 길러주었다. 나는 지금 똥돼지를 찬양하면서 복원하자는 것이 아니다. 나는 밥과 똥과 대지의 순환과 그 단절에 관하여 말하려 한다.

모세가 이스라엘 백성을 이끌고 40년 동안을 광야에서 떠돌 때 요르단강 동쪽 아라바 사막에 이르러 백성들에게 말했다.

　　—너희들은 똥을 눌 때 천막 밖에 변소를 만들고 그리로 나가라. 삽으로 땅을 파서 그 속에 누고 흙으로 똥을 덮어라.[•]

　하느님의 계율과 하느님의 사랑, 하느님의 분노를 설파하던 모세가 그의 백성들에게 똥 누는 법도를 가르치는 걸로 봐서, 수많은 사람이 함께 먹고 자고 이동하는 생활이 수십 년 계속되다보니까 심각한 위생 문제가 발생했음을 알 수 있다.

　모세의 가르침은 간단하다. 아무데나 누지 말고 한곳에 눠라! 천막에서 멀리 가서 눠라! 구덩이를 파서 누고 흙으로 덮어라!

　하느님께서 너희들을 구원하실 터이니까 너희들의 천

- 구약성서 신명기 23장 12, 13절.

막을 거룩히 하라고 모세는 '하느님'의 이름으로 똥 누기의 법도를 가르치고 있으니, 광야를 건너가던 시절의 이스라엘 백성들 중에는 아무데나 똥을 누는 자들이 많았음을 알 수 있는데, 어느 민족에나 이런 자들은 많다.

그들은 유랑민이었으므로, 똥을 모아서 거름이나 무기로 쓸 일은 없었고, 격리해서 흙으로 돌려보내는 것이 최선의 처리방식이었을 것이다. 모세의 시절에 대지는 똥을 받아들였고, 모세의 백성들은 이 순환의 고리에 의해 하느님이 보호하시는 천막을 거룩히 유지할 수가 있었다.

나는 소년 시절에 똥과 대지의 순환고리가 단절됨으로써 빚어지는 참상을 목도했고, 그 환란 속에서 자랐다. 한국전쟁이 끝난 1950년대 중반부터 농촌은 절량絶糧과 기아로 거덜이 났고 대도시도 다르지 않았으나, 그나마 먹고 살 것의 꼬투리라도 찾아서 농어촌 인구는 서울로 몰려들었다. 그후 박정희 대통령의 개발독재 시대에 서울의 인구압人口壓은 곳곳에서 터져나왔다. 산비탈, 하천변, 고수부지, 국유지, 사유지에 '불량주택' 단지가 들어섰다. 서울은 똥으로 넘쳐났다.

집집마다 똥을 퍼내는 재래식 뒷간을 하나씩 끼고 있었다. 뒷간이 없는 집도 있었다. 이런 집은 이웃집 뒷간을 한달에 얼마씩 돈을 주고 이용했고(월똥), 또는 신문지에 똥을 누어서 밤중에 몰래 내다버렸다. 거대도시의 똥을 퍼다버리는 작업은 서울의 운명이 걸린 대사업이었다. 서울시청 환경국은 청소1과와 청소2과로 구성되어 있었다. 청소1과는 생활쓰레기 담당이었고, 청소2과는 분뇨 담당이었다. 청소2과의 사명은 실로 막중했다. 그것은 시민의 생사, 서울의 존망과 직결된 신성한 사명이었다.

청소2과는 이 대도시의 모든 똥을 끌어내서 처리하는 사업을 기획하고 실행했다. 인분수거 작업자들을 수백 명 고용하고 똥차와 똥지게를 제작해서 각 구청에 배당했고, 동네별로 똥 퍼가는 타임스케줄을 작성해서 주민들에게 알렸다. 서울 교외에 거대한 호수와 같은 분뇨처리장을 운영했다. 똥 푸는 작업은 비가 오나 눈이 오나, 길바닥이 얼어붙은 겨울에도 산비탈 동네에까지 전개되었다. 이 광범위하고 또 섬세한 작업을 총괄 지휘하는 청소2과장에는 가장 유능하고 조직 장악력이 강한 엘리트 서기관이 임명되었다.

그후에 내가 알게 된 젊은 청소2과장은 이렇게 말했다.

똥은 평등하다. 신분이나 계급을 가리지 않고, 남녀노
소를 가리지 않고 모든 성인은 하루에 200~300그램의
똥을, 1.2~1.5리터의 오줌을 눈다. 이것은 하루도 빠
지지 않고 매일 나온다. 이것은 다시 집어먹을 수 있는
것이 아니다. 이것은 반드시 가져다 버려야 한다. 반드
시 나오는 것을 반드시 가져다 버려야 하는데, 이 사태
가 수백만 명이 사는 대도시에서 벌어질 때, 어찌 기막
힌 일이 아니겠는가. 어찌 무섭지 않겠는가.
똥을 퍼다 버리는 작업이 이틀이나 사흘 지연되면 마
을은 똥에 잠기고 닷새쯤 지연되면 도시가 마비된다. 나
는 인분수거 작업자들이 일 못하겠다고 집단으로 아우
성칠 때가 가장 무섭다. 이것은 국가안보의 문제이고 정
권의 존망에 관한 문제이다.

나의 소년기에, 대책 없이 서울로 몰려든 사람들은 밥
세끼와 처절한 싸움을 벌이는 한편, 매일매일 나오는 똥과
싸웠다. 똥과의 싸움은 밥 먹기 싸움에 못지않았다. 밥이

없는 시절에 똥은 골목마다 넘쳐흘렀다.

똥차는 늘 새벽에 왔다. 행인의 왕래가 없는 시간을 이용했다. 뒷간이 넘치면, 옆집에 가서 똥을 누어야 하기 때문에 사람들은 똥차 오기를 기다렸다. 똥차는 예정된 날짜에 오지 못하는 경우도 많았다. 뒷간에 똥이 찼는데 며칠째 눈이 오면 사람들의 걱정은 컸다. 똥차가 오면 동네 집들이 일제히 변소를 푸는 것이 아니고 똥이 가득찬 집만

서울 거리의 분뇨수거 작업(1962년) •

• 서울특별시 서울사진아카이브 http://photoarchives.seoul.go.kr/photo/view/31779

똥을 푼다. 한 집만이라도 똥을 푸면 온 동네에 똥냄새가 퍼지므로 동네는 늘 이 집 저 집의 똥냄새에 절어 있었다. 사람들은 똥차를 증오하면서도 똥차를 목이 빠지게 기다렸다. 똥차는 좀처럼 오지 않았다.

분뇨수거 작업자들은 고난도의 기술과 오랜 경험을 가진 전문직 노무자들이다. 똥지게에 똥을 가득 채우고 빠른 걸음으로 걸어가면서도 똥을 한 방울도 흘리지 않아야 한다. 또 뒷간을 밑바닥이 보이도록 끝까지 파내는 사람을 으뜸으로 친다. 이들의 기술과 전문성은 아무도 대신할 수가 없다. 이들이 집단행동으로 작업을 거부하면 대체인력을 투입할 수가 없다. 이들에게 자주 술 사주고 밥 사주며 구슬리는 것도 청소2과장의 주요 업무이다.

이들은 고난도 기술을 보유한 만큼 심술도 사나웠다. 대접이 시원치 않으면 일부러 똥을 흘리고 가기도 했다. 똥 푸는 요금은 한 지게당 얼마씩 정해진 액수가 있었는데, 웃돈을 얹어주기도 했다. (이 때문에 남의 집 뒷간에서 똥을 누면 월똥 값을 내야 했다.) 중학교 다닐 때 나는 우리 집 뒷간을 칠 때면 옆에 붙어 있다가 지게가 오가는 횟수

밥과 똥   55

를 세웠고, 지게에 똥이 가득차는지를 감시했다. 똥이 덜 차서 내가 잔소리를 하면 똥 푸는 아저씨는 일부러 똥을 흘렸다. 나는 똥 흘린 자리에 연탄재를 뿌리고 삽으로 비벼서 갖다버렸다. 나뿐 아니라 우리 동네 아이들이 다 그렇게 했다. 똥 푸는 아저씨들은 새벽에 나타나서 "변소 치어! 변소 치어"라고 외쳤지만, 어떤 아저씨들은 "똥 퍼! 똥 퍼!"라고 외치기도 했는데, 외치지 않아도 냄새만 맡고도 똥차가 온 줄을 다들 알았다.

동네의 똥은 똥차에 실려서 분뇨종합처리장으로 갔다. 거기는 서울의 모든 계층, 모든 동네, 국회의원, 장관, 노무자, 실향민, 무작정 상경자, 시인, 대학교수, 신문기자의 똥, 똥이란 똥은 다 모여서 똥바다의 장관을 이루었다. 똥바다의 똥은 위생처리를 거쳐서 강으로 흘러들었다. 똥바다는 한 달에 한 번쯤 수문을 열어서 똥을 방류한다. 내가 아는 청소2과장의 기억에 따르면, 수문을 열면 똥바다는 '노도처럼' 꿈틀거리면서 약 3~4미터의 폭포를 이루며 한강으로 흘러들었다고 한다.

나는 청소2과장의 얘기를 들으면서 그 장관에 진저리를 쳤다. 나중에 미국에 가서 나이아가라폭포를 봤을 때도, 그 청소2과장이 전해준 똥폭포만한 감동은 없었다. 똥은 계속 쏟아져서 마르지 않는다. 똥은 내에 이르러 바다에 간다.

　장마 때 마을이 침수되면 모든 집의 뒷간이 넘쳤다. 상류 마을이 물에 잠기면 하천 물이 모두 똥물이 되어서 하류 마을로 달려들었는데, 똥덩어리들이 둥둥 떠내려왔다. 물이 빠지고 나면 집마당과 골목에 똥덩어리가 엉겨붙어 있었고 파리가 들끓었다. 아이들이 삽으로 똥을 긁어내서 파묻었다. 구청 소독차가 와서 골목마다 연막을 뿌렸다. 연막 소독차가 오면 심심했던 동네 아이들이 모두 뛰어나와 낄낄대면서 소독차를 따라 달렸다. 푸른 연기가 퍼지면 구린내나는 동네가 문득 동화 속 마을 같았다.

　똥 푸기를 자영업으로 하는 사설업자들도 있었다. 구청 똥차가 올라올 수 없는 산꼭대기 동네나 행정이 미치지 못하는 변두리 동네는 이 사설업자들이 똥을 펐다. 어른들은 이걸 '야미똥'이라고 불렀다. 야미똥꾼들은 손수레에 드럼통 두 개를 싣고 똥을 퍼날랐다. 한 사람은 똥구루마를 끌고 또 한 사람은 뒤를 밀었다. 야미똥꾼들은 좁고 가파른 골목을 오르내려야 하기 때문에 구청 똥꾼들보다 더 고난도의 기술이 필요했고, 사고도 많이 났다. 야미 똥꾼들은 정찰가가 없었고, 부르는 것이 값이었다. 불법이었지만 구청은 묵인할 수밖에 없었다. 이 똥꾼들은 구루마를 끌고 분뇨종합처리장까지 갈 수가 없어서, 변두리 채소밭에 가서 똥을 팔았다.

내 어렸을 때 친구 병수네 아버지는 야미똥꾼이었다. 병수네 가족은 시골에서 무작정 상경해서 움막집에서 살았다. 병수는 어머니가 없었다. 병수 아버지가 똥구루마를 끌고 병수가 뒤를 밀었다. 내리막에서 병수 아버지는 발을 엉버티면서 똥구루마 손잡이를 높이 쳐들어서 속도를 줄였고, 병수는 똥구루마 뒤를 잡아당겼다.

나의 엄마는 병수하고 놀지 말라고 말했지만 나는 병수랑 자주 놀았다. 병수는 나보다 두 살 위였는데, 학교에 다니지 않았다. 내가 "넌 장래희망이 뭐니?"라고 물었을 때 병수는 "그게 뭔데?"라고 되물었다.

병수는 학교에서 배울 수 없는 많은 것들을 동네 아이들에게 가르쳐주었다. 아카시아꽃과 밤꽃을 먹는 방법, 왕개미 똥구멍을 빨아먹는 방법, 산에서 깜부기를 따먹는 방법 같은 것들이었다.

아버지의 똥구루마를 밀면서 산비탈을 오르내려서 그런지, 병수는 다리 힘이 셌고 닭쌈을 잘했다. 병수는 닭쌈 챔피언이었다. 병수는 공중전을 잘했다. 한쪽 발로 땅을 차고 공중에 떴다가, 고도를 이용해서 상대방의 가슴을 무르팍으로 내리찍었다. 그야말로 싸움닭처럼 솟구치면서 닭쌈을 했다. 나도 닭쌈을 무척 잘했는데, 고도가 병수보다 낮았다. 나는 한 번도 병수를 이기지 못했다.

내가 중2 때 박정희 소장이 군대를 이끌고 한강을 건너와서 정권을 잡았다. 그해 겨울에 병수네 아버지가 내리막에서 사고를 냈다. 똥구루마의 관성속도를 이기지 못해서 길바닥에 쓰러졌다. 병수 아버지는 다쳤고, 골목에 똥이 쏟아졌다. 동네 엄마들이 비명을 질렀고, 쓰러진 병수네 아버지를 몰아붙였다. 병수는 똥칠갑이 되어서 아버지 옆에서 울었다. 밥을 먹고 눈 똥을 치워서 또 밥을 먹어야 하니까, 밥이 웬수고 똥이 웬수였다. 그날은 내 소년 시절에서 가장 슬픈 날이었다. 나는 지금도 그날이 슬프다.

병수는 야미똥꾼의 아들이었고 학교에 다니지 않았지

만, 동네 아이들의 대장 노릇을 했다. 리더십이 좋은 아이였다. 우리는 무너진 한양도성의 성곽을 따라다니면서 놀았다. 병수는 놀거리를 찾아내는 데 재능이 뛰어났다. 그때 내가 달리던 성벽길, 시간마다 변하던 저녁노을의 빛깔, 바람과 숲의 냄새, 온갖 벌레들의 놀라운 동작들, 밤이 가고 아침이 오고 또 밤이 오는 시간의 신비, 도마뱀을 잡았을 때의 경이로움, 이런 기억들이 내 유년의 아름다움이다. 병수는 똥과 더불어서 발랄하고 건강했으며 똥에 침몰되지 않았다.

병수네 식구들은 어느 날 조용히 마을을 떠났다. 병수가 며칠째 보이지 않아서 병수네 움막으로 찾아갔더니 아무도 없었고, 움막 앞에 병수 아버지의 똥구루마가 버려져 있었다. 병수 아버지는 또다른 먹고살 자리를 찾아서 마을을 떠난 것이었다. 그후로 지금까지 병수는 소식이 없다. 나는 요즘도 아침의 구린내 속에서 병수를 생각한다. 슬픔인지 기쁨인지 이제 분간할 수 없다.

고대인들은 똥을 심각한 당면 문제로 인식하지 않았고, 적극적인 대처방안을 강구하지 않았다. 인구가 많지 않고 인구압이 낮았기 때문일 것이다. 고고학의 발굴 성과에 따르면 신라 금관총, 황남대총, 백제 무령왕릉과 고분들, 그 밖의 왕족 귀족들의 무덤에서 청동제 숟가락이 출토되었다.[*] 내세에도 밥을 먹어야 해서 무덤에 들어갈 때도 숟가락을 들고 갔으니 밥의 지엄함을 알 것이다. 백제 무령왕은 평생 산해진미를 먹었을 텐데 그 호화찬란한 무덤으로 들어갈 때도 숟가락을 지녔다고 하니, 기막히다.

이 화려한 무덤들에서 요강은 출토되지 않았다. 왕과 귀족들은 먹기만 하고 누지는 않는 내세를 동경했던 모양인데, 이것은 이승에서는 어림도 없다. 이승에서는, 먹은 것은 반드시 나온다. 내가 젊었을 때 들었던, 서울시청 청소2과장의 말은 불변의 진리다.

대취타 앞세우고 연輦 위에 올라앉은 임금의 어가행렬이 능행陵幸할 때도 변기를 받든 내시가 지근거리에서 따라갔고, 길라잡이 고함으로 상것들을 꿇어앉히고 지나가는 삼정승의 행차에도 구종잡배들이 변기를 들고 따라갔

• 정의도 논문 「청동숟가락의 등장과 확산」, 『석당논총』 42집, 2008.

으며, 사인교 타고 나들이 가는 정경부인이나 꽃가마 타고 시집가는 촌색시의 가마 안에도 변기를 들여놓았다. 임금의 변기를 매화틀이라 하고 여인네들이 길에서 쓰는 변기를 길요강이라고 하는데, 이름만 달랐지 다 같은 것이다.

길요강을 글로벌한 규모로 완성한 것은 여객기의 화장실이다. 똥은 비행기에 실려서 세계를 돌아다닌다. 인천에서 먹은 것이 뉴욕 모스크바 도쿄 산티아고에서 나오고, 파리 런던 프랑크푸르트 라스팔마스 바그다드에서 먹은 것이 인천에서 나온다. 승객 300~400명을 태운 대형 여객기들은 잠자리떼처럼 온 세계의 공항에서 내리고 뜬다. 백인, 흑인, 황인의 똥이 섞이고, 비즈니스와 이코노미가 섞인다. 세계의 모든 공항에는 똥차 수십 대가 늘 대기하고 있다가 비행기가 도착하면 기체에 쌓인 똥을 빼내서 분뇨처리장으로 싣고 간다. 똥통을 비운 여객기는 또 300여 명을 태우고 10여 시간을 날아서 지구 반대편 공항으로 간다. 이것이 대지와 격절된 똥이 보여주는 문명사적 풍경이다. 똥이라는 세계적 규모의 거악巨惡을 제거하려는 이 필사적 작업으로부터 인류는 영원히 해방될 수 없다.

2012년 통계에 따르면 서울에서 하루에 발생하는 분뇨는 1만 817톤이다. 이 물량은 하루도 예외 없이 매일 발생하고, 정확히 처리해야 한다. 분뇨 발생량은 해마다 증가하는 추세다. 이 분뇨는 60만여 개의 정화조에 모여 있다가 분뇨처리시설로 간다. 서울의 분뇨는 3개 권역으로 나뉘어서 처리되는데, 서남, 중랑, 난지이다.•

나의 것은 난지로 간다. 분뇨처리시설은 거대한 공장이다. 밥은 각자의 몫이 따로따로지만, 똥은 한곳에 모여 바다를 이룬다. 이 시설이 서울의 생명과 문명과 존립을 보장하고 있다. 여기에 이르러서, 서울의 모든 똥오줌은 물과 건더기(슬러지)로 분류된다. 탱크 밑에 가라앉은 건더기는 말려서 소각되고, 위에 뜬 물은 정화작업을 거쳐서 한강으로 간다. 이렇게 해서 서울의 하루하루는 똥오줌을 피해가고, 또 매일매일 쏟아낸다.

서울의 모든 고층빌딩을 바라볼 때 나는 그 속의 파이

• 서울의 분뇨 처리 과정은 유기영 논문 「저탄소·저비용형 서울시 분뇨처리 권역 재설정기법 개발 연구」(서울시정개발연구원, 2012)에서 발췌 인용하면서 문장을 바꾸어 썼다.

프를 통해 흘러내리고 있을 똥의 폭포를 생각한다. 이것을 다 끌어모아서 처리하는 작업을 인간은 영원히 계속할 수 있을는지, 정화 처리를 한다지만 강이 무진장으로 이것을 받아낼 수 있을 것인지를 생각하면 무섭다. 나는 똥이 가장 무섭다. 서울의 이 거대하고 운명적인 똥을 생각하면서 나는 문득 삶에 대한 경건성을 회복한다. 그리고 그 처리 작업에 종사하는 사람들의 거룩한 노고에 감사한다. 설치지 말고 까불지 말고, 말이나 똥을 함부로 내지르지 말고, 흐르는 강물 옆에서 최고 포식자의 부끄러움을 늘 기억하자고 속으로 다짐한다.

아, 똥이여!
내 고향 서울의 똥이여!
내 조국의 똥이여!
날뛰지 말고 순해져라!
날마다 새롭게 나오라!!

기도한다.

(뒷간에 들어가기 전에)

버리고 또 버리니 큰 기쁨일세

탐진치食瞋癡 어둔 마음 이같이 버리리

옴 하로다야 사바하(일곱 번)

(뒷간에서 나오면서)

더러움 씻어내듯 번뇌도 씻자

이 마음 맑아지니 평화로울 뿐

옴 시리예바혜 사바하(일곱 번)•

다시 기도한다. (다 같이, 똥을 향해 합장하면서)

건너가자 건너가자 고생바다 건너가자

고생바다 건너서 저 언덕으로

아제 아제 바라아제

바라승아제 모지 사바하(세 번)

• 국립민속박물관·양주시립회암사지박물관 공동기획전 〈대가람의 뒷간〉 도
록, 2018, 85쪽에서 인용. 불가佛家에서 뒷간을 이용할 때 외우는 진언이다.

늙기와 죽기

다가오는구나

나이가 드니까 문상 갈 일이 잦다. 20년 전쯤에는 아버지뻘 되는 사람들의 빈소에 문상했는데 10년 전쯤에는 형뻘, 이제는 70살 넘은 내 또래 친구들, 동기생들이 죽어서 부고가 온다. 다가오고 있는 것이다. 다가오는데, 태어난 순서대로 가는 게 아니고 나중에 난 사람이 먼저 가는 수가 흔히 있어서 가는 데는 차례가 없다. 어쨌거나 다가온다.

친구 부모의 빈소에 갈 때보다 친구의 빈소에 갈 때가

더 힘들다. 죽음은 더 절실하고 절박하게 다가와 있다. 친구의 빈소에 가면 친구의 아들이 상주가 되어서 절을 하고 문상객을 맞는데, 이 아들에게 해줄 위로의 말을 찾기가 어렵다. 나는 상주와 맞절을 마치고 나서

— 자네가 큰아들이지?

— 네.

— 자네 몇 살인가?

— 서른여섯입니다.

— 자넨 그래도 복이 많은 거야. 난 스물일곱 살에 아버지를 여의었어.

— 네, 알겠습니다.

— 자네만 당하는 일이 아니니까…… 그리 알게나. 누구나 다 부모를 먼저……

— 네, 고맙습니다.

이런 하나마나한 소리로 대충 얼버무리고, 어깨도 두들겨주고 나서 식당으로 가서 다른 문상객들과 마주앉는다.

동기생들이 10여 명 둘러앉아서 육개장으로 저녁을 먹고 나서 소주를 마신다. 안주는 돼지머리, 도토리묵, 홍어 (사실은 가오리), 멸치조림인데 장례식장마다 똑같다. 동

기생들은 고인의 마지막날들에 고통은 없었는지, 장지가 어딘지, 고인의 자식들이 취직은 했는지, 결혼했는지, 막내가 몇 살인지…… 같은 뻔한 질문과 대답을 주고받는다. 상주가 가끔씩 와서 부족한 것이 없는지를 살피는데, 그럴 때는 동기생 중 누군가가

　—이봐 상주, 빈소 지켜. 여긴 신경쓰지 마. 내가 가져다 먹을게.

라고 말해서 돌려보낸다. 이런 것도 장례식장마다 다 똑같다. 상주를 그렇게 보내놓고 나서, 동기생들은 세상잡사를 이야기하거나 고스톱을 친다.

　55년 전에 고등학교 다닐 때, 방과후에 교실에서 치고받고 싸웠던 두 동기생이 빈소에서 만나서 싸움을 다시 시작한 적도 있다.

　—야, 그날 내가 주번인데, 니가 청소 안 하고 도망가길래 내가 너를 잡은 거잖아.

　—야, 그게 아니야. 난 그날 담임한테 미리 말하고 허락을 받았단 말야. 엄마가 아프다고 날보고 일찍 오라고 해서 내가 담임한테 청소 빼달라고 했다니깐.

　—니가 먼저 날 발로 찼잖아.

— 뭐라고, 야 인마. 그게 뭐가 중요해, 서로 치고받았던 거지. 누가 먼저 쳤는지를 이제 와서 꼭 따져야 하냐?

— 야, 니가 먼저 안 쳤으면 쌈이 안 났을 거 아나?

이런 한심한 싸움을 55년 후에 다시 리바이벌했다. 두 동기생이 삿대질을 하면서 악을 쓰는 동안 다른 친구들은 킬킬 웃었다. 두 동기생은 화가 나서 식식거리더니 먼저 가버렸다. 두 동기생이 사라지자 다들 또 한바탕 킬킬 웃었다.

— 아이고, 병신들. 칠십이 넘은 놈들이……

— 반세기 만의 재대결이네. 나가서 대가리가 터지도록 싸우라지. 아이고, 저런 놈들을 동창이라고……

— 야, 그런데, 쟤들이 가니까 심심하다.

이렇게 또 킬킬거리다가 술에 좀더 취하면

— 야, 너네들, 나 죽으면 부의금 얼마씩 가져올 거야? 십만 원 아래는 오지 마.

— 야, 죽은 놈이 돈 세냐?

이런 추잡한 소리를 하면서 시시덕거리다가

— 야, 난 육군 상병 달고 GOP 눈구덩이 속에서 보초 설 때 아버지가 돌아가셨거던. 그때 전보 받고 일주일 휴

늙기와 죽기

가 가는데, 다들 나를 부러워했어. 휴가 간다고…… 올 때 빵 좀 사오라고……

이런 슬픈 얘기도 하다가

　—야, C여고 애들도 다 늙었겠지? 여름에 흰 블라우스 입고 양쪽으로 머리 땋고 다니던 여자애들 말야.

　—왜? 생각나냐? 몇 명 부를까?

　—넌 요새도 연락되는 애들 있냐?

이런 한심한 얘기도 한다.

　밤이 깊어지자 몇 명은 돌아갔고 고스톱 판에서 다 털린 사람들은 술자리로 옮겨온다. 술판이 커지면 말들도 많아지는데,

　증권 시세, 부동산 동향, 새로 개장한 골프장, 취직한 자식들의 연봉 비교, 새로 나온 스마트폰의 성능 비교, 안주가 맛있는 이자카야 소개, 임플란트 잘하는 치과, 치매, 당뇨, 고혈압, 뇌졸중, 전립선, 불면증, 변비, 골다공증……

을 말하다가 다시 이야기를 바꾸어서 여당을 욕하고 야당을 욕하고 진보를 욕하고 보수를 욕하고 김정은을 욕하고 트럼프를 욕하고 마누라를 흉본다.

새벽에 돌아갈 때는 다들 거나했다. 빈소에 문상객은 없고 상주 혼자서 영정 앞에 무릎을 꿇고 있다. 취한 동기생한 명이 상주 어깨를 두드리면서

—야 상주, 끝까지 잘해. 장례에는 정성이 중요해. 오직 정성이다! 알겠냐? 정성! 이봐 상주, 졸지 마.

라고 말했는데, 이 말은 이날 문상의 하이라이트였다. 이로써 조문은 완성되었다. 장례식장에서 문상객들은 낄낄대고 고스톱 치면서 죽음을 뭉갠다. 죽음은 돌출하지 않는다.

여러 빈소에서 여러 죽음을 조문하면서도 나는 죽음의 실체를 깨닫지 못한다. 죽음은 경험되지 않고 전수되지 않는다. 아직 죽지 않은 자들은 죽은 자들의 죽음에 개입할 수 없고, 죽은 자들은 죽지 않은 자들에게 죽음을 설명해 줄 수가 없다. 나는 모든 죽은 자들이 남처럼 느껴진다. 오래전에 아버지가 돌아가셨을 때도, 염을 받고 관에 드시는

아버지의 얼굴을 보면서 범접할 수 없는 타인이라고 느꼈다. 죽은 자는 죽었기 때문에 제가 죽었는지를 모르고, 제가 모른다는 것도 모르고 산 자는 살았기 때문에 죽음을 모른다. 살아서도 모르고 죽어서도 모르니 사람은 대체 무엇을 아는가.

날이 저물고 밤이 오듯이, 구름이 모이고 비가 오듯이, 바람이 불고 잎이 지듯이 죽음은 자연현상이라서 슬퍼하거나 두려워할 일이 아니라고 스스로 다짐하지만, 그런 보편적 운명의 질서가 개별적 죽음을 위로할 수 없다.

문상 온 친구들이 그렇게 고스톱 치고 흰소리해대는 것도 그 위로할 수 없는 운명을 외면하려는 몸짓이라고 나는 생각하고 있다. 문상의 자리에서 마구 떠들어대던 친구들의 소란을 나는 미워하지 않는다.•

• 나는 문상을 자주 다니는 편이다. 이 대목은 여러 초상집을 다니면서 보고 들은 것들을 한 토막씩 모아서 짜맞추었다.

가까운 것들은 가까이

늙어서 슬픈 일이 여러 가지겠지만 그중에서도 못 견딜 일은 젊어서 저지른 온갖 못난 짓거리와 비루한 삶에 대한 기억들이다. 그 어리석은 짓, 해서는 안 될 짓, 함부로 써낸 글, 너무 빨리 움직인 혓바닥, 몽매한 자만심, 무의미한 싸움들, 지겨운 밥벌이, 계속되는 야근과 야만적 중노동…… 이런 기억이 몰고 오는 슬픔은 뉘우침이나 깨달음이 아니라 한恨이나 자책일 뿐이다. 그 쓰라림은 때때로 비수처럼 가슴을 찌른다. 아아, 나는 어쩌자고 그랬던가. 그때는 왜 그 잘못을 몰랐던가.

이보다 더 슬픈 일은 그 악업과 몽매를 상쇄하기 위해서 내가 할 수 있는 일이 이미 없다는 것이다. 나는 절벽과 마주선다.

이런 회한과 절벽을 극복할 수 없다 하더라도, 나는 그 절벽을 직시하는 힘으로 여생의 시간이 경건해지기를 바란다. '경건'이라고 쓰니까 부끄럽다. 사람과 사물에 대한 경건성을 상실한 지가 얼마나 오래인가.

그러므로 죽음을 생각하기보다는, 여생의 날들을 온전

히 살아나갈 궁리를 하는 쪽이 훨씬 더 실속 있다.

　너무 늦기는 했지만, 나이를 먹으니까 자신을 옥죄던 자의식의 경계가 무너지면서 나는 흐리멍덩해지고 또 편안해진다. 이것은 늙기의 기쁨이다. 늙기는 동사의 세계라기보다는 형용사의 세계이다. 날이 저물어서 빛이 물러서고 시간의 밀도가 엷어지는 저녁 무렵의 자유는 서늘하다. 이 시간들은 내가 사는 동네, 일산 한강 하구의 썰물과도 같다. 이 흐린 시야 속에서 지금까지 보이지 않던 것들이 선연히 드러난다. 자의식이 물러서야 세상이 보이는데, 이때 보이는 것은 처음 보는 새로운 것들이 아니라 늘 보던 것들의 새로움이다. 너무 늦었기 때문에 더욱 선명하다. 이것은 '본다'가 아니라 '보인다'의 세계이다.

　내가 사는 동네에 소아과 병원이 생겼다. 소아과는 3층이고, 1층은 커피숍이다. 나는 산책길에 이 커피숍에서 커피를 마신다. 창밖을 내다보면 아이를 데리고 소아과에 가는 젊은 어머니들을 볼 수 있다. 이 동네에 웬 아이들이 저렇게 많을까 싶었다. 아이가 아프니까 젊은 엄마들은 얼굴빛이 초조하다. 젊은 엄마들은 아픈 아이를 안고 걸어가면서 아이 볼에 쉴새없이 뽀뽀를 해준다. 이 뽀뽀는 의학적 효과가 있어 보인다. 젊은 엄마들은 입술로 아이의 병을 덮어준다. 아이는 포대기에 싸여 있는데, 아프지만 엄마가 있으니까 불안한 기색이 없다.

아이가 아프고 젊은 엄마가 아이를 병원에 데려가는 누항陋巷의 일상이 이처럼 아름다운 것인지를 알기 위해서 나는 70살까지 산 것이다. 이것을 알았으니 70년 세월은 헛되지 않았구나 싶었다.

병이 다 나은 아이들은 놀이터에 나와서 논다. 아이들은 걸어갈 때도 춤추듯이 걷는다. 어떤 아이들은 옆으로 뛴다. 아이들의 생명은 리듬과 율동에 실려 있다. 그 생명의 힘이 몸의 기쁨으로 표출되면서, 아이들은 걸을 때도 춤춘다. 나이를 먹으니까 나 자신이 풀어져서 세상 속으로 흘러든다. 이 와해를 괴로움이 아니라 평화로 받아들일 수 있을 때, 나는 비로소 온전히 늙어간다. 새로운 세상을 겨우 찾아낸다.

나는 말하기보다는 듣는 자가 되고, 읽는 자가 아니라 들여다보는 자가 되려 한다. 나는 읽은 책을 끌어다대며 중언부언하는 자들을 멀리하려 한다. 나는 글자보다는 사람과 사물을 들여다보고, 가까운 것들을 가까이하려 한다. 시간이 얼마 남지 않아야, 보던 것이 겨우 보인다.

한동안 뜸했는데, 날이 갑자기 추워지니까 부고 올 때가 되었다. 문상객들은 또 술 마시고 고스톱 치고 마구 떠들어대겠지.

꼰대는 말한다

나는 젊은이의 결혼식에서 주례를 설 만한 인품이 못 된다고 스스로 생각하지만, 어쩔 수 없이 그 노릇을 맡은 적이 몇 번 있었다. 성인이 되어서 가정을 차리겠다는 청년들이 부모의 등골을 뽑아서 혼수와 예물을 장만하고 예식장 비용까지 부모가 내야 하는 꼴을 볼 때는 기저귀를 찬 것들이 시집 장가를 가는구나 싶어서 한심했는데, 돈 많고 권세 높은 집 자식일수록 그 한심함의 사이즈가 더욱 컸다. 자식의 결혼비용을 감당해주는 것이 '육아'의 마지막 관문이라고 생각하는 부모들이 대부분이었고, 그걸 못해주면 회한이 되어서 가슴앓이를 했다. 한국 사회의 '육아 기간'이 너무 길고 모질어서 견딜 수 없다는 생각이 들었다.

예식업소에서 벌어지는 결혼식은 북새통이었다. 축의금을 내고 나서 눈도장만 찍고, 식장이 아니라 식당으로 가서 밥만 먹고 가는 하객들도 많았다. 한 쌍이 끝나기 전에 다른 쌍의 접수꾼이 입구에 와서 좌판을 벌여놓고 돈 낼 사람을 기다리고 있었고, 식당과 로비에는 이 집 저 집의 하객들이 뒤엉켜 있었다. 장내 마이크가 '××××번 차를 옮겨달라'고 방송했다. 결혼공장처럼 보였다. 지금 결혼식장의 풍경은 한 시대 전체의 어수선함을 보여준다.

이런 판에서 주례를 맡게 되면 품격을 유지하기가 쉽지 않지만 나는 내색하지 않고 주례의 임무를 수행했다.

예식장에서 나는 정장 차림에 흰 장갑을 끼고 재킷 윗주머니에 꽃을 꽂는다. 사회자로부터 고매한 인품을 완성한 신사로 소개받을 때, 나는 속으로 웃지만 겉으로는 엄숙하다. 주례의 자리에 서면, 신랑 신부가 눈앞에 나란히 서 있다. 젊은 부부를 보면 이 어수선한 예식장의 풍경 속에서도 출발선상의 설렘과 기쁨이 느껴진다. 주례사를 듣는 사람은 거의 없는데, 나는 그래도 이 젊은이들에게 단 한마디라도 귀담아들을 만한 얘기를 해주고 싶었다.

오래전에 주례를 맡았을 때는 주례사에서 남편과 아내가 요리를 배워서 음식을 만들어 먹는 것이 매우 중요하다고 말했다. 맞벌이를 하더라도 햄버거나 피자, 소시지, 짜장면, 치킨 같은 것만 배달시켜 먹지 말고, 주말에는 시장에 가서 식재료를 사와서 스스로 만들어 먹어야 한다, 인간의 정서는 먹는 것에 크게 지배받기 때문에 인스턴트식품을 너무 자주 먹으면 삶을 가볍게 여기는 일회용 마음이 형성되기 쉽다고 나는 말했다.

제 손으로 음식을 만들어 먹는 것은 왜 소중한가. 그것은 영양가 있고 깨끗한 음식을 먹어야 한다는 섭생적 의미도 있지만, 음식을 만드는 과정에서 생활을 사랑하고 현실을 긍정하는 심성이 인격 안에 자리잡게 되는 것이라고 나는 말했다. 재료를 다듬고, 섞고, 불의 온도를 맞추고, 익기를 기다리는 동안 인간도 함께 익어간다. 우리의 선대 어머니들이 전쟁과 가난과 억압 속에서도 그 가난한 음식을 기어코 손수 만들어서 자식을 먹인 마음을 우리가 다소나마 이어받아야 한다고 나는 말했다. 그리고 음식을 만드는 것은, 경험만으로 되는 것은 아니고 상상력이 작동되어야 한다. 이 맛과 저 맛을 섞어서 제3의 맛을 만들어낼 때, 먹어보지 않은 맛을 미리 상상하는 정신의 힘이 작동되므로 요리는 마음의 힘을 키워준다고, 나는 주례사 내내 음식 얘기만 했다.

내가 말주변이 없기도 했지만, 이 주례사에 대한 반응은 시큰둥했거나 매우 비판적이었다. 한심한 꼰대를 주례라고 데려왔더니, 젊은이들 결혼하는 자리에서 내내 먹는 타령을 늘어놓았다는 뒷말이 돌았다. 사실 나는 결혼 후에 집에서 음식을 만들어본 적이 없고 아내가 해준 음식에 타박만 놓고 살았으니 할말이 없기는 하지만, 그래도 내 생애의 반성을 토대로 하는 말을 어찌 그리도 못 알아듣는지, 나는 답답했고 다시는 주례를 서지 않기로 결심했다.

그후에 또 별수없이 주례를 서게 되었는데, 나는 주례사에서 삶의 형식을 존중하고 규범을 지키는 일의 중요성을 강조했다.

결혼은 두 남녀의 일일 뿐 아니라 사회적이고 풍속적인

것이다. 이것이 사람을 모아놓고 결혼식을 하는 까닭이다. 그러므로 삶이 요구하는 형식을 존중하라. 삶의 내용은 형식에 담긴다. 형식이 소멸하고 나서도 존재할 수 있는 내용은 그다지 많지 않다. 좋은 형식은 인간을 편안하게 해준다. 나의 부모에게 잘하는 것은 쉽고, 나의 배우자의 부모에게 잘하는 것은 쉽지 않다. 그러므로 이 쉽지 않은 형식에 익숙해져라. 내 배우자의 부모의 생일, 기념일, 안부를 챙기고 명절 때 인사하라. 이런 진부한 일상의 소중함을 알라. 부모의 돈으로 시집 장가 가는 이 시대의 삶의 틀을 여기서 끝내라. 그러므로 신랑 신부는 나중에 자식들을 결혼시킬 때 자식들이 주역이 되고 부모가 하객이 될 수 있도록 자식들을 키우라.

이 주례사 또한 거센 비판을 받았다. 식장에 모인 젊은 이들은 내가 없는 자리에서 '구제불능의 꼰대'라고 나를 흉보았다고 한다. 그 자리에 있던 나의 정보원이 알려주었다. 말하기란 이처럼 어려운 것이로구나, 말해서 득보다 실이 많고, 이해받기란 지난한 일이로구나 싶었다.

그후에 또 주례를 설 일이 있었다. 나는 이번에는 신랑 신부는 부지런히 일해서 돈을 열심히 벌어야 한다는 걸 강조했다.

결혼의 추동력은 사랑이지만, 사랑이 밥 먹여주지 않는다. 밥을 벌어야 먹는 것이다. 인간의 모든 영위는 물적 토대^{material basic} 위에서만 가능하다. 물적 토대 없이도 지고지순한 사랑이 가능하다는 말도 있다는데, 그런 사랑을 원하는 사람은 구태여 결혼할 필요 없다. 재물을 귀하게 여기고, 귀하게 쓰라. 재물을 귀하게 여긴다는 것은 삶을 소중히 여긴다는 말이다. 현세적 가치를 함부로 폄하하지 말라. 결혼은 사랑을 생활로 바꾸는 사업이다. 이것은 말처럼 쉽지 않다. 결혼은 부부가 스스로 확보한 물적 토대 위에 생활을 건설하겠다는 의지의 선언이다. 결혼은 놀이가 아니다.

이 주례사도 비판받았는데, 비판의 강도는 전처럼 세지는 않았다. 결혼식장에 와서 주례라는 사람이 웬 돈타령을 하느냐, 정도였다고 한다. 돈타령으로 들리기도 했겠지만,

삶을 구성하는 현실적 조건의 지엄함을 말하려 했는데, 말을 이해받기란 역시 힘들었다.

그후에 또 한번의 주례를 맡았다. 이 자리에서는 힘들고 짜증날 때도 꾸역꾸역 살아야 하는 결혼생활의 지속성을 주제로 말했다.

결혼이란 오래 같이 살아서 생애를 이루는 것인데, 힘들 때도 꾸역꾸역 살아내려면 사랑보다도 연민이 더 소중한 동력이 된다. 불같은 사랑, 마그마 같은 열정은 오래 못 간다. 왜냐하면 사랑이란 대개 이기심이 섞이게 마련이고 뜨거운 열정은 그 안에 지겨움이 들어 있어서 쉽게 물린다. 연민은 서로를 가엾이 여기는 마음이다. 연민에는 이기심이 들어 있지 않다. 그러므로 사랑이 식은 자리를 연민으로 메우면, 긴 앞날을 살아갈 수 있다. 오래 연애하다가 결혼한 부부가 성격 차이로 이혼했다는 말을 흔히 듣는다. 연애를 오래했으면 서로 성격을 잘 알 터인데, 성격 차이로 이혼했다는 말은, 이른바 사랑이 사그라진 자리에 연민이 생겨나지 않았다는 것이다. 사랑은 단거리이고 연민은 장거리이다. 빚쟁이처럼 사랑을 내놓으라고 닦달하지 말고 서로를 가엾이 여기면서 살아라.

이런 취지로 주례사를 했다. 식장에 모인 젊은이들은 내가 말하는 동안에는 진지하게 듣고 있었는데, 그후 내 귀에 들려온 반응은 없었다. 아마도 좋지는 않았을 것 같다. 집에 와서 아내에게 나의 주례사 내용을 말해주었더니, 오늘 결혼하는 애들한테 왜 그렇게 다 산 사람의 신음 같은 얘기를 했느냐고 핀잔을 받았다.

이렇게 해서 나의 주례사는 대체로 실패했다. 나는 다시는 주례를 맡지 않을 작정이다. 좀 지나면 젊은이들은 이 꼰대의 말이 생각날 것이다. 다들 행복하게 살아서 꼰대의 말이 아예 생각조차 나지 않는다면 더욱 좋은 일이다.

동거차도의 냉잇국

세월호 3주기

2017년 3월 31일 새벽에 전직 여성 대통령은 화장을 지우고 올림머리를 풀었다. 여성으로서의 사생활은 힘들어 보였다. 전직 대통령이 수인번호 503을 달고 구치소로 들어갈 때, 구치소 정문에는 '희망의 시작, 서울구치소입니다'라는 대형 간판이 걸려 있었다. 그날 삼성동 빈집 마당에 목련이 피었고 건져올린 세월호는 목포항으로 실려와서 부두에 옆구리를 들이댔다. 세월호는 죽은 괴수처럼 옆으로 쓰러져서 배 밑창을 드러냈다. 녹슨 철빔이 너덜거렸다. 그 고철은 한 시대의 허상이 무너져버린 거대한 폐허처럼 보였다. 갈매기들이 휘어진 난간에 내려앉아 죽지에

동거차도의 냉잇국   85

부리를 닦았다. 남쪽 바다 맹골수도에 또 봄이 와서 배 빠진 자리에 물비늘 반짝이고 먼 섬이 아지랑이 속에서 흔들린다. 작은 섬에 매화가 피고 동백꽃이 떨어지는데, 자식 잃은 엄마들은 산 위에서 울고 물가에서 운다. 그 봄의 며칠을 나는 목포항, 팽목항, 동거차도, 서거차도에 머물면서 이리저리 기웃거렸다.

바다가 사나워서 여객선이 들어오지 않는 날 팽목항은 썰렁했다. 바다에 날이 저물고 방파제 끝 무인등대 쪽에서 사람들이 말없이 서성거렸다. 다가가서 물어보니, 서울 사는 70대 고교동창생들이 진도에 봄나들이 왔다가 마음이 힘들어서 팽목항에 들렀고, 청주의 작은 교회 신도들이 이 스산한 항구를 일삼아 찾아왔다. 항구에 인기척은 초저녁에 끊어졌고, 밤이 깊어져서 물도 하늘도 보이지 않을 때, 상심한 사람들은 숙소로 돌아갔다. 무인등대 불빛이 반딧불이처럼 깜박거렸고, 일렬종대로 늘어선 깃발들이 캄캄한 바다를 향해 펄럭였다. 깃발들은 밤새도록 펄럭이고 또 펄럭였다.

숨진 단원고등학교 2학년 아이들이 수학여행을 갈 때 받은 용돈은 5만~10만 원 정도였다. 나와 말을 나누었던 여러 학부모들이 그렇게 말했다. 이 학부모들은 대체로 시화공단을 중심으로 일하는 근로소득자들이거나 소규모 자영업자들인데, 살림 형편이 "다들 고만고만하다"고 말했다. 수학여행 용돈 5만~10만 원은 그 '고만고만'한 살림 규모에서 자연스럽게 정해지는 액수일 것이다. 이 액수에는 생활의 고난과 소망의 무게가 실려 있다. 고난과 소망이 교차하면서, 생활은 영원하다. 이 5만~10만 원은 삶을 통과해 나온 숫자로 거품이나 과장 없는 생활의 지표다. 나는 정부가 발표하는 물가동향이나 거시경제지표보다도 이 5만~10만 원의 지표를 더욱 신뢰한다.

막내로 태어난 한 학생은 15만 원을 받았는데 아버지가 10만 원을 주었고 취직한 형이 3만 원, 누나가 2만 원을 주었다. 갓 취업해 받은 월급으로 수학여행 가는 막내에게 용돈 2만~3만 원을 주는 큰 자식들의 성취감과 자부심, 그 돈을 받는 막내의 기쁨(용돈은 아버지한테서 받을 때보다 형한테 받을 때 더 신난다. 이때 형과 동생은 혈맹이 된다), 그 돈을 주고받는 자식들의 모습을 보는 부모의 뿌

듯함—이 작은 행복을 위해 부모는 평생의 노동을 바쳐서 자식을 기르고 가르쳤던 것인데, 이 소중한 행복은 지금 바다 밑에 잠겨서 돌이킬 수 없고, 돌이킬 수 없는 사소한 것들이 부모들의 슬픔에 불을 지른다.

죽은 아이의 목소리, 웃음소리, 노랫소리, 빛의 폭포처럼 흘러내리던 딸아이의 검은 머리채, 처음으로 립스틱 바르고 깔깔 웃던 입술, 아들이 동네에서 축구하고 돌아온 저녁의 땀냄새, 학교 가는 아이를 먹이려고 아침밥상을 준비할 때 찌개가 끓으면서 달달거리는 소리…… 이것들은 모두 하찮은 것인가. 이 사소한 것이 인간에게 얼마나 소중한 것인가를, 그것을 잃고 슬퍼하는 엄마들을 보면서 비로소 안다.

팽목항에서 동거차도로 가려면 사선私船으로는 오십 분 걸리지만 여객선으로는 두 시간 삼십 분 걸린다. 여객선은 섬마다 들러서 사람을 태우고 짐을 내린다. 동거차도에서 뱃길로 목포를 가려면 '섬사랑10호'를 타야 한다. 이 배는 서남해안의 32개 섬을 들른다. 섬들은 나란히 줄서 있는 것이 아니라 사방으로 흩어져 있다. '섬사랑10호'는 섬들을 굽이굽이 거쳐서 항로를 이어간다. 선원이 항해중에 미리 섬에 전화해서 승객과 화물이 없으면 그 섬에는 들르지 않는다. '섬사랑10호'는 그 이름처럼 섬과 섬을 잇는 생명줄이다. 동거차도에서 목포까지 바다가 순하면 아홉 시간 걸리고 바다가 사나우면 도착시간을 기약할 수 없다. 동거차도 할머니들은 두 끼 먹을 도시락을 준비해서 이 배를 타고 친정에 가고 육지 나들이를 한다.

동거차도의 인구는 40여 가구에 주민 110여 명이다. 숙박업소나 식당, 허가 난 민박은 없다. 외지에서 온 사람은 모두 주민들의 살림집에서 기식해야 한다. 세월호 인양작업이 시작되자 동거차도에는 주민보다 많은 언론종사자들이 몰려들었다. 섬 주민들은 방 한 개 1박에 4만 원, 밥 한 끼에 7천 원으로 값을 합의해서 바가지요금을 막았다. 방이 모자라다보니 1인 1실은 어림도 없었는데, 4만 원짜리 방에서 4~5명이 끼어 자도 추가요금을 받지 않았다. 보도진은 한방에 대여섯 명씩 포개서 잤고, 소속이 다른 기자들끼리도 한방에서 잤다. 주민들은 자신들의 생활공간 전체를 손님들에게 내주었고 기자와 PD 들은 방뿐 아니라 거실에서도 제집처럼 뒹굴면서 쉬었다.

동거차도 주민들이 나에게 먹여준 밥은 최불암이 TV에서 보여주는 '한국인의 밥상' 그대로였다. 그 음식은 공업적 생산 과정이나 상업적 유통 과정을 거치지 않고, 인간이 자신의 노동으로 자연과 직접 교감함으로써 빚어지는 맛과 질감을 가지고 있었다. 그 맛은 영혼의 심층부에 각인된다.

동거차도와 서거차도의 미역은 전국 미역 랭킹에서 최상위권에 속한다. 이 미역은 맹골수도의 거센 물살에 부대끼며 자라나서 잎이 넓지 않고 질감이 야무지다. 동거차도 미역은 바다의 어려움을 내면화해서 고난을 부드러움으로 바꾸어놓는다. 이 미역은 끓일수록 뽀얀 국물이 우러나고 건더기는 쫄깃쫄깃한 탄력을 계속 유지한다. 주민들은 이 미역을 '쫄쫄이 미역'이라고 부른다. 동거차도 미역국에서는 젊은 어머니의 몸냄새가 난다. 이 모성의 국물은 부드럽고 포근해서 한 모금 넘기면 꼬인 내장이 펴지고 뭉친 마음이 풀어진다.

첫날은 미역국을 주더니 둘째 날은 냉잇국이 나왔다. 섬의 양지쪽에서 갓 올라온 어린 냉이를 뜯어서 달래를 몇 뿌리 넣고 된장을 풀어서 끓인 국이었다. 냉이는 언 땅속에서

1부 연필은 나의 삶이다

겨울을 견딘다. 냉잇국에서는 겨울을 벗어나는 해토解土 무렵의 흙냄새가 났고 그 흙에 스미는 봄볕냄새가 났다. 한 사발의 국물에 흙과 햇볕의 힘이 녹아 있어서 이 국물을 마시면 창자 속에 봄이 온다. 미역국은 온유하고 냉잇국은 양명陽明하다. 한줌의 바다풀과 한줌의 들풀로 끓인 이 국물은 삼투력이 좋아서 사람의 모세혈관에까지 기별이 닿는데, 이 복 받은 국물을 넘기면서 세상의 죄업을 대신 짊어지고 캄캄한 물밑으로 가라앉은 사람들을 생각하는 일은 참혹했다. 세상의 거대한 악惡 앞에서 이 가난한 국물 한 그릇은 얼마나 무력할 것인가마는 이미 없는 사람들과는 그조차 나누어 먹을 수가 없으니, 사랑이네 희망이네 하는 것들도 한 사발 국물의 온기에서 시작됨을 알 것이다. 자식을 잃은 한 엄마는 '없다'는 말이 얼마나 무섭고 힘든지를 이제 알았다고 말했다.

2014년 5월 19일 대통령은 TV에 나와서 적폐를 청산하고 국가를 개조해서 새 나라를 만들겠다고 약속했다. 대통령은 그때 눈물을 흘렸는데, 양이 많지 않았고, 곧 말랐다. 그 눈물은 신생新生을 기약할 만한 뉘우침의 진정성

이 없었고, 우는 자신을 정화해주는 슬픔의 에너지가 없었
다. 5·19 대루大淚 이후에 정부는 울부짖는 사람들 뒤에서
적폐 위에 더 엄청난 신폐新弊를 쌓아갔고 국가는 악을 향
해 개조되어갔다. 왕조 권력의 핵심부를 장악한 여러 영
신佞臣, 미신迷臣, 도신盜臣, 농신弄臣, 활신猾臣 들과 그 밑에
딸린 구종驅從과 통인通引이며 여기에 빌붙은 궐 밖의 잡
인雜人들이 국정을 주무르고 농탕질치고 뜯어먹어서 나라
는 더 깊은 수렁에 빠졌으니 5·19 대루는 한갓 액즙이었을
뿐 바다 밑으로 내려간 사람들의 저 원통한 영혼은 아직도
냉잇국 한 그릇 받지 못했고, 이제 배를 겨우 건져 3주기
를 맞아도 탈상脫喪의 날은 멀다.

목포항에 실려온 세월호는 '배를 째든 잡아먹든 마음대
로 하라'는 표정을 세상에 들이대고 있었다. 첫날은 옆구
리를 대고 있었는데, 며칠 뒤에는 방향을 돌려서 뱃머리가
부두에 닿아 있었다.
인간이 첨단기술과 거대자본을 동원해서 만든 장치나
구조물은 제작과 운영에서 윤리성의 바탕을 상실했을 때
거대한 재앙이 되어서 인간을 향해 달려드는데, 이때 인간

은 이 재앙을 회피할 수 없고 통제할 수 없다. 구조물뿐 아니라 사회시스템 또한 그러하다. 이것은 책에 나오는 말이 아니다. 이것은 죽어 나자빠진 세월호가 대한민국 국민에게 가르쳐주는 죽음과 통곡의 교훈이다. 권세와 이윤이 유일신으로 지배하는 시대를 거치면서 무수한 세월호들이 만들어졌고 지금도 돌아다니는 이 세월호들 위에 사람들이 타고 있다. 물에 빠진 세월호만 세월호가 아니라 국가권력이 더 크고 더 썩은 세월호였으니, 세월호가 어찌 세월호를 구할 수 있었겠는가.

목포신항은 보안통제가 삼엄해서 나는 근접할 수 있는 신분에 미달했다. 나는 멀리서 망원경으로 당겨 보았다. 나는 그처럼 거대한 배가 밑창을 드러내고 쓰러진 모습을 처음 보았다. 그것은 돌이킬 수 없는 멸망을 느끼게 했다. 칠이 벗어진 자리에 녹이 번졌고, 선미 쪽으로 밀려나온 철빔들이 뒤엉켜 있었다. 선체 안에는 한줄기 빛도 없었다. 창문들은 캄캄해서 그 안쪽으로 보이는 것은 오직 암흑이었다. 물을 빼려고 뚫어놓은 구멍들도 모두 암흑이었다. 세월호는 칸마다 캄캄했고 구멍마다 암흑이었는데, 그

구멍에서 시커먼 펄이 흘러나왔다. 배가 워낙 커서 그 앞을 오가는 중장비들은 딱정벌레처럼 보였다. 안전모를 쓴 작업자들이 여기저기 모여 있었는데, 어찌할 바를 모르고, 어찌했으면 좋겠는가를 웅성거리고 있는 것처럼 보였다. 철망 밖에서 상심한 사람들은 쓰러진 배를 바라보며 다들 말이 없었는데, 대선을 한 달 앞둔 정치인들이 너도나도 찾아와서 이 사람 저 사람에게 악수를 청했다. 고위직 승려들도 다녀갔다. '주여 우리를 불쌍히 여기소서'라는 노란 리본이 바람에 펄럭였다.

지난 3년 동안, 유가족들은 슬픔과 분노를 개인의 원한에 가두지 않고 사회적 연대로 확장시킴으로써 분노를 변혁의 동력으로 바꾸어서 시동을 거는 데 성공했다. 그리고 그 동력은 2016년 겨울의 전국 촛불집회를 선도하는 추동력 중의 하나로 작동되었다. 서울구치소 정문에 나붙은 '희망의 시작'이 바로 이것을 말하는가 싶기도 하다.

그 3년 동안 분노를 동력화하려는 유가족들의 연대운동은 수많은 박해와 모멸을 뒤집어썼는데, 박해의 가장 핵심적 담론은 '안보와 경제'였다. 슬픔은 본래 퇴행적 정서이고 분노는 파괴적 충동이며 거기에 오래 집착하는 것은 국민의 사기를 저하시키고 소비를 위축시켜서 국가경제를 침체시키고, 사회를 혼란케 하는 행위는 적을 이롭게 한다는 것이 그 담론의 주요 골자였다.

1950년 후반기에 전선은 낙동강까지 밀려내려왔고, 피난정부는 부산을 버리고 제주로 달아날 궁리까지 하고 있었다. 그때 반공, 안보, 애국, 총동원은 국가의 존망이 걸린 절박한 지향점이었음에도 불구하고, 자유당 정치권력은 이 슬로건을 내세워서 국회를 짓밟고 부패로 축재했고 정적을 죽이고 양민을 학살해서 파묻었다. 그렇게 해서 전선이 부산을 조여올 때도 안보와 반공은 후방사회의 민심을 집결시키는 구심점으로 작동하지 못했고, 사람들은 한 술의 밥을 찾아 부산 거리에서 아귀다툼하며 각자도생했다. 그후 60여 년의 세월 속에서 이 '안보와 경제'는 국가의 가장 신성한 가치로 군림하면서 그 휘하에 고급하고 세련된 담론과 법령, 제도, 사법권, 공권력과 감옥을 거느리며, '아니다'라고 말하는 사람들을 윽박질러서 입을 틀어막았고, 그래도 입을 닫지 않는 사람들을 내쫓고, 끌고 가서 가두고 때리고 죽이는 국가폭력으로 작동했다. 태극기는 이 국가 이데올로기의 최정상에서 펄럭였고, 그 가장 타락한 형태는 30억짜리 말(블라디미르)에 올라탄 정유라의 안전모에 붙어 있었다.

사회 공공성의 문제로 불행을 당한 사람들을 재수없는 소수the unlucky few로 몰아서 고립시키는 공작은 '안보와 경제'가 문제를 회피하는 오래된 방식인데, 세월호 참사에도 예외 없이 적용되었다. 그래서 살아 있는 사람들의 삶도 어쩌다가 재수 좋아서 안 죽고 남아 있는 꼴이 되었고, 삶은 견딜 수 없이 무의미한 우연의 장난으로 느껴졌다.

쓰러진 세월호는 한국 현대사의 괴로운 자화상이다. 그 녹슨 고철 안에 모든 것이 다 들어 있다. 이 괴물은 고통스러운 질문과 회한을 한꺼번에 들이대고 있다.

전라남도 진도군 조도면 조도초등학교 동거차분교장은 2010년 10월 5일 남학생 5명, 여학생 1명으로 폐교되었다. 분교장은 포구마을에서 걸어서 십 분 정도다. 지금 학교 마당에는 묵은 풀이 시들어 있고 신발장에 어린 신발들이 몇 개 엎어져 있다.

'반공소년' 이승복의 시멘트 형상은 국기게양대 옆에 남아 있었다. 시멘트로 찍어낸 형상은 발생기의 태아처럼 두리뭉실해서 표정을 읽을 수가 없었다. 이승복은 1968년 무장공비에게 학살당했고, 그 형상이 전국 초등학교에 안보의 아이콘으로 모셔졌다. 폐교된 분교장은 지대가 높아서 이승복의 시선은 울타리 너머로 세월호가 빠진 자리를 바라보고 있었다. 한 시대의 불행한 구도가 이 작은 섬에서 바다를 바라보는 이승복의 시선에 남아 있었다. 가엾은 시선이었다. 지금, 경기도 안산 분향소에는 어린 눈동자 수백 개가 사진틀 밖 세상을 내다보고 있다. 영정 속에 눈동자들은 별처럼 박혀 있다. 이 시선들 앞에서 대한민국은 아직도 몸 둘 곳 없고, 숨을 곳도 없다. 이 눈동자들 앞에 동거차도 냉잇국 한 그릇 올릴 수 있는 탈상의 날은 언제인가.

한겨레 2017년 4월 13일

동거차도의 냉잇국

내 마음의 이순신 2

역사가 기록이 아니라 풍경과 표정으로 남아 있는 곳
이 있는데, 남해 이락사李落祠와 남한산성 서문西門이 그곳
이다.

이순신은 1598년 11월 19일 노량 관음포에서 전사했
다. 그가 전사하던 날 7년간의 전쟁은 끝났다. 이락사는
그의 순국 234년 후(순조 말년)에 관음포 순국현장에 세
워진 사당이다. 이락사는 이李가 떨어진落 자리의 사당이
라는 뜻이다. 주어 한 글자와 동사 한 글자만으로 구성된
이 차가운 문장은 너무도 무정해서 나는 이락사 현판을
볼 때마다 진저리친다. 이락李落은 물리적이다. 이락은 이

무정한 두 글자로 충忠, 열烈, 진盡, 무武 같은 커다란 문자들이 감당할 수 없는 장엄한 슬픔의 뼈대를 드러내고 있다. 이 차가운 문장 속에서 슬픔은 침묵으로 가라앉아 있다. 이락사는 오래된 소나무숲에 자리잡은 작은 사당이다. 이 숲에는 늘 엄숙하고 비장한 기운이 서려 있어서 찾아오는 사람들은 큰 소리를 내지 못한다. 이李는 여기서 낙落하였다. 조명 연합군 함대 전체와 일본 함대 전체가 맞붙은 1598년의 겨울바다였다. 숨을 거둘 때 이李는 말했다.

"지금 싸움이 급하니, 내가 죽었다는 말을 내지 말라."

남한산성 서문은 산성의 4개 문 중에서 가장 초라하다. 높이가 낮아서 말을 타고 지나갈 수 없다. 서문은 임금이나 고위관리들이 통행하는 문이 아니고 한강 유역 백성들이 성안을 드나들던 문이었다. 서문 밖은 가파른 산길이다.

1637년 1월 30일 인조는 통곡하는 신하들을 거느리고 서문을 나왔다. 대열은 눈 덮인 산길을 내려갔다. 인조는 송파 삼전도에서 청태종 홍타이지에게 항복하고 신하가 되었다. 이락李落 후 39년 만이었다.

나는 서문에서 삼전도까지 여러 번 걸었는데 쉬엄쉬엄

세 시간쯤 걸렸다. 인조가 내려올 때는 길바닥이 얼어 있었고 대열이 길었으니까 네다섯 시간쯤 걸렸지 싶다. 서문에서 삼전도까지 걸어갈 때 조선 임금의 내면은 어떠했는지를 생각하는 일은 참혹하다. 이 얼음길을 내려가면서 임금은 비로소 아비가 되는 것인데, 이 아비의 아비 되기는 우선 치욕에 몸을 담그고, 견딜 수 없는 것들을 견디는 것이었다.

남한산성 서문의 문루는 후세에 새로 지은 건물이지만, 통용문의 밑돌은 투항하러 나가는 임금을 직접 목격했던 그 돌이다. 나는 남한산성에 갈 때마다 이 돌을 오랫동안 들여다본다. 이 돌은 그 자리에 그대로 박혀 있음으로써 어떤 표정에 도달하는데, 그 드러남은 무표정이다. 거기에는 이락李落 두 글자조차 없다. 서문 쪽은 햇볕이 들지 않아서 늘 어둡고 습하다. 돌의 침묵은 완강하다.

4월 1일: 맑음. 감옥문을 나왔다. 남대문 밖 윤간의 종의 집으로 갔다. •

• 이하 인용문은 모두 『난중일기』다.

이순신은 정유년(1597년) 4월 1일 감옥에서 풀려났다. 이순신은 3월 4일에 투옥되어서 3월 12일에 한차례 고문을 받고 3월 30일에 또 한차례 고문을 받을 뻔했으나 2차 고문을 받지 않고 풀려났다. 그가 감옥을 나와서 쓴 첫번째 문장은 "감옥문을 나왔다"이다. 『난중일기』를 읽을 때, 이 문장은 벼락처럼 나를 때린다. 이 문장은, 남한산성 서문의 밑돌처럼 무수한 표정을 감춘 채 무표정하다.

이순신은 한산 수영에서 체포되었다. 삼도수군통제사의 명예는 짓밟혔고 죽음이 예비되어 있었고 몸에는 고문이 가해졌다. 그리고 다시 계급장 없는 병졸의 신분으로 백의종군 길에 나설 때, 이순신이 자신을 가두고 때리고 죽이려 했던 임금과 그 주변의 문신권력자들에 대해서 어떤 판단과 어떤 감정을 지니고 있었는지를 후인들은 전혀 알 수 없다. 그는 부지런하고 꼼꼼한 기록자였지만, 매맞고 백의종군하는 자신의 내면에 관해서는 한 글자도 쓰지 않았고, 술자리에서 부하들에게 일언반구도 말하지 않았다.

쓰지 않고 말하지 않았지만, 그의 내면에는 말하여질 수 없는 어떤 것들이 들끓고 있었을 터인데, 그것이 무엇인지를 그는 끝내 말하지 않았다.

"감옥문을 나왔다"는 이 무서운 단순성은 그의 완강한 침묵을 예고하고 있다. 졸작 소설 『칼의 노래』를 쓰면서 나는 이 침묵의 내면에 다가갈 수 없었고, 무서웠다. 나의 두려움은 남해 이락사에 서린 삼엄한 기운에 닿아 있었다.

나는 다만 이순신이 이 침묵의 힘으로 명량에서 이기고, 다시 노량에서 이기고, 이긴 자리에서 죽고, 죽어서 자신을 완성하는 것이라고 상정했다.

그가 자신의 내면에 얽매여서 그것을 발설하고 묘사했더라면 그는 12척 배와 지친 부하들을 이끌고 명량으로 나아가기 어려웠을 것이다. "아직도 열두 척이 남아 있고尙有十二, (…) 제가 아직 죽지 않았습니다微臣不死"라는 그의 상소문 문장은 "감옥문을 나왔다"의 단순성과 연결되어 있다.

이순신이 갇혀 있던 감옥은 지하철 1호선 종각역 1번 출구 앞 SC제일은행 자리에 있었다.• 여기서 남대문 밖 윤간의 종의 집까지 걸어갔다고 하니까 몸이 아주 망가지지는 않았다. 출옥한 다음날은 하루종일 비가 내렸다. 이날

• 이순신, 『난중일기』, 박종평 옮김, 글항아리, 2018, 486쪽.

이순신은 저녁 무렵에 도성 안으로 들어가서 영의정 류성룡을 만났다. 두 사람은 밤새도록 이야기했고 "닭이 울 때 파하고 나왔다".

이날 밤, 영의정과 백의종군하는 죄인 이순신은 임금의 심기, 조정 세력들의 동태, 전황 분석, 전쟁 대비 같은 중요한 문제들을 이야기했을 터인데, 그 내용은 둘만이 안다. 이순신은 이 대목도 쓰지 않았고, 말하지 않았다.

이순신의 백의종군은 완강한 침묵으로 시작되고 있고, 침묵의 힘은 명량에서 노량으로 이어진다. 이순신이 자신의 내면을 토로하지는 않았지만 자신의 신상에 다가오는 정치적 박해의 조짐을 감지하고 있었던 것으로 보인다. 이순신은 체포되기 전인 1596년에 해남현감 류형柳珩에게 이렇게 말했다.

—자고로 장수 된 자가 변변치 않은 공로만 있어도 성명性命을 보전할 수 없었던 일이 많은데, 나는 도적이 물러가는 날에 죽기만 하여도 유한遺恨이 없겠다.

공로가 죽음일 수도 있다는 이 불의한 세상의 더러움을

이순신은 알고 있었고, 도적을 물리치고 전쟁을 끝내는 날
그는 바다에서 전사했다. 이락사가 그의 사당이다.

　을미년(1595년) 4월 29일: 새벽 2시부터 비가 내렸
다. (…) 노윤발이 미역 99동을 따왔다.
　을미년 11월 21일: 저녁에 청어 1만 3240두름을 이
종호가 받아가서 곡식을 샀다.
　병신년(1596년) 1월 6일: 비가 계속 내렸다. 오수吳壽
가 청어 1310두름, 박춘양이 787두름을 바쳤다. 하천
수가 받아다가 말렸다. 황득중은 202두름을 바쳤다.
　병신년 1월 9일: 흐림. 춥기가 살을 베고 찢는 듯했다.
오수가 청어 360두름을 잡았다. 하천수가 실어갔다.

　삼도수군통제사 이순신은 생선의 마릿수를 끝자리까지
기록하고 있다. 그가 직접 세어보지 않았다 하더라도 보고
받은 사항을 그는 정확히 기록했다. 한 두름은 생선 20마
리를 두 줄로 묶은 단위이다.
　을미년 11월 21일에는 청어 1만 3240두름을 내갔다고
하니까 26만 4800마리다. 이 물량을 하루에 다 잡은 것은

아니겠지만, 엄청난 어획이다. 겨울에 이 물고기들을 두름으로 엮으려면 병사들은 손 시려웠을 것이다. 오수는 물고기를 잘 잡는 병사였다. 고기잡이에는 늘 오수가 나온다. 하천수는 물고기를 마을에 내다팔아서 곡식을 사오는 병사였다. 노윤발이 가져온 미역은 100동이 아니라 99동이었다. 이순신의 숫자는 그의 정신의 한 풍경을 보여준다. 그는 바다의 사실에 정확히 입각해 있었다. 전쟁은 신통력이 아니라 사실의 힘으로 치르는 것이다. 그의 생애에서 사실과 침묵은 나란히 간다. 명량의 12척은 많은 것도 아니고 적은 것도 아니었다. 이 12척은 많으냐 적으냐를 물을 수 있는 숫자가 아니었다. '아직도' 남아 있는 이 12척은 그가 입각해야 할 '사실'이었고 그의 당면현실이었다. 그는 그 12척 위에 자신의 전략과 전술을 세웠다. 그의 용기는 12척의 사실을 사실로 받아들이는 마음의 힘이다.

무술년(1598년) 10월 7일: 맑음. 아침에 송한련이 군량 4되, 겉곡식 1되, 기름 5되, 꿀 3되를 바쳤다. 김태정은 볍쌀 2섬 1말을 바쳤다.

이 일기는 그가 노량바다에서 전사하기 40여 일 전에 쓴 기록이다.

나는 이 대목을 읽을 때마다 가슴이 저렸다. 구국영웅의 마지막날들이 이처럼 겸허할 수가 있는가. 그의 많은 군사들에게 군량 4되, 겉곡식 1되가 대체 무슨 보탬이 되었겠는가. 김태정은 볍쌀 2섬 1말을 가져왔다고 하는데, 이순신은 끝자리 숫자까지 기어이 적어놓았다. 그에게는 1되 1말이 소중했을 것이다. 1말은 많거나 적은 것이 아니었다. 그의 가난, 그의 정직성, 그의 사실성에 나는 눈물겨웠는데, 그는 감정을 드러내지 않는다.

군량 4되를 가져온 송한련宋漢連은 이순신의 군관으로, 개전 초기부터 종전까지 이순신을 가까이 모셨다. 그는 전투원이며 또 식량조달을 위해 어부일까지도 했다. 그가 가져온 군량 4되는 늘 내 마음을 옥죈다. 남해 이락사에 가면 나는 늘 이순신의 무서운 침묵과 송한련의 4되를 생각한다.

나는 『난중일기』를 읽으면서 이순신의 마음이 여러 가지 극단極端들을 동시에 품고 있음을 알았다. 이 극단들이 하나의 인격 속에 합쳐지면서 그는 죽음에서 삶으로 건너간다.

　그는 싸우는 7년 동안 123번 군율로 부하를 처벌했고 그중 28번은 목을 베어서 사형에 처했다.* 그 밖의 죄인은 곤장으로 때리거나 옥에 가두었다.

　이순신의 부대라고 해서 다들 용맹하고 충직한 자들만으로 구성된 것은 아니었다. 모든 조직이 대개 그러하듯이, 이순신의 부대에도 별의별 인간들이 다 있었다. 전투 중에 도망가는 자, 군량미를 빼돌리는 자, 군사시설과 배의 관리를 소홀히 해서 못 쓰게 만든 자, 군대 안 가려고 도망친 자, 적에게 투항한 자, 집단탈영한 자, 적과 내통한 자, 부녀자를 강간한 자, 병영 안에 여자들을 데려다놓고 음란한 짓을 한 자(이런 경우에는 여자들도 혼내주었다), 유언비어를 퍼뜨려서 민심을 동요시킨 자, 백성의 마을에 내려가서 행패 부리고 개를 잡아먹은 자, 명明나라 장수를 접대할 때 조선 여자를 동원해서 심부름시킨 자, 작전해역에 들어와서 물고기를 잡은 자, 배를 만들어오라는 기일을 어긴 자, 아무 잘못이 없는 병졸을 매질한 상급자, 백성

　　• 최두환, 『충무공 이순신 전집』 5권, 우석, 1999, 259쪽.

의 집에 가서 밥을 얻어먹고 돌아다니는 자, 술 취해서 개기는 자, 건방지고 버르장머리없는 자, 군대예절을 지키지 않는 자, 무장을 갖추지 않은 자 등등 장군의 속을 썩인 자들은 한둘이 아니었다.

적전 도주, 부녀자 강간, 유언비어 유포, 군량미 절취, 집단탈영 등은 모두 목베었다. 이순신은 죄인들의 범죄사실을 자세히 기록하지는 않았지만, 죄인의 이름을 밝혔고, 곤장 때린 대수를 숫자로 기록했다.

이순신의 치죄治罪는 엄격하고 신속했다. 죄에는 지체 없고 가차없이 벌이 따랐다. 방답마을의 박몽세라는 병졸은 석수石手였는데, 채석장에서 행패 부리고 이웃집 개에게 피해를 미쳤다고 해서 곤장 80대를 맞았다. 곤장 80대면 몸이 부서졌을 터인데, 박몽세는 평소에도 행패가 심했던 모양이다.

이순신은 병졸이나 백성들을 처벌했을 뿐 아니라 군수, 현감 같은 고위직 관리들이나 초급장교들도 군율을 어기거나 명령에 따르지 않으면 붙잡아와서 곤장을 때렸다.

장흥부사, 낙안군수, 보성군수, 진도군수, 무안군수, 함평현감, 영암군수, 하동현감, 해남현감 들은 기일 위반, 근

무 태만, 명령 불복종 등의 죄목으로 끌려와서 곤장을 맞
았다. 하동현감은 90대를 맞았고 해남현감은 10대를 맞았
다. 90대를 맞으면 몸을 부지하기 어려웠을 것이다. 그 밖
에 만호, 군관, 병졸, 종 들도 숱하게 끌려와서 곤장을 맞
았다.

부하를 목베거나 곤장 때릴 때 이순신은 어떠한 감정도
노출하지 않는다. 목베었다, 때렸다, 가두었다, 가 전부다.
그는 자비로운 장군이 아니었고 무자비한 장군도 아니었다.
자비나 무자비로 재단할 수 없이, 일이 그렇게 되어질 수밖
에 없는 길을 그는 걸어갔다. 나는 이 무정한 문장들을 읽으
면서, '목베었다, 때렸다' 뒤에서 슬픔을 안으로 밀어넣고
있는 이순신을 느꼈다. 그는 말하지 않고, 갈 길을 간다.

이순신의 어려움은 적은 군사로 큰 적을 맞아야 하는 전
투뿐 아니라, 식량 부족, 병졸들의 탈영, 겨울바다의 추위,
전염병이었다. 이 어려움들은 서로 연관되어 있었다.

이순신 함대의 판옥전선板屋戰船은 배 1척에 120명 이상이
타고 있었다. 배는 노를 저어서 이동했다. 노 젓는 격군格軍
들의 노동과 훈련은 가혹했다. 전투가 벌어지면 격군장의
북소리에 맞춰서 좌회전 우회전해야 했고 적선을 들이받을

때는 더욱 빨리 저어야 했다.

계사년(1593년) 2월 3일에는 격군 80여 명이 배를 훔쳐 타고 집단탈영했다. 이순신은 추격대를 보내 이들을 붙잡아와서 주모자들을 그날로 목베었다. 흥양의 어부 막동이는 탈영하는 격군 30여 명을 자신의 배에 태워서 도망치다가 잡혀서 즉각 목이 베어졌다. 어부들의 배가 집단탈영에 이용되는 사태는 심각한 위기였다. 충청 수영에서는 배에 불이 나서 격군 140여 명이 불타 죽었다는 보고가 들어왔다.

계사년 8월 19일에 이순신은 장계에 이렇게 썼다.

신이 이끄는 수군만 계산해봐도 사부와 격군이 합쳐서 본래의 수는 6200여 명이었습니다. 그중에서 작년과 올해에 전사한 수와 2~3월부터 오늘까지 병들어 죽은 자가 600여 명에 이릅니다. (…) 겨우 살아남은 군사는 아침저녁 먹는 것이 고작 2~3홉도 되지 않아 굶주림과 피곤함이 번갈아 극에 달해 활을 당기고 노를 젓는 일을 결코 능히 감당할 수 없습니다. (…) 순천, 낙안, 보성, 흥양 등의 고을에 있던 군량 680여 섬을 지난 6월쯤 날라

1부 연필은 나의 삽이다

와 나누어 먹였으나 다 썼습니다.*

    이순신은 절량 사태를 임금에게 보고했지만, 임금이 어떤 조치를 내렸는지는 기록에 보이지 않는다.

    갑오년(1594년)의 일기에는

    1월 19일: 영남 여러 배들의 활군, 격군들이 거의 다 굶어죽게 되었다고 한다. 참혹하여 들을 수가 없다.

    1월 20일: 살을 에듯 춥다. 여러 배에 옷 없는 병졸들이 목을 움츠리고 앉아 추위에 떠는 소리는 차마 듣기 어렵다. (…) 군량마저 도착되지 않아 더욱 답답하다.

라고 적혀 있다. 이날의 일기는 그의 엄중한 침묵 밑에 깔린 슬픔과 고통을 건조한 문체로 기록하고 있다.

    7월 3일: 음란한 여자를 처벌했다. 각 배에서 여러 번 군량을 훔친 자를 처형했다.

• 이순신, 『난중일기』, 박종평 옮김, 글항아리, 2018, 901쪽.

9월 11일: 남평의 색리와 순천 격군으로 세 번이나 군량을 훔친 자들을 처형했다.

처럼 군량절도범죄를 다스린 기록들이 자주 나온다. 색리와 격군이 '세 번이나' 군량을 훔쳤다면, 배가 고파서 끓여먹으려고 소량을 훔친 것이지 빼돌려서 팔아먹으려고 다량을 훔친 것은 아니라고 나는 생각한다. 팔아먹으려고 훔쳤다면 장물 매수 조직이 잡혀왔어야 한다. 갑오년 7월 3일에는 음란한 여자를 처벌했고 같은 날에 군량절도범을 사형했다고 하니까 굶어죽어가는 판에도 음란녀가 있었다는 것인데, 그 상대인 남자가 등장하지 않는 걸로 봐서 이 음란녀는 불특정 다수남을 상대했던 것이 아닌가 싶다.

병졸들은 굶어죽지 않으려고 군량을 훔쳤고, 훔치다 걸리면 사형당했다. 병졸들은 죽지 않으려고 탈영했고, 탈영하다 잡히면 베어졌다. 이순신은 살려고 도망치는 부하들을 붙잡아서 목베었다. 격군이 없으면 배를 움직이지 못하는데, 도망치는 격군을 목베지 않아도 배를 움직일 수 없다. 『난중일기』의 메마른 문장 속에서는 춥고 배고파서 도망치는 부하들을 목베는 이순신의 마음의 풍경은 보이지

1부 연필은 나의 삽이다

않는다. 이순신의 바다는 인간세人間世의 고해다. 그는 그 고해를 끝까지 건너갔다.

이순신은 한바탕의 전투가 끝나면 그 결과를 소상히 적어서 임금에게 보냈다. 이순신의 장계는 그 첫머리부터가 문신들의 장계와는 판이하다. 이순신은 고사故事나 고전古典의 글을 끌어들이면서 임금의 덕성을 찬양하는 상투형을 버리고

— 삼가 무찌르고 붙잡은 일을 보고합니다.

라는 첫 문장으로 대뜸 시작한다. 나는 이 문장에서 그의 무인적 에토스를 느낀다. 그는 전사하거나 부상당한 부하들의 이름과 공적을 모조리 적어서 임금에게 보냈다. 지금 그들의 이름은 모두 기록에 남아 있다.

'맞붙어 싸울 때' 관노비 기이己伊, 관노비 난성難成, 토병 박고산朴古山, 격군 박궁산朴宮山…… 들은 전사했고, 그 밖에 수많은 관노비, 사노비, 절에 딸린 노비, 내수사 노비, 어부, 격군, 토병 들은 부상당했는데, 이순신은 이들의 이름 석 자와 작은 전공까지 세세하게 적어서 임금에게 보냈다. 이순신은

— 이들의 처자식들에게는 구제를 위한 특전을 베풀어
주소서.
라고 임금에게 청원했다.

　그 엄혹한 신분제 사회에서 삼도수군통제사 이순신은
전사하거나 부상당한 '천민'들의 이름을 적어서 임금에게
보내고 원호를 요청했다. 군율을 어긴 자들을 가차없이 목
베고, 전사한 노비들의 이름을 적어서 임금에게 올리고 공
로를 챙기는 그 양극단을 그는 하나의 마음에 품고 있었
다. 노량은 그의 마지막 바다이다. 명량에서 노량으로 나
아가는 정유년 겨울에 그의 일기는 때때로

　— 비와 눈이 내렸다. 서북풍이 불었다.
　— 눈이 내렸다.
　— 흐렸다 맑았다 뒤범벅이었다.

처럼 간단한 한 줄이다. 이 한 줄의 문장으로 전쟁의 하루
를 마감하면서 그는 대체 무슨 생각을 하고 있었던 것인
가. 그는 눈보라 치는 바다를 바라보고 있다.

　　　　　　　　　　　　　　1부 연필은 나의 삶이다

내 마음의 이순신 Ⅱ

　나는 조선 전쟁사나 이순신의 생애에 관한 전문가가 아니지만 이순신의 생애는 내 마음을 크게 흔들었다. 졸작 소설 『칼의 노래』를 쓰려는 준비 과정에서 임진왜란 당시의 문헌과 기록, 이순신 자신이 남긴 글들을 정밀하게 읽게 되었다. 그러나 나의 독서는 아마도 국민교양 수준을 넘어서지는 못할 것이다. 이 빈약한 독서량에 나 자신의 헤아림을 곁들여 나는 이 짧은 글에서 이순신이라는 인격의 내면과 그의 리더십이 작동하는 모습을 복원해보려 한다.

　리더십이란 남을 지휘통솔하고 장악하거나 자발적 헌신을 유도해서 목표를 향해 나아가게 하는 지도적 자질을 말한다고 할 것이다. 전쟁에서 리더십이란 고난을 돌파하고, 고난을 향해 사람들의 몸과 마음을 몰아가는 힘일 것이다. 이순신이 감당해야 했던 임진왜란, 정유재란의 특징은 대체로 두 가지로 설명할 수 있다.

첫째, 이 전쟁은 한민족이 통일왕조 수립 이후로 치러야 했던 수많은 민족방어전의 하나라는 점이다. 이 전쟁은 온 민족의 힘을 합쳐서 국토를 유린하는 압도적인 왜세와 맞서야 했던 총력전이며 전면전이었다. 고구려, 백제, 신라의 삼국통일 전쟁이나 또는 일본 중세의 군사적 패권을 건설하기 위한 내전 성격의 국지전과는 판이한 것이다.

둘째, 이 전쟁은 민족방어전이라는 절체절명의 사명을 걸머진 사활적 싸움이었지만, 그 사명의 막중함에도 불구하고 중앙정부나 지방정부로부터 아무런 물적 인적 지원이 없었던 전쟁이라는 점이다. 중앙정부는 이순신에게 수군통제사라는 지휘권을 인정해준 것뿐이었다. 그리고 이 지휘권은 끊임없는 정치적 감시와 박해의 대상이 되었으며 그가 투옥되고 백의종군하는 비극의 근원이 되었다. 전시에 지방 관아는 수군에게 일정한 군량을 제공하는 것이 원칙이었으나 피난민들의 경작지 이탈과 지방 관아의 부패 등으로 군량 징수는 용이치 않았으며, 실제로 이순신의 수군 부대는 계사년 한 해 동안 한산 수영에서 극심한 식량난을 겪는다. 이해에 이순신 휘하 수군 6200여 명 중 10퍼센트가 넘는 600명이 굶어죽었고 나머지 병졸들도 극심한 배고픔과 질병으로 전투에 동원할 수 없게 되었다(『난중일기』 계사년 편). 따라서 이순신의 전쟁 경영이란 적을 섬멸하는 전투 지휘뿐 아니라 군수, 병참, 보급, 징모徵募, 부상자 처리에서부터 전함 제작, 화포 제작, 탄약 생산, 농경, 제렴製鹽에 이르는 전쟁의 모든 국면을 스스로 해결해야 하는 싸움이었다. 의주로 달아난 피난 조정은 오히려 남해안의 수군 진영에 대해 궁중용 소비물품(종이, 훈련용 총포와 탄약)을 요구해오는 판이었다.

이순신이 남긴 기록에 의지해서 그의 지도력이 작동하는 모습을 헤아리건대, 그는 우선 이 모든 악조건과 그의 정치적 불운을 모두 '사실'로 긍정하고 있다. '사실'에 정서를 이입시키지 않고 '사실'을 오직 '사실'로서 수용하는 태도는 그의 리더십에 한 중요한 본질을 이루는 듯하다. 그가 바다에서 벌어졌던 전투나 그의 신변에서 공적으로

발생한 일을 상부에 보고할 때 얼마나 사실성을 존중했는
지를 드러내 보이면 다음과 같다. 개전 초기인 임진년 4월
15일에 조정으로 보낸 장계는,

　　전라좌도 수군절도사. 신하 이(이순신).

　　삼가 비상사태에 대비하는 일을 보고합니다.

　　오늘 4월 15일 술시에 받은, 4월 14일 발송된 경상우
도 수군절도사 원균의 공문 내용은 다음과 같았습니
다. (…)

　　그런데 "왜선 150여 척이 모두 향했다"고 합니다. 이
는 보통때 있는 세견歲遣(세견선) 종류와 같은 것이 아닙
니다. 그러므로 신(이순신)도 군사와 병선을 정비해 강
어귀에서 비상사태에 대비하고江口待變, 겸 관찰사(전라
관찰사 이광), 병마절도사(최원), 우도(전라우도) 수군절
도사(이억기)에게 모두 말을 달려 공문을 보냈습니다.
또한 바닷가 각 고을과 포에도 한꺼번에 말을 달려 공문
을 보내 점검하고 바로잡아 비상사태에 대비하도록 했
습니다.•

　　임진년 4월 15일 술시 절도사 이순신 올림

이라고 기록했다. 이 보고서는 원균으로부터 입수한 정보를 다시 상부에 보고하면서, 전해들은 정보와 자신이 내린 조치를 정확히 분리하고 있다. 원균의 첩보에 따르면 웬 수상한 선단이 부산 앞바다에 나타났다는 것이고, 이순신은 이 첩보를 다시 간접정보로서 상부에 보고하고 있다. 그리고 1차 첩보가 발송된 시간과 이 첩보가 자신에게 도착한 시간 및 이 첩보를 다시 상부에 보고하는 시점을 날짜와 시간까지도 소상히 기록하고 있다. 또 이 첩보에 대한 자신의 판단으로서 이 일본 선단이 무역선인지 전투함인지는 알 수가 없으나, 그 규모가 150여 척이라는 점을 보아 무역선으로 보기는 어렵다는 정황 판단을 보고하고 있다. 또 이 같은 정황 판단에 따른 자신의 조치로서 인접 육군 부대와 수군 부대에 이 정황을 통고했고 자신이 관장하고 있는 경비구역 안에 비상경계령을 발령했다고 보고하고 있다. 그리고 조정으로 가는 이 보고서가 4월 15일 술시에 발송된 것임을 명기했다. 이 보고서에 따르면 정보가 유통되는 시점은 원균의 적 동태 탐지가 4월 14일이고,

---

• 이순신, 『난중일기』, 박종평 옮김, 글항아리, 2018, 724~726쪽.

이 첩보가 다시 조정으로 올라간 시간은 다음날인 15일 술시(저녁 7~9시)이다. 이순신은 15일 저녁 7시에서 9시 사이에 원균의 통고를 받고 그 두 시간 안에 상황을 판단하고 자신의 조치를 끝내고 나서 다시 상부로 보고했다.

이 보고서의 특징은 정보가 유통되는 단계에서마다 정보의 발송, 도착, 2차 발송, 정보에 따른 판단, 판단에 따른 조치의 내용을 확연히 명기했다는 점이다. 자신이 전해들은 상황과 자기 자신의 판단과 조치를 이순신은 뒤섞지 않았다. 이 같은 보고서 작성의 원칙은 그의 지도적 성품의 일면을 확연히 드러낸다. 이 첩보는 이순신이 앞으로 닥쳐올 기나긴 전쟁과 시련에 관해 입수한 첫번째 첩보이다. 원균의 첩보는 매우 부정확하고 근접도가 떨어진다. 원균은 부산 앞바다에 몰려온 150여 척 선단의 성격을 전혀 파악하지 못하고 있다. 원균은 근접 관찰하지 않았다. 그래서 이 첩보는 군대를 움직일 만한 정보가 되지 못했다. 이순신의 보고서는 이 불완전한 정보를 윤색하지 않고 그 불완전성을 온전히 유지함으로써 사실성에 도달했다. 그리고 4월 15일 하루 동안 시간이 경과할수록 적정敵情은 더욱 다급하고 확연해진다. 한 건의 예를 더 보이면 다음과 같다.

　　　　　　　　　　1부 연필은 나의 삽이다

오늘 4월 16일 해시에 받은, 4월 15일 유시에 발송된 경상우도 수군절도사 원균의 공문은 다음과 같았습니다. (…)

뒤이어 받은, 14일 사시에 수결을 하고 관인을 찍은 그 도(경상좌도) 수사(박홍)의 전통 내용은 다음과 같았습니다. (…)

신(이순신)의 소관인 좌도(전라좌도)는 경상도와 한바다로 닿은 땅이기에 적이 침범하는 길의 요해처要害處입니다. 도(전라도) 안에서 가장 중요한 곳이기에 경계를 침범당한 뒤에는 방어 군사로 보충할 수 있는 잡색군을 미처 징집할 수 없는 상황이 될 수 있습니다. 그래서 소속 각 고을에서 새로 복무하기 위해 입대할 1·2부대 군사를 먼저 독촉해 방어 군사로 보충시켜 성을 지키고 바다에서 싸움을 하기 위해 모두 정비해 비상사태에 대비하고자 합니다.•

임진년 4월 16일 해시 절도사 이순신 올림

• 같은 책, 728~730쪽.

이 보고서 역시 정보의 유통 경로와 발송, 재발송 시간을 명기하고 이에 따른 판단과 조치 사항을 정확히 보고하고 있다. 이처럼 사실적이고도 시간의 선후를 분명히 가리는 보고방식은 그가 전쟁 기간중에 작성한 모든 장계에서 일관되게 드러나 있다. 그가 현실을 파악하고 이해하는 마음의 바탕은 오로지 '바다의 사실'에 입각하고 있었다는 점을 알 수가 있다. 그는 이 사실에 절망이나 희망 같은 정서적인 요소를 일절 개입시키지 않고 사실을 순결한 사실로서 긍정하고 거기에 입각해서 군대의 진퇴를 결정했다.

임진년 5월에 옥포 싸움과 연이어 벌어진 당포 싸움은 개전 초기의 첫 승전이며 전과도 컸다. 옥포 싸움에서 이순신은 적선 26선을 격파했다. 이때 임금은 이미 서울을 버리고 의주로 가는 피난길에 올라 있었는데, 이순신의 이 첫 승리는 패주하는 조선 관민의 정신의 힘을 버티어주는 데 크게 기여했다. 임진왜란과 관련된 많은 기록들 중 옥포 싸움과 당포 싸움의 경과를 보고하는 이순신의 장계는 그 뛰어난 사실성에서 백미를 이룬다. 이 기록에서 이순신은 전투의 과정뿐 아니라 피난민과 포로들의 참상, 적선의 생김새, 적의 대응 태세, 적의 화포와 장비들의 기능까지도 상세히 보고하고 있다.

　이순신은 사실을 기록했을 뿐 첨삭을 가하지는 않았다. 그가 받아들이고 긍정했던 '사실'들은 압도적으로 열세인 군사력, 물량 부족으로 인한 굶주림과 추위, 부하들의 이탈과 명령 불복종, 전쟁을 지원해야 할 행정 관료들의 부패와 무능, 당쟁의 틈바구니에서 짓밟혀야 하는 자신의 정치적 불운과 같은 시련과 역경이었다. 그리고 그의 지도자된 자질은 이 절망적인 역경을 희망으로 전환시키는 데 있었다. 전 생애를 통해서 그의 리더십에 가장 강력하고도 아름다운 대목은 이 전환의 국면 속에서 작동되었다. 후인이 전환의 내면을 말하는 일은 두렵다.

　그는 정치적 불운과 박해를 백의종군의 방식으로 전환시켰으며, 군사력의 열세에서 우세로, 수세에서 공세로, 죽음에서 삶으로 끊임없이 전환해 나아갔고, 그 전환의 목표를 향해 수군 부대를 몰고 나갔다. 이 전환의 힘이 전투에서 발현되었을 때 그는 한산도 싸움에서처럼 압도적인 승리를 거둘 수가 있었고, 이 전환의 힘이 그의 실존적 인격 안에서 작동될 때 그는 백의종군의 역경을 건너가면서 명량 싸움을 수행할 수 있게 된다.

이순신의 정치적 불운은 수군에 부임하기 이전, 육군 초급 지휘관 시절부터 시작되었다. 그의 나이 마흔다섯 살이던 1590년부터 1591년 사이에 이순신에 대한 인사발령은 극심한 파행을 보인다. 그는 고사리진 병마첨절제사에 임명되었으나 사간원의 반대로 부임하지 못했다. 그 직후 만포진 수군첨절제사에 임명되었으나 역시 부임하지 못한 채 발령이 취소되었다. 그는 또 진도군수에 발령된 후에도 부임하지 못했고, 가리포에도 부임하지 못했다. 사간원은 이순신에 대한 임명과 부임에 끝없이 반대했던 것인데, 이 파행은 당시 조정대신들 간의 당쟁과 권력 투쟁의 산물이었다.

이순신은 정유년 1597년 2월에 한산 통제영에서 체포되었다. 이순신에 대한 혐의는 군공을 날조해서 임금을 기만하고 조정을 능멸했으며 바다에서 가토의 부대를 요격해서 적장의 머리를 바치라는 기동출격 명령에 따르지 않았다는 것이었다. 이 혐의는 살아남기 불가능한 죄목이었다. 이순신의 죄를 논하기 위한 어전회의는 여러 차례 열렸다. 선조실록이 그 어전회의의 대화록을 전하고 있다.

이 발언 내용을 들여다보면 선조는 이순신을 파직시키고 사형에 처할 작정을 하고 나서 조정대신들의 동의를 구하고 있다. 선조는 조정대신들이 이순신을 죽여야 한다는 여론을 몰아오기를 은연중에 부추기고 있다. 한편 이순신을 탄핵했던 사헌부는 국문鞠問으로 이순신의 죄상을 밝혀야 한다고 주청하고 있다.

이순신은 고문을 받았다. 이순신의 몸에 가해진 고문의 내용은 알 수가 없다. 그러나 『난중일기』의 기록에 따르면 그는 출옥 직후 부축하는 사람 없이 걷거나 말을 타고 남해안까지 내려갔다. 이것이 그의 백의종군의 시작이다. 그는 출옥 후 가끔씩 술도 마셨다. 이 일기의 기록으로 보아 이순신에 대한 고문이 그의 몸을 아주 망가뜨려버린 것은 아니었다. 그러나 출옥 후의 일기에 오한, 식은땀, 두통, 소화불량 등 병고에 시달리는 모습이 자주 등장하는 것으로 보아 고문이 그의 건강을 크게 훼손시켰음을 짐작할 수 있다.

이순신의 일기는 병신년 1596년 10월 12일부터 이듬해 정유년 3월 말일까지가 누락되어 있다. 일기는 출옥하던 당일인 정유년 4월 1일부터 다시 계속된다. 이때부터 그는 지방 관아의 객사나 병졸의 집, 종들의 행랑방에서 잠을 자고 얻어먹어가면서 다시 싸우는 남쪽 바다로 내려간다. 그의 일기는 자신에게 가해진 고문과 관직 삭탈, 정치적 음모와 박해 등에 관해서는 일언반구도 기록하지 않았다. 그리고 그의 사후에 여러 사람들이 남긴 글 속에서도 이순신은 자신이 겪은 고통과 치욕에 관하여 일언반구도 언급하지 않았다. 그가 육군 초급 장교 시절에 임지에 거듭 부임하지 못하게 되는 정치적 불운에 대해서도 그는 아무런 기록이나 발언을 남기지 않았다. 그래서 우리는 그의 정치의식이나 그 당시 조정 권력 투쟁과 당쟁에 대한 그의 인식, 또는 자신에게 가해진 박해와 치욕을 스스로 어떻게 생각하고 있었는지를 그 자신의 발언이나 기록을 통해서 짐작하기가 불가능하다. 그는 백의종군의 길에 나서서까지도 오직 침묵으로 일관했다.

이순신은 그해 7월에 복권되어 삼도수군통제사에 임명되었다. 그 직전에 원균의 부대가 칠천량 싸움에서 참패했고 이 싸움에서 조선 수군 무력의 거의 전부가 궤멸되었다. 남은 것은 전선 12척과 사기가 꺾여 흩어진 패잔병들뿐이었다. 삼도수군통제사 임명을 받고 임금에게 올린 장

1부 연필은 나의 삽이다

계에서 이순신은 말했다.

신에게 아직도 12척이 남아 있고, 또 신의 몸이 살아 있는 한 적이 우리를 업신여기지 못할 것입니다.

이 문장을 백의종군 전후의 정치 상황 속에서 읽을 때 우리는 이순신의 침묵의 내면을 희미하게나마 짐작할 수 있다. 그의 침묵이 삶을 향한 전환을 예비하는 침묵이었음을, 이 한 줄의 문장은 일깨워준다. 수백 척의 적선 앞에서 단지 12척뿐이라는 이 비극적 사실을 그 사실로서 긍정함으로써 그 사실 위에서의 전환을 그는 도모하고 있다. 그리고 자신을 고문하고 삭탈관직한 임금을 향해 자신의 정치적 원한을 감춘 채 새로운 싸움의 시작을 알린다. 그가 "신의 몸이 살아 있는 한"이라고 말했을 때 그 한마디는 그 자신의 생명의 내부에 들끓는 전환의 힘을 느끼게 한다. 그리고 그의 전환의 리더십은 곧이어 닥친 명량해전에서 승리를 거두는데, 이 승리는 세계 해전 사상 일대 장관이었다.

명량에서 그는 12척의 배를 몰고 나가 적선 350여 척을 부수었다. 적들은 궤멸되었고 살아남은 자들은 도주했다. 이 패전으로 일본 수군은 서해우회전략을 전면 포기했고 전쟁의 국면은 바뀌었다. 전투 초기에 아군 선단은 적의 숫자에 압도되어 겁에 질려 있었다. 거제도 현령 안위조차도 앞으로 나아가지 못하고 후미에서 머뭇거렸다. 이 전투에서 이순신의 리더십은 부하들로 하여금 임박한 죽음의 현실을 명확히 인식토록 하는 데 있었다. 도망갈 길이 없다는 것, 싸우다가 죽는 것 이외에는 아무런 다른 길이 없다는 운명을 그는 부하들에게 명백히 인식시켰다. 그는 머뭇거리는 안위를 불러서 물었다.

— 안위야, 네가 물러서면 살 듯싶으냐? 네가 군법에 죽고 싶으냐?

이 꾸지람이 안위를 앞으로 나아가게 했고 안위는 큰 전과를 올렸다. 전투 초기부터 적과는 도저히 비교할 수 없는 압도적인 물적 열세는 모든 장병들이 함께 느끼고 있었다. 여기서 두려움이 생기는 것은 인지상정이다. 그리고 이 공유된 두려움 속에서 리더십을 작동시킨다는 것은 거

1부 연필은 나의 삶이다

의 불가능한 일이었을 것이다. 이순신은 이 두려움을 죽음에 대한 명백한 인식으로 돌파한다. 그리고 그의 이러한 지휘 스타일은 수많은 전투에서 일관되게 작동하고 있다.

최초의 해전인 옥포전투에서도 여러 부하들은 그 해역이 전라도 수군의 관할구역이 아니고 경상도 수군의 구역이라는 이유로 출전을 머뭇거렸다. 이순신은 여러 부하들의 의견을 오랫동안 듣고 있다가 단호한 결단을 내렸다.

나라가 위태로운데 어찌 제 구역에만 앉아 있을 것이냐. 내가 너희들에게 물어본 까닭은 너희들의 속내를 알아보려고 시험해본 것뿐이다. 우리는 나가서 싸우고 싸우다가 죽는 수밖에는 길이 없다. 감히 반대하는 자가 있다면 군율로 목을 베리라.

이분, 『행록』 중에서

죽음의 현실을 직시하는 바탕 위에서 역설적이게도 삶의 전망을 열어나가는 그의 모습은 부하를 지휘하는 전투 현장에서나 그가 남긴 언행 속에서 자주 확인할 수 있는데, 이러한 리더십은 물적인 열세 속에서 압도적으로 우세한 적과 싸우기 위한 단 하나의 방편이었을 것이다. 그는 임금에게 보낸 장계에서 전쟁의 목적은 "적의 종자를 박멸하는 것이다"라고 말했다. 그는 전쟁에서 외교적인 측면을 고려할 수는 없었다. 군사외교적인 이유로 일본군 주둔지에 가까이 가지 말고, 철수하려는 조짐을 보이는 일본군을 공격하지 말라는 명나라 군대 담도사의 요청에 대해서 그는 이렇게 대답했다.

지금 적들이 차지하고 있는 김해, 거제, 동래는 모두 우리 땅입니다. 또 우리더러 이제 그만 고향으로 돌아가라고 하시나, 우리에게는 이미 돌아갈 고향이 없습니다. 적이 스스로 물러갈 조짐이 보인다고 하시나, 적들의 약탈과 살인이 점점 더 흉포해지고 있으니 적이 어찌 스스로 물러갈 뜻이 있다고 하겠습니까. 적들이 우리와 강화하려고 한다는 것은 한낱 속임수일 뿐입니다. 이 뜻은 그대로 우리 임금께도 아뢰려 합니다.

그는 늘 사지의 한복판에 처한 자신의 위치를 직시한다. 이러한 현실 인식과 거기에 바탕한 리더십은 "죽으려 하면 반드시 살고, 살려 하면 반드시 죽는다"(명량해전 출동 하루 전날인 1597년 9월 15일 밤에 부하들에게 한 말)라는 말로 선명히 요약된다. 그는 또 말했다.

한 사람이 길목을 지키면 천 명의 적도 두렵게 할 수 가 있다. 이는 모두 오늘의 우리를 두고 하는 말이다. 너 희 장수들은 절대로 살 생각을 하지 말라.

그는 부하들에게 당당히 죽음을 요구하면서 삶의 길은 그 죽음에 대한 인식 속에 있다는 역설을 각인시키고 여기 서부터 전투의 동력을 이끌어낸다. 그가 치러낸 수많은 해 전의 승리는 이 전환의 리더십이 가져온 승리였고 명량 싸 움은 그 절정이다.

죽음에서 삶의 국면을 전환시켜나가는 그의 리더십은 전투 현장에서 보여준 그의 수군진법에서도 확인할 수 있다. 그는 명량에서 전선 12척으로 일자진의 대형을 이 루어 적의 진로를 가로막았다. 일자진은 말 그대로 적의 전방에 아군 전선을 한 줄의 횡렬로 펼친 것이다. 12척 으로는 일자진 이외에 다양하고도 기습적이며 유동적인 싸움의 대열을 구상할 수 없었을 것이다. 그래서 이순신 함대는 다만 외줄기 일자진으로 300척이 넘는 적의 진로 앞에 펼쳐졌다. 이 일자진은 그야말로 죽음을 각오한, 죽기로 작정을 한 전투 대형이었다. 그리고 이 죽음을 내포한 전투 대형은 그의 내면의 바람대로 삶의 길을 열어주었다.

명량해협의 물길은 하루에 네 번 방향을 거꾸로 바꾼다. 북서조류와 남동조류가 교차할 때 바다는 뒤집히고 물살은 거칠다. 그래서 해남 우수영 앞바다에서는 언제나 거친 물결 소리가 들리는데 이 소리는 파도 소리가 아니고 해류가 일으키는 흐름의 소리다. 명량에서의 승리는 북서에서 남동으로 전환하는 해류 속에 적의 선단을 모조리 끌어들여놓고 나서 앞에서부터 밀어붙인 전투의 승리였다. 이 싸움은 해류의 전환에 힘입었지만, 이순신이 애초에 생사의 전환을 전투에 적용시키지 못했더라면 이길 수 없는 싸움이었다.

한산도 앞바다 싸움에서 이순신 함대는 학익진으로 나아갔다. 한산도 싸움은 견내량(지금의 거제도 북쪽 하청면 앞바다)과 안골포(지금의 경남 창원시 진해구 안골동) 두 물목에서 벌어졌다. 이때 이순신의 함대는 전라좌수영, 전라

1부 연필은 나의 삶이다

우수영을 합친 전라도 전선 48척에 원균이 인솔한 경상도 전선 7척을 합쳐 모두 55척의 군세를 이루었다. 적은 와키사카가 지휘하는 110척이었다. 적들은 견내량, 안골포의 내항에 포진해 있었는데, 이 물목은 수로가 좁고 암초가 많아서 공세를 몰아가기가 어려운 바다였다. 이순신의 전술은 수색섬멸에서 유인섬멸로 바뀌었다.

이순신 함대는 판옥전선 5~6척으로 적의 주력을 한산도 앞바다까지 유인해냈다. 이 바다에서 조선 수군은 학익진으로 펼쳤다. 학익진은 후퇴하던 선단이 돌연 방향을 거꾸로 바꾸어 중군을 중심으로 하고 좌우로 날개를 펼쳐서 적을 포위하는 대응이다. 학익진법은 넓은 바다에서 유용하게 쓸 수 있는 전투 대형이다. 학익진은 수세에서 공세로, 후퇴에서 전진으로 돌연 국면을 전환시킬 수가 있다. 군대의 진행에 앞과 뒤가 따로 있는 것이 아니라 돌아서면 뒤가 앞인 것이다. 이 대형은 전선의 수가 어느 정도 많아야 운영할 수 있었을 것이다.

학익진은 전투에서 국면 전환의 목표를 실현시킬 수 있었던 유동성 높은 전투 대형이었다. 수세 안에 공세를 내포하고, 공세 안에 다시 수세를 감추어서 수공의 전환이 삽시간에 이루어지며, 수세와 공세 사이에 이음새가 없이 수공이 서로 보완하면서 합치되는 전투 대형이다. 이 유연한 기동성에 도달하기 위해서는 병사들에게 강도 높은 노 젓기 훈련과 대형 형성 훈련, 그리고 방향 전환 훈련이 필요했을 것이다. 이순신은 싸움의 현장 속에서도 수세와 공세를 유연하게 전환시켜나갔다.

『난중일기』와 이순신의 장계문들은 그 뛰어난 사실성에도 불구하고 애석하게도 미흡한 부분들이 많다. 거북선의 제작 과정이나 제원諸元과 성능, 운영방식에 대한 기록이 없고, 일자진이나 학익진 같은 전투 대형들이 실전에서 구체적으로 적용되는 모습, 그리고 그런 진법을 채택하지 않으면 안 되는 전술상의 필연성 등에 대해서 이순신은 기록하지 않았다. 아마도 이순신은 당연하게도 『난중일기』를 군사 문제 연구서나 작전분석보고가 아니라 개인의 전투 일지로 생각하고 있었을 것이며, 또 임금에게 보내는 보고서에서 군사실무기술에 관한 문제를 시시콜콜히 적는다는 것은 적절치 않다고 판단했을 수도 있다. 그러나 전투 때마다 예측할 수 있는 전황과 아군의 군세, 바다의 형국을 종합 판단해서 가장 적절한 진법을 선택하는 그의 전술을 들여다볼 때 그는 인간의 당면현실이나 운명을 고착된 것으로 이해하기보다는 언제나 전환 가능한 유동적 실체로 이해했던 것 같다.

『난중일기』에는 이순신이 부하들을 군법으로 처단한 사례들이 잇달아 등장한다. 이 대목은 그가 부하들을 어떻게 다루었나를 보여줌으로써 그의 리더십을 이해하는 데 중요한 도움이 되고 있다. 부하들의 죄를 법으로 처단할 때 그는 신속했고 단호했으며 자기확신에 가득찬 태도를 보인다. 그의 리더로서의 법 집행은 자비나 무자비 같은 인간적인 정리情理에 이끌리지 않고 법을 그야말로 객관적 실체로 작동시키는 태도를 보인다. 사법에서 이순신의 리더십은 참여형이라기보다는 독단형에 가깝다. 그는 부하의 범죄 사실에 대해서 법의 실체를 가차없이 적용했다.

부하를 베거나 곤장을 치거나 투옥하는 일들을 기록하는 『난중일기』의 대목은 차갑고도 비정하다. 그는 우선 그날의 바다날씨를 적고 부하 아무개가 군율을 어기므로 잡아다가 베었다는 사실을 기록하고, 이어서 바다의 물결이 높았는지 어땠는지를 적는다. 그의 글에서는 부하를 베었다는 사실과 바다의 물결이 높았다는 사실이 동등한 중요성을 갖는 사건으로 기록된다. 처형에 따른 인간적 감정이나 갈등은 일절 보이지 않는다. 그는 아마도 법을 최고 지휘관인 자기 자신의 인간된 감성이나 온정으로 재단할 수 없는 별도의 실체로 이해하고 있었던 것 같다. 법에 대한 그의 이러한 태도 역시 삶의 현실에 아무런 수식적 장치를 가하지 않고 실체를 실체로서 마주 대하는 현실 대응 자세와 크게 다르지 않다.

이순신의 지도자 된 덕성은 많은 다양성을 내포한다. 그는 신중한가 하면 과감했고, 자비와 무자비를 일체 떠난 엄중한 냉철함으로 부하들을 대했으며, 어머니와 아들의 죽음에 통곡했지만 부인의 일은 일기에 기록하지 않았다. 그러나 그의 복합적인 리더십의 중층 구조 속에서 가장 빛나는 대목은 죽음에서 삶으로 전환하는 방향으로 헐벗은 부대를 이끌어나가고, 또 실제로 이 같은 원칙으로 전투를 수행해낸 능력에 있을 것이다. 이 점은 그가 끝끝내 탈정치적이었고, 자신의 공적에 대해서 아무런 대가도 바라지 않았던 보상 없는 생애의 모습과 연관이 있다 할 것이다.

이순신의 리더십은 물론 중세적 봉건의 토양 속에서 배

태되고 양성된 자질일 것이다. 그러나 그가 중세적인 충효 사상과 근왕주의勤王主義 정신만으로 7년간의 길고도 참혹한 전쟁을 돌파해나왔다고는 보기 어렵다. 근왕주의는 정치권력을 향한 자신의 내면의 경건성을 단속하는 이념이 될 수는 있겠지만, 근왕주의만으로 부하들을 전투의 현장으로 이끌고 나갈 수는 없었을 것이다. 그는 정치가 군사적 현실을 왜곡하는 사태를 견딜 수 없어했고, 군사적 현실에 개입하려는 정치세력의 힘에 저항했다. 그의 군사주의는 탈정치적이라는 점에서 순결하다. 그리고 이 염결성은 부하들을 대하는 그의 태도에서도 나타난다. 그는 부하들을 지옥 같은 삶의 현실과 조선 수군의 비참한 역경에 직면케 했고 회피할 명분이나 길을 열어주지 않았다. 그 마지막 벼랑 끝으로부터 그는 반격을 시도했고, 그의 반격은 언제나 성공적이었다. 그의 생애와 리더십의 특징은 이 탈정치성에 있다고 할 것이다. 그는 봉건의 정신이라기보다는 실존적 내면의 힘으로 전쟁을 수행했으며, 그의 리더십의 본질도 그 연장 위에서 전개되었다고 볼 수 있다.

탈정치성은 그의 생애에 가장 큰 힘이었고 참혹한 비극이었다. 그는 부패하고 무능한 지방관리들의 이름과 죄상을 낱낱이 적어서 임금에게 고하는 일을 주저하지 않았고, 그러한 고발 행위가 거꾸로 자기 자신에게 미칠 정치적 불이익을 염두에 두지 않았다. 그가 투옥되고 고문당하고 백의종군하게 되는 비극도 이 탈정치성에서 비롯된 것으로 보인다. 그는 전쟁이 끝나던 날 죽었다. 그래서 정치는 백의종군 이후에 그의 생애에 더이상 손을 댈 수가 없었다. 그는 전쟁 후에 재편될 정치질서 속에서 자신이 처하게 될 입지를 염두에 두지 않았다. 아마도 그에게는 그런 정치적 입지가 허락되지 않았을 것이다. 그의 죽음이 전사가 아니라 전사로 위장한 자살일 수도 있다는 추론과 정황도 역시 이 탈정치성에서 온다고 할 것이다.

민주적이고도 참여적이고 온정적이고 여론 수렴적인 리더십이 현대사회의 만인이 요구하는 리더십이다. 그러나 이 같은 민주적 성격만으로 리더십의 내용이 모두 충족될 수 있는 것인지에 관하여 이순신의 생애는 많은 생각거리를 제공해준다. 리더십이란 때로는 여러 사람들이 싫어하고 회피하려는 방향과 목표를 향해 다중을 거슬러가면서 그 다중을 다시 몰고 나갈 수 있는 덕성까지를 포함해야 온전하다 할 것이다. 그리고 국가적 위기 속에서 이 같은 리더의 자질은 국가 존망의 관건이다. 다수에 의해 선택되고 다수의 동의 위에서만 존립할 수 있는 정치적 리더십이 지배하는 시대에, 이순신의 탈정치적인 생애와 죽음에서 삶으로 전환하는 지휘 스타일은 리더십의 본질이 정치적 욕구를 충족시키는 것만으로는 완성될 수 없다는 점을 보여준다.*

* 이 글은 2003년 충무공탄신 제458주년 이순신연구소 제5회 학술대회에 '전환의 리더십—죽음에서 삶으로'라는 제목으로 발표한 강연원고를 고쳐 쓴 것이다.

Love is touch,
Love is real

젊었을 때 나는 동물원에 자주 갔다. 동물들하고는 말을 하지 않아도 되기 때문에 나는 동물들을 좋아했다. 말을 건네지 않아도 알 수 있는 것들이 있다고 나는 생각했는데, 동물들 쪽에서 본다면 내 생각은 틀렸기가 십상일 터이다. 그러므로 동물을 향한 나의 갈증은 순전히 짝사랑이고, 동물들에게는 이해받지 못할 나 자신만의 몽상이라 해도 할 수 없다.

내가 서른 살 무렵에는 서울 창경원 안에 동물원이 있었는데, 그후에는 서울대공원으로 옮겨갔다. 호랑이, 사자, 코끼리를 데리고 이사갈 때, 사육사들과 운수회사들이 쩔

1부 연필은 나의 삶이다

쩔맸고 경찰들이 교통을 통제해서 길을 비우고 박정희 대통령 행차처럼 지나갔다. 호랑이가 대형트럭 위에 올라앉아서 서울 도심의 거리를 내다보던 기억이 난다. 호랑이는 제가 싼 똥냄새를 맡아야만 정서가 안정된다고 해서 사육사들이 먼저 살던 자리의 똥을 퍼다가 이사간 집 바닥에 깔아주었다.

동물원에서 가장 인기 있는 동물은 원숭이였다. 우리 안에서 원숭이는 그네를 탔고, 거울을 들여다보았고, 서로 이를 잡아주었고, 사람을 향해 모래를 던졌다. 아이들은 언제나 원숭이 우리 앞에 모여서 와글거렸다. 키 작은 아이들은 원숭이를 볼 수 없어서 틈새를 비집고 앞으로 나왔다. 사람과 닮았기 때문에 원숭이는 아이들에게 인기가 높았다. 어린이날, 나의 아이들을 데리고 동물원에 가면 내 친구와 직장동료들도 아이를 데리고 동물원에 와 있어서, 원숭이 우리 앞에서 다들 만났다. 솜사탕 먹으면서 원숭이를 보는 것이 어린이날의 행복이었다. 어린이날에는 미아들이 많이 생겨서, 동물원 미아보호소에는 언제나 코 흘리는 아이들이 수십 명씩 끈적거리는 솜사탕을 입가에 붙인 채 울고 있었다.

호랑이, 사자, 곰, 코끼리, 말 같은 덩치 크고 인상이 강한 동물들의 움직임을 나는 오랫동안 들여다보았다. 동물들의 동작은 거듭 들여다보아도 늘 처음 보는 것 같았는데, 아마도 해독하기가 어려웠기 때문일 것이다. 이것은 책 속에는 없는, 직접적인 놀라움이었다. 이 동물들은 그 어미 아비가 사람에게 붙잡혔기 때문에, 동물원 철망 안에서 태어나 한 번도 사막, 초원, 산악을 달려보지 못하고 사람이 주는 먹이를 받아먹다가 철망 안에서 죽어야 할 신세지만, 그것들의 움직임에는 여전히 야생하는 생명의 힘과 표정이 살아 있다. 덩치 큰 동물들이 저쪽으로 돌아서서 걸어갈 때, 이 야생의 표정은 절망으로 보이기도 한다.

　나는 그 동물들의 움직임을 들여다보면서 뚜렷하게 빛나는 몸MOM의 실체를 확인할 수 있었다. 그것은 인간의 언어나 개념으로 범접할 수 있는 것은 아니었다.

　동물들은 문명이나 제도, 언어나 관습의 보호를 받지 않고, 앞선 세대로부터 아무런 기록이나 유산을 물려받지 않는다. 동물들은 오직 제 몸뚱이 하나로 제 몸뚱이를 먹여 살리거나 강자의 먹이로 내어주면서 번식과 죽음과 기아와 멸종의 수백만 년을 건너간다. 생명의 전개는 고통이나 기쁨, 영광이나 치욕 같은 인간의 언어를 넘어서는 시간과 공간 속에서 장엄하고, 그들의 생명은 삶과 죽음을 동시에 감당하는 개별적 실존으로서 존엄해 보였다. 그리고 그 종족과 개체들의 몸은 언제나 완벽한 사실성으로 긴장되어 있었고, 그것들의 몸동작에서는 자족自足한 생명의 리듬이 흘러나왔다.

동물들의 앞발을 들여다보고 또 내 손바닥을 들여다보면 나의 뼈와 동물들의 뼈는 구조와 기능의 친연관계로 계통지어져 있으며, 같은 포유류의 집안 식구라는 걸 의심할 수 없다.

호랑이나 사자가 천천히 걸어갈 때, 앞다리는 안쪽으로 약간 굽어 있고, 어깨와 등판의 근육 전체가 물결치듯 흔들린다. 네 다리가 교차하면서 작동하는 운동 질서는, 인라인 스케이트를 타고 달리는 인간의 팔다리 질서와 똑같다. TV 동물 프로에서 봤더니, 사자가 앞발로 새끼를 쓰다듬고 혀로 새끼를 핥아주고 있었다. 사자의 앞발은 먹이를 쫓는 무기이며 사랑의 도구였는데, 사람의 팔과 다르지 않았다. 사자는 시선을 자주 바꾸지 않고 한 방향을 오래 바라본다. 꼼짝하지 않고 앉아 있을 때도 사자의 시야는 넓어 보이고,

그 시력은 지평선 안쪽 전체를 읽고 있는 것 같다.

낙타의 발바닥은 두껍고 넓다. 낙타는 그 발바닥으로 조심스럽게 땅을 디딘다. 낙타는 지그시 땅바닥을 밟는다. 낙타의 종족은 사막의 모래바람 속에서 수만 년 동안 산전수전을 겪는 동안 견딤과 참음의 형질이 유전되어서 갓 태어난 낙타 새끼조차도 늙음의 표정을 지니고 있다. 호랑이나 사자, 원숭이의 어린 새끼들은 저네들끼리 장난치고 까불고 뒹구는데, 낙타의 새끼들은 별로 부산을 떨지 않는다. 견딤과 참음의 수만 년 세월 속에서 낙타는 구도자나 순례자와 같은 운명의 표정에 도달했을 것이다. 낙타는 목밑의 피부를 길게 늘어뜨리고 머리를 높이 쳐들어서 언제나 먼 곳을 바라보고 있는데, 갈 길이 멀기 때문일 것이다. 낙타는 주저앉아서도 먼 곳을 보고 있다.

말은 어쩌다가 한 번 부르짖을 때를 제외하면, 언제나 침묵에 잠겨 있다. 말의 침묵은 완강하고 불가침하다. 제주도 초원의 말들은 수십 마리가 모여 있어도 아무런 소리를 내지 않는다. 모여 있어도, 말들은 따로따로다. 말들은 적막 속에서 저녁을 맞는다. 말들은 고개를 숙이고 고요히 어둠 속으로 지워져간다.

1부 연필은 나의 삽이다

말의 머리에는 그 혈통의 문양과도 같은 점이 박혀 있다. 그 문양은 말들의 먼 조상으로부터 유전되는 암호인데, 인간은 그 비밀을 해독할 수 없다.

말들은 가끔씩 서로 마주보며 목을 비빈다. 암수끼리 비비기도 하고 때로는 동성끼리도 비빈다. 동물학자들은 이 행위를 애정 표시라고 하는데, 학자가 아닌 나도 금방 알 수 있다. 목을 비빌 때 말들은 고요하고, 눈동자는 맑고 깊다.

원숭이는 사람처럼 앞발로 상대를 안고 쓰다듬는다. 몸으로 사랑을 표현하는 동작은 사람이나 동물이나 다를 바가 없는데, 앞발을 애정 표현의 중요한 도구로 쓰는 걸로 봐서 인간과 원숭이는 분류계통상 친연관계가 확실해 보인다. 팔과 손이 없고, 팔과 손에 마음을 전하는 기능이 없다면 인간의 애정행위는 허전하고 불완전하다. 사람과 원숭이가 친연관계에 있다고 해서 인간의 고귀함이 훼손되지 않는다. 인간의 존엄은 인간 스스로에 의해 더럽혀진다. 몸에는 자연과 생명의 경계선이 없다. 모든 몸은 빛나는 몸이다. 모든 몸은 'real'하다.

나는 존 레넌의 노래 〈Love〉를 좋아한다.

Love is real, real is love (…)
Love is touch, touch is love (…)
Love is living, living love

나는 오노 요코의 노래 〈Kiss kiss kiss〉를 좋아한다.

Kiss, kiss, kiss, kiss me love
Just one kiss, kiss will do (…)
Touch, touch, touch, touch me love
Just one touch, touch will do

이 영어문장들은 한국어로 번역되기 어렵지만, 억지로
번역할 필요도 없다. 이 문장들에서, 영어는 강력한 힘을
뿜어낸다. 주어와 술어만으로 구성되어 있어서 더이상 줄
일 수 없는 이 단순한 문장들은 언어와 몸의 경계를 부수
고 생명과 자연을 직접 연결함으로써 마그마 같은 폭발력
을 분출시킨다. 이 메시지는 자명해서, 아무도 거기에 의

문을 제기할 수 없다.

Love is touch, touch is love. 이 두 문장이 하나의 짝을 이루면서 love는 real이 된다. touch가 없는 사랑은 real이 없으므로 사랑이 아니라 관념이다. 사랑은 몽상이 아니라 현실이며, 사랑은 사랑의 공백을 용납하지 않는다. Love is real이라는 명제 속에서 영혼과 육신은 본래 하나다.

그리움이나 기다림도 love가 아니라 할 수는 없지만, 부재와 상실은 real에 미달한다. 내가 당신을 그리워하고 당신을 기다린다고 할 때, 나는 당신의 살아 있는 몸, 당신의 목소리, 당신의 얼굴, 당신의 팔다리가 내 눈앞에 나타나서 당신이 나의 real이 되기를 기다린다는 말이다. 내가 당신을 그리워한다고 말할 때, 나는 당신의 real을 그리워한다는 뜻이다. 그립다는 말은 그리움을 끝내고 싶다는 말이다. 당신이 나의 real일 때 나는 당신의 real이다.

존 레넌의 노래를 들을 때 나는 억압 없고 갈증 없는 몸을 생각한다. 삶은 life가 아니고 Being alive이다. Being alive는 그리움 없고 기다림 없는 시간이다. 사람과 사람

사이를 몸으로 건너감으로써 사람은 몸과 마음이 합치되는 자유에 도달한다. 존 레넌의 노래를 들을 때, 나는 땅 위를 걸어가고 달려가는 수많은 동물들의 동작들과 철망에 갇힌 동물들의 느릿느릿한 동작들과, 마주보며 목을 비비는 말들의 사랑을 떠올리고, 로댕의 조각작품 〈키스〉를 떠올린다.

로댕의 〈키스〉는 몸으로 사랑을 나누는 사람의 몸과 영혼을 보여준다. 영혼은 몸에 구현되어 있고, 키스하는 남녀의 몸의 굴곡은 산하山河처럼 출렁거린다.

로댕의 〈키스〉를 사진으로 보면서 나는 고대 중국의 천지개벽 신화에 등장하는 거인 반고盤古의 죽음을 생각했다. 반고는 혼돈을 도끼로 찍어서 두 조각 냈다. 하늘과 땅, 빛과 어둠이 분리되어서 이 세계는 사람이 살 수 있는 산하가 되었다. 반고가 죽어서 땅에 쓰러졌는데, 쓰러진 육체 굴곡을 따라서 산맥과 들이 펼쳐졌고, 이 거인의 핏줄이 강이 되고 눈물이 바다가 되었다. 세계는 인간의 육체를 따라서 전개되었다.

로댕의 〈키스〉를 보면서, 나는 사랑하는 사람들의 몸

1부 연필은 나의 삽이다

로댕, <키스>

위에 펼쳐지는 세계의 환영을 본다.

사진가 박경만의 작품 〈키스〉는 2015년 7월 27일 일몰 직후에 프라하 카렐 다리에서 실제로 발생했던 키스다. 이 키스는 생활 속의 키스이고, 우리 이웃 사람들의 키스다.

로댕의 〈키스〉는 키스의 원형을 보여주지만 박경만의 〈키스〉는 키스의 일상을 보여준다. 중세도시 프라하는 어둠에 잠겨가는데, 사진 속의 남녀는 현재의 시간에서 키스하고 있다. 키스가 그 도시를 중세에서 현대로 연결시킨다. 사진 속에서 키스하는 남녀는 어느 정도 나이들어 보인다. 젊은이들의 다급한 키스가 아니라, 중년의 평화로운 키스다. 이 사진을, 내 여성 후배에게 보여주었다. 사진 속에서 여자의 손이 남자의 목을 쓰다듬고 있는데, 이런 동작은 진실로 사랑하는 마음이 없으면 할 수 없다고 그 후배는 말했다. 나는 그 말이 맞다고 생각했다. 나는 좋아서 웃었다.

요즘엔 젊은이들이 남이 보거나 말거나 거침없이 키스한다. 세종로 네거리에서 신호등이 바뀌기를 기다리면서

박경만, <키스>
프라하의 저녁.

그새를 못 참아서 키스를 하고, 경복궁, 창덕궁에서는 여기저기 벤치에 앉아서 키스하고, 영화관에서는 스크린에서 키스하면 팝콘을 먹던 입으로 스크린을 따라서 키스한다. 친구한테 사진 찍으라고 시켜놓고 카메라 앞에서 키스하고, 저녁 가로등 아래서 아주 오래오래 키스한다. 로댕의 〈키스〉는 예술품으로 제작된 키스지만, 젊은이들의 키스는 생활 속에서 자연발생한 키스이고, 존 레넌의 〈Love〉는 그 양쪽을 합친다고 말할 수 있는데, 키스의 범주가 이처럼 논리적으로 분류될 수 있는 것은 아니다.

젊은이들은 헬조선!을 절규하다가도 날이 저물면 만나서 키스한다.

키스하는 젊은이들을 보면 나는 신난다. 연애하는 젊은이들은 이 나라의 동력이고 희망이다. 젊은이들이 연애를 하니까 이 나라는 미래가 있다. 연애는 정치 슬로건보다 확실한 미래다.

거리에서 키스하는 젊은이들을 볼 때, 로댕의 〈키스〉와 프라하 카렐 다리 위의 〈키스〉를 볼 때, 존 레넌의 〈Love〉를 들을 때, 나는 살아서 작동하는 몸을 생각한다. 나는 호랑이, 사자, 말의 빛나는 몸들과 살아 있는 인간의 몸의 리듬, 몸에 포개지는 마음, 마음을 담아내는 몸을 생각한다. 나는 삶에 직접 부딪치는 몸을 생각한다.

사람들은 나이를 먹으면 좀처럼 키스를 하지 않는데, 나는 젊은이들이 프라하 카렐 다리 위의 〈키스〉처럼 늙어서도 키스하기를 바란다. 젊은이들의 연애와 키스 속에는 헬조선을 쳐부술 만한 에너지가 들끓고 있다. 생활 속의 키스는 들판에 들꽃이 피듯이 자연발화自然發花한다. Love is touch! Love is real!

이승복과 라현수

12월 9일은 반공소년 이승복(1959~1968)의 47주기다. 그 아이가 살았으면 56살이다.[•] 나는 지난 수년 동안 폐교되었거나 운영중인 초등학교를 찾아다니며 이 가엾은 소년의 시멘트 조형물을 들여다보았다. 여행길에 들렀고, 일삼아 찾아나서기도 했다. 그 소년의 형상은 이념의 이름으로 인간을 학살하는 야만적 폭력의 희생자로, 국시國是로 자리잡은 반공의 표상으로, 그리고 생활과 교육의 지표로 반세기 동안 전국 초등학교 운동장에 세워져 있었고, 무서워서

• 이 책이 발행되는 시점에 이승복은 51주기를 맞는다. 이승복이 살았으면 이제 환갑이다.

외면하려는 내 마음을 기어이 끌어당겼다. 이 시멘트 조형물을 찾아가는 내 발길은 서남 해역의 여러 섬들과 내륙 산간마을과 대도시 주변의 폐교장에까지 이어졌다.

1970년대 이후 초등학교들은 본관 건물의 현관을 중심으로 그 좌우에 반공소년 이승복과 효자 정재수(1964~1974)•의 시멘트 조형물을 세워서 충忠과 효孝의 두 기둥으로 삼았고, 그 옆에 서양 여자아이의 모습을 닮은 '독서하

• 1974년에 정재수는 10살이었다. 정재수의 마을은 경북 상주시 화서면 소곡리였다. 1974년 1월 22일 이 마을에 눈이 33센티미터 쌓였고 기온은 영하 20도였다.

이날 정재수는 아버지 정태희와 함께 집에서 12킬로미터 떨어진 큰집으로 설을 쇠러 가다가 마루목 고개(옥천↔보은)에서 눈 속에 쓰러져 아버지와 함께 동사했다. 부자의 주검은 다음날 아침에 발견되었다. 발견자들에 따르면 아이의 외투가 아버지의 몸에 덮여 있었고, 아이는 아버지를 껴안고 있었다. 이날 정태희는 만취해 있었다.

정재수의 죽음이 매스컴으로 알려지자 죽음의 장소에 묘소와 기념비가 세워졌고, 이야기는 초등학교 교과서에 실렸고 영화로 만들어졌다. 정재수가 다니던 초등학교는 1993년 3월에 폐교되었고, 지금은 그 자리에 '효자 정재수 기념관'이 들어서 있다.

그후로 이승복의 죽음은 충, 정재수의 죽음은 효의 아이콘으로 부상했고 전국 초등학교 운동장에 시멘트 조형물이 세워졌다.

이승복 기념 글짓기대회, 마라톤대회, 기마전, 웅변대회, 기념관 참배 행사가 전국 초등학교에서 벌어졌다.

는 소녀상'을 앉혔다. 학교에 따라서는 충무공이나 세종, 로댕의 〈생각하는 사람〉을 시멘트 조형물로 세워놓기도 했는데, 내가 본 바로는 반공소년 이승복과 효자 정재수가 가장 많았다.* 이 구도가 지금 60살에 가까운 한국인들의 기억에 남아 있는 유년의 학교이다. 이 조형물들은 초등학교에 아직도 남아 있다.

남해안 어촌마을 폐교장의 이승복 형상은 꽃핀 벚나무 아래 서서 잡초에 덮인 운동장을 바라보고 있었고, 내륙 산간 폐교장에서는 넝쿨이 형상을 감고 올라와서 무엇인지 알아볼 수 없었다. 전남 나주시 금천동초등학교는 2009년에 폐교되었고, 그 주변에는 한국전력, 농어촌공사의 본사 건물과 나주혁신도시의 주상복합단지가 들어섰다.

이 폐교장의 이승복 형상은 책보를 옆에 끼고 혁신도시의 고층 빌딩을 바라보고 있다. 사진가이기도 한 초등학교 교사 서영주씨가 2008년에 찍은 사진에 따르면, 전북 남원의 두동초등학교 폐교장은 한 진보정당의 연수원으로

• 1969년 이후 초등학교의 시멘트 조형물 건립에 관한 자료를 지방 교육청에 요청했으나, 나는 취재에 실패했다.

쓰였는데, 그 운동장에 남아 있는 이승복 형상은 '반공소
년 이승복'이라는 타이틀이 뭉개지고 '전태일' 세 글자가
새겨져 있었다.

폐교장이 팔린 경우에는 매입자의 용도에 따라서 이승
복의 형상은 폐기되거나 구석으로 치워져 있었다. 경기도
파주의 한 사설박물관은 이승복의 시멘트 형상 두 점을 매
물로 전시하고 있었는데 출처가 분명치 않았다.

1968년 12월 9일에 이승복과 그의 어머니, 7살 4살 난
두 동생이 무장공비에 의해 살해된 경위는 한국인이 다들
알고 있다. 울진, 삼척 해안으로 침투한 무장공비들은 이
승복의 마을로 들어오기 전에 이미 세 가족을 몰살했다.
80살 노인과 젖먹이까지 죽었다. 칼로 찌르고 돌로 찍어
서 웅덩이에 끌어다 버렸다. 생포된 자들은 이 살육의 목
적이 산간오지의 작은 마을에 혁명거점을 확보하려는 것
이라고 진술했다. 이승복의 아버지 이석우(당시 37살)씨
는 이웃집에 갔다가 죽음을 모면했지만, 그날의 충격으
로 40여 년을 정신질환에 시달리다가 2014년 작고했다.
이승복이 살해당하기 직전에 무장공비를 향해 "나는 공

산당이 싫어요"라고 소리치며 저항했다는 현장발 기사가 한 일간지에 특종기사로 보도되었고, 이승복의 '항거'는 1969년 국정교과서 『바른생활』에 실렸다. 광복 70년의 한국 현대사는 어느 대통령의 동상도 공식적으로 세울 수 없었지만, 반공소년 이승복과 효자 정재수의 형상은 전국 초등학교 운동장에 들어서서 한 시대를 대표하는 국시의 표상을 이루었다.

1998년부터는 이승복이 절명하기 직전에 '나는 공산당이 싫어요'라는 아홉 개의 음절을 발성했다는 것을 부정하는 사람들과 특종 보도한 언론사 사이에 소송이 벌어져서 8년을 끌었다. 그 8년 동안 이승복의 죽음과 외침은 증발해서 무화되는 듯싶었지만, 법원은 그 보도가 사실에 근거했다고 판결했다.

거푸집에 시멘트 반죽을 부어서 만드는 방식으로는 섬세한 조형적 표현을 기대할 수 없겠지만, 지금 폐교장에 남은 반공소년 이승복과 효자 정재수의 형상은 세월이 지나간 빈 마당에서 두루뭉술한 윤곽으로 풍화되었고, 넝쿨이 기어오르고 있다.

풍화된 시멘트의 안쪽에서 반세기 전에 살해된 소년이 무슨 말을 하는 듯했다. 나는 귀를 기울였다. 그 9살 난 화전민의 아들이 공산주의 세계관과 지향성을 이해할 수는 없었을 것이다. 그 소년의 "싫어요!"라는 외침은 산골마을 여러 집에서 벌어진 잔혹한 학살에 대한 항거였을 것으로 나는 이해했다. 그 야만적 폭력을 지휘하는 이념은 낙원을 제시하고 있었지만 살해된 소년은 이념이나 낙원과는 관련이 없었고, 그의 마지막 외침은 체제의 폭력에 저항하는 개인의 육성으로 정당하고 소중했다. 그 소년의 저항은 물리력이 아니라 '나'를 주어로 하는 일인칭의 언어로 발현되었다.

이승복의 형상이 교육의 지표로 전국 초등학교 운동장에 들어서는 동안에, 박정희 소장이 '5·16 혁명공약 1호'로 내걸었던 '반공국시反共國是'는 생활 속에 자리잡았다. 이 국시는 '자유'나 '정의'처럼 관념적 추상성이 아니라 정치권력의 핵심을 장악해서 법제화된 물리력으로 사람들의 일상을 기속羈束했고, 헌법을 장식적 규범으로 전락시켰다.

이승복의 시멘트 형상은 그 국시의 아이콘이었다. 한국현대사에서 그 국시의 이름으로 자행된 국가폭력의 실상은 의문사진상규명위원회와 진실화해위원회의 보고서에 수록되어 있다. 많은 죽음과 야만행위는 끝내 '진상규명 불능'으로 남아 있다. 그 보고서는 너무 방대하고 숨막혀서 나는 아직 다 읽지 못했다. 보고서를 읽으면서 나는 늘 이승복을 생각했다. 체제와 이념에 의한 폭력에 저항했던 그의 마지막 음절 9개는 또다른 체제와 이념이 조장하는 폭력의 비명소리에 묻혀서 소멸되거나 증폭되거나 뒤섞여서 난청의 백색음을 이루는 듯했다. 넝쿨이 시들고 눈이 쌓이는 빈 운동장에서, 그 소년의 시멘트 형상은 고속도로의 자동차 불빛을 바라보고 있었다.

아마도, 이승복 피살의 대척점에 인혁당 재건위 사건의 도예종(1924~1975)과 그의 동지 7명의 죽음이 있을 것이다. '대척점'이라고 썼지만, '연장선상'이 맞을지도 모르겠다. 두 죽음 사이의 관계를 이해하는 일은 나의 시대의 고통의 중심부이다.

도예종 등은 대통령긴급조치 위반, 국가보안법 위반, 내란 예비음모, 반공법 위반의 혐의가 유죄로 인정되었다. 그들의 이 무거운 죄목은 한마디로 국시 위반이었을 것이다. 1975년 4월 8일 대법원은 이들의 사형을 확정했다. 도예종 등은 판결 후 18시간 만에 형이 집행되었고, 강제로 화장되었고, 당국은 유족들에게 재를 나누어주었다. '공산당'이 이승복을 죽였고, 이승복은 "나는 공산당이 싫어요"라고 외쳤기 때문에 죽임을 당했고, 이승복을 반공의 아이콘으로 만들어간 이데올로기의 세력이 도예종과 그의 동지들을 죽였다.

도예종과 그들은 2007년 재심에서 무죄로 판결되었다. 사형당한 지 32년 만이었다. 그들을 수사하고 기소하고 재판하는 과정에서 국가사법제도 안에서 어떤 일이 벌어졌는지, 왜 그럴 수밖에 없었는지에 관하여 관계기관이나 담당자들은 아무런 설명도 하지 않았다. 사법에 의해 살해된 그들은 무죄가 되어서 지금 대구광역시 외곽 칠곡현대공원에 묻혀 있다(도예종, 송상진, 여정남, 하재완).

공원묘지의 많고 많은 무덤들은 긴 대열을 이루며 산허리를 겹겹이 돌아나가는데, 무죄인 그들의 무덤은 그 대열 속의 3평이다. 무덤은 중앙고속국도 건너편 칠곡지구 아파트 단지를 바라보고 있었다.

이념의 폭력에 개인의 육성으로 항거했던 소년의 형상을 아이콘으로 만들어가면서, 그 반대쪽에서 법령과 제도

와 공조직을 동원해서 또다른 국가폭력을 자행해온 세월
이 당신들과 내가 살아온 시대이다. 그 세월의 야만과 오
욕, 퇴행과 저항들이 모두 모여서 오늘의 현실과 역사의
내용을 이룬다.

영광과 자존만으로 역사는 이루어지지 않는다. 우리가
통과해온 한국 현대사는 성취와 자랑만이 아니라 반성과
고백의 기조 위에서 쓰여야 한다. 이승복과 도예종의 자취
를 돌아보면서 나는 그렇게 생각했다. 그들의 넋은 역사
교과서 어느 페이지에 깃들게 되는 것일까. 승복아, 너는
어디 있니.•

중앙일보 2015년 12월 10일

• 1950년 가을에 국군과 미군이 38선을 돌파해서 북진하자 황해도 평안도
지역에서 대량학살이 벌어졌다. 군인과 군인, 민간인과 민간인이 서로 죽
였다.
북한은 1958년에 황해도 신천읍에 신천박물관을 건립하고 "미제 침략자들
이 감행한 천인공노할 야수적 학살만행(⋯)을 보여줌으로써 (⋯) 미제에
대한 증오사상으로 교양하는 박물관"이라고 말했다. 이 마을에서 미군의
만행에 항거하다가 희생되었다는 소년 리현수군이 반미 저항의 상징으로
받들어지고 있는데, 그의 모교는 '리현수중학교'로 이름을 바꾸었다. 북녘
판 이승복이다. (이 대목은 박명림 교수의 저서 『한국 1950 전쟁과 평화』,
628~629쪽에서 옮겨왔다.)

아, 100원

네거리에 붉은 신호등이 켜지면, 배달 오토바이들은 신호대기하는 자동차들을 헤집고 정지선 맨 앞에 나와 일렬횡대로 도열한다. 신호를 기다리는 일 분 미만 동안, 오토바이 라이더들은 서로 짧은 대화를 나눈다. 무슨 이야기를 하는지는 듣지 못했지만, 아마, 어디 가냐? 오늘 몇 탕 했냐? 이런 정도가 아닐까 싶다. 신호가 바뀌면 오토바이들은 사방으로 흩어져서 총알처럼 달려가고 다음 신호에 오토바이들은 다시 정지선 맨 앞에 대기한다. 오토바이들은 밥을 배달해주고, 밥을 벌어먹는다. 오토바이들은 대도시의 밀림에서 생존의 사투를 벌이며 먹이사슬의 밑바닥을 질주한다. 이 풍경이 도시의 일상이 된 지 오래여서, 생활은 본래 이러하고, 앞으로도 이러할 것이라는 느낌 이외에는 아무런 충격도 주지 못한다.

배달산업의 시장 규모는 해마다 커져서 이제는 3조 원을 넘었다고 한다. 한국인은 배달의 민족이다. 햄버거, 떡볶이, 피자, 중국음식뿐 아니라 커피 한 잔, 생수 한 통, 담배 한 갑까지도 배달망으로 얽혀 있다. 오토바이 라이더들에게 들어보니까, 가장 고난도 기술이 필요한 배달은 중국음식이라고 한다. 우동, 울면, 짬뽕, 여러 가지 탕 종류들은 뜨거운 김이 나오기 때문에 비닐랩 아래 증기가 차서 국물이 새기가 십상이다. 또 국물이 식거나 면이 불어서 주문자가 주인에게 항의하면 라이더에게 벌점이 떨어진다. 그래서 들입다 달려야 하는데, 달리면서도 균형을 잡아서 국물이 쏟아지지 않게 해야 한다. 피자나 통닭, 김밥, 샌드위치 같은 음식을 배달하는 라이더들은 중국음식 배달에 기웃거릴 수가 없다고 한다.

피자나 햄버거 배달도 쉽지는 않다. 라이더 한 명이 햄버거를 잔뜩 싣고 여러 아파트, 연립주택을 한 코스로 뛸 때, 늦게 가져가는 햄버거는 식어서 고깃조각이 뻣뻣해지고 콜라에 탄산이 빠져서 톡 쏘는 맛이 없고 밍밍해지면 주문자가 식당 주인에게 항의하고 음식을 돌려보내기도 한다. 배달이 늦으면, 이미 오토바이가 출발했는데 주문자가 식당에 전화를 걸어서 주문을 취소하는 경우도 있다.

음식 배달은 그 지역의 주거환경, 자연환경, 사회경제적 조건들, 날씨와 밀접한 관계가 있다. 대도시 외곽의 고지대, 원룸이나 오피스텔이 밀집한 동네, 독신자 일인 가구가 많은 지역에서 성업중이다. 축구경기가 있거나 눈비가 오거나 춥거나 더워도 배달 주문은 크게 늘어난다. 눈 오고 비 오고 덥거나 추운 날에 비탈길을 오르내리기 싫으면 배달음식을 주문하는데, 라이더들은 그 눈 쌓인 비탈길을 달려 올라가서 밥을 가져다준다. 밥을 가져다줄 뿐 아니라 눈 쌓여서 미끄러운 비탈길, 비지땀을 흘려야 하는 꼬부랑 오르막길을 대신 오르내려주고 눈비를 대신 맞아준다. 이래서 밥이 무섭다는 것이다.

배달의 나라 한국의 이 정밀하고 신속한 배달시스템에 외국인들은 다들 놀란다. 남해안에서 갓 잡은 생선이 하루만에 서울의 가정에까지 배달되고, 히말라야 베이스캠프에서도 한국의 생선회를 배달시켜 먹을 수 있다고 한다.

라이더들의 얘기를 들어보면, 백인들은 봉사료(팁)를 주는 습관에 길들여져 있어서 햄버거나 피자를 가져다주면 잔돈을 돌려주는Keep the change! 경우가 많은데, 한국인들은 눈 오는 날 아파트 고층까지 피자 한 개를 가져다주어도 봉사료를 주는 사람은 거의 없다고 한다. 룸살롱에서 팁을 듬뿍 주는 사내들은 짜장면 배달 라이더들에게는 봉사료를 주고 있는가. 아마도 아닐 것이다. 왜냐하면 보이지가 않기 때문이다.

아파트 주민들은 배달음식을 시켜먹으면서도 라이더들과 엘리베이터나 복도에서 마주치는 것을 좋아하지 않는다. 이런 경향은 고급 아파트일수록 심하다고 라이더들은 말했다. 음식냄새가 나서 불쾌할 뿐 아니라 아파트의 품격이 훼손되고 헬멧에 장화를 신은 라이더들의 차림새가 혐오스럽다는 것이다.

고급 아파트 경비실에서는 라이더들의 헬멧을 벗게 하고 인적사항, 출입시간을 기록하고서야 통과시키기도 하고, 또 주민과 라이더를 마주치지 않게 하려고 라이더들에게 화물 엘리베이터를 이용하게 한다. 혼자 사는 여성들은 음식을 시켜놓고 나서 배달원이 무서워서 현관문을 빼꼼

히 열고 음식을 받은 뒤, 손만 내밀어서 카드를 건네주고
건네받는다고 하는데, 팬티만 입고 음식을 받는 남자들도
있다.

　나는 몇 달 전에 내가 사는 동네에서 오토바이 라이더
가 뒤차에 부딪쳐서 쓰러지는 사고를 목격했다. 오토바이
가 정지선 맨 앞에서 신호대기하고 있었는데, 뒤차가 빗
길에 미끄러지면서 오토바이 꽁무니를 박았다. 오토바이
는 옆으로 쓰러졌다. 라이더는 오토바이용 헬멧이 아니라
자전거용 헬멧을 쓰고 있었다. 오토바이가 쓰러질 때 헬
멧이 벗겨졌고 라이더는 머리를 땅에 부딪혀서 피를 흘렸
다. 배달통이 깨져서 짬뽕 국수와 탕수육 조각들, 단무지,
양파, 나무젓가락이 길바닥으로 쏟아져나왔다. 짬뽕 국물
이 빗물에 섞여서 흘러갔다. 경찰이 쓰러진 라이더를 인
도로 끌어올렸다. 오토바이가 정차중이었고 뒤차도 속도
가 낮았으므로 라이더는 크게 다치지는 않았다. 라이더는
구급차를 기다리며 가로수 밑에 주저앉아서 길바닥에 흩
어진 짬뽕 국수와 단무지 조각들을 바라보고 있었다. 나
는 짬뽕 국수를 바라보는 그의 얼굴을 바라보았다. 머리

에서 피가 흘렀지만, 그는 얼굴을 찡그리지 않았다. 잘생긴 청년이었다. 길바닥에 흩어진 음식을 바라보는 그의 표정은 고요했고 시선은 깊었다. 나는 그가 무슨 생각을 하고 있는가를 생각했는데, 생각이 되어지지 않았고 가슴이 답답했다. 나는 먹고사는 일의 무서움에 떨었다. 나는 삶 앞에서 까불지 말고 경건해져야 한다고 결심했다. 가장 적은 것들만 소비하고 살아야겠다고 다짐했다. 작심사흘이라고 해도, 그 순간에 나는 그렇게 결심했다. 나는 길바닥에 쏟아진 짬뽕 국물과 그것을 바라보는 라이더의 시선이 두려웠다.

라이더는 구급차에 실려갔다. 음식을 주문한 사람은 왜 배달이 늦느냐고 식당에 전화해서 항의했을 것이다.

길바닥에 흩어진 나무젓가락의 포장지에 찍힌 옥호를 보니까, 그 식당은 내가 가끔 가는 가게였다. 내가 며칠 후에 점심 먹으러 가서 그 라이더는 그후 어떻게 조치되었는지를 물었더니 식당 주인은

─그 사람은 우리 직고용이 아니고 대행업체 소속이기 때문에 나는 모른다.

라고 말했다. 나는 점심으로 짬뽕을 먹었다. 짬뽕 국물이 목구멍을 쥐어뜯었다.

날씨가 양극화되어서 2018년 여름에는 기온이 40도 가까이 오르더니 11월 말부터는 영하 7~8도까지 내려갔다. 이 양극화 현상은 더욱 심해진다는 장기 전망이 나와 있다. 미세먼지, 초미세먼지, 황사까지 사나흘 돌이로 몰려와서 나는 자전거 타기를 그만두었다. 날씨가 정서의 매개물이고 심미의 대상이었던 시절은 다 끝난 모양이다. 지난여름의 더위와 이번 겨울의 추위는 불평등이 구조적으로 고착된 사회에서 국가가 더위와 추위를 어떻게 관리해야 하는지에 관해서 심각한 문제를 드러내고 있다. 더위와 추위는 불평등 사회의 최하층부를 강타했고, 쪽방, 옥탑방과 노동현장에서 사람들은 그저 하늘의 자비를 빌면서 견디는 수밖에 없었다.

내가 중학생이었을 때, 한국의 1인당 국민소득은 80달러 정도였다. 한국은 세계 최빈국이었고 필리핀의 원조를 받았다. 지금은 3만 달러를 넘어섰다.

가난했던 시절에 한국 사람들은 나라가 잘살게 되고 국

민소득이 늘어나면 빈곤의 문제는 저절로 해결되는 것으로 믿었다. 그러나, 그렇지 않다는 것이 증명되었다. 소득이 늘어나자 빈곤은 구조화되었고 구조적 빈곤은 토착되고 세습되어간다. 가난은 다만 물질적 결핍이 아니다. 빈곤은 그 결핍을 포함한 소외, 차별, 박탈, 멸시이다. 이 구조는 이제 일상화되어서 아무도 거기에 의문을 제기하지 않는다. 이것이 시장의 원리이며 시장의 자율적 기능이 작동한 결과라고 설명하는 말들은 힘이 세다. 나는 그야말로 백면서생이어서 소득분배나 경제발전 방향 같은 거대담론을 입에 담지 못하지만, 내가 보고 겪은 것들을 겨우 말할 수는 있다.

나는 2018년 11월 말, 생명안전시민넷(나는 이 시민단체의 공동대표이다) 후원의 밤 행사에 갔다가 거기서 라이더유니온 결성을 준비하고 있는 박정훈씨를 만났다. 그는 서른네 살의 청년이었다. 그는 알바노조의 위원장으로 일했고 2년째 맥도날드에서 라이더 일을 하고 있다. 그의 월수입은 150만 원 정도이고 그의 꿈은 베란다가 있는 임대아파트에서 사는 것이다. 박정훈씨는 더위가 한창 찌던 지

1부 연필은 나의 삶이다

난여름 '폭염수당 100원'을 요구하는 1인 시위를 벌였다. 그의 시위는 잠깐 언론의 주목을 받기는 했으나, 그의 요구를 아무도 들어주지 않았다. 여름내 정부는 '폭염 속에서 야외활동을 자제하라'는 핸드폰 문자를 보내왔다.

박정훈씨로부터 직고용 라이더와 배달대행 라이더의 차이에 대해서 설명을 들었다. 나로서는 귀한 세상공부를 했다. 직고용은 프랜차이즈 회사에 계약직으로 고용된, 근로기준법상의 노동자다. 시간당 최저임금을 받고, 배달 1건당 400원을 더 받는다(회사마다 다소 차이가 있다). 눈비가 오면 100원을 추가한다. 폭염에는 100원의 추가수당이 없다. 헬멧, 보호대 등 최소한의 안전장구를 회사가 지급하지만 겨울철 방한용품이나 황사마스크는 지급하지 않는다. 식대를 주지 않거나 햄버거나 피자를 주는 경우가 대부분이다.

배달대행 라이더들은 고용 계약이 없는 개인사업자들이다. 고정급, 시간급은 없고 1건당 3천 원 정도를 받는다. 이 라이더들은 회사로부터 아무것도 지급받지 못한다. 기름값, 수리비, 사고처리비, 안전장구 값을 모두 개인이 부담해야 한다. 노동자이면서 경영자인 셈이다. 배달대행 라이더들은 주 5~6일, 하루 열 시간 이상 뛰어야 한 달에 250만~300만 원 정도를 벌 수 있다. 이러니 과속, 역주행, 신호 위반, 횡단보도 주행, 인도 주행, 끼어들기를 거듭해가면서 도심의 거리를 헤집고 다닌다.

눈비가 오면 건당 100원을 더 준다는데, 100원을 더 주면 위험한 일을 시켜도 되는 것인지는 여전히 의문으로 남는다. 수많은 소비자와 배달노동자들과 프랜차이즈업계를 로그인시켜놓고 핸드폰의 작동으로 수요와 공급을 연결시키는 노동형태가 빠르게 번져나가고 있다. 노동은 대규모로 소외되어가고, 노동은 오직 노동자의 책임으로 돌아간다. 배달의 나라 한국에서 배달은 일상으로 자리잡았지만, 국회나 행정부에서 라이더와 배달업의 문제를 깊이 들여다보고 도와준 적은 없다고, 박정훈씨는 말했다. 라이더유니온은 "늦어도 괜찮아요. 안전하게 와주세요"라는 스티커를 만들어서 전국에 배포하고 있다.

라이더유니온의 오픈카톡방에 한 라이더가 글을 올렸다.

— 청년들이여, 정치에 관심을 갖지 않으면 개보다 못한 인간들이 내 머리 위에 군림한다고 세동대왕님, 이순심 장군님이 말씀하셨습니다.

그의 어조는 거칠지만, 그가 말하려 하는 바는 거칠지 않다. 도시의 네거리 신호대기선에서, 오토바이들은 홀로 서 있다.

지우개는
나의 망설임이다

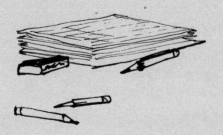

떡볶이는 먹으며

나의 소년 시절에 떡볶이는 귀한 음식이었다. 어머니는 설에만 떡볶이를 해주셨다. 설에 가래떡과 쇠고기로 떡국을 끓여서 차례를 지내고, 남은 재료로 떡볶이를 만들었다. 고기가 귀해서, 녹두전을 부칠 때는 돼지비계 한 점을 녹두전 한가운데에 보석처럼 박았고, 나의 형제들은 그걸 서로 파먹겠다고 머리를 부딪치며 덤벼들었다. 떡볶이를 만들 때 어머니는 고기를 늘궈서 여러 아이들에게 골고루 먹이느라고 가루가 되도록 다졌다.

어머니의 떡볶이는 간장 베이스였다. 간장에 대파와 마늘, 설탕을 넣어서 소스를 만들고, 거기에 떡과 다진 고기를 넣었다. 어머니는 떡을 끓이기 전에 손으로 조물조물 주물러서 간이 배게 했고 대파를 어슷어슷 썰었다. 국물을 넉넉히 잡고, 국자로 둥글게 저어가며 뭉근한 불에 지적지적 끓였다. 아이들은 이가 야무져서 질긴 것을 씹고 싶어 했으므로 어머니는 가래떡이 너무 무르지 않게 끓여냈다.

어머니는 서울 토박이, 깍쟁이 여자였고, 서울 사대문 안 청계천 북쪽 고향을 자랑으로 여겼다. 어머니는 간장 베이스 떡볶이가 순 서울식이며 대궐에서 임금님이 드시던 음식이라고 늘 자식들에게 자랑했다. 내가, 임금님은 맨날 이런 것만 드시냐고 물었더니 어머니는 대답하지 않았다.

설에서 정월 보름 사이에, 때때로 떡볶이를 간식으로 먹었다. 끼니와 끼니 사이에 먹는 간식은 행복했다. 간식은 김치와 찌개를 차려놓고 먹는 끼니의 중압감이 없었고, 배가 고프지 않아도 사치와 여유로서 음식을 먹는 일은 즐거웠다. 그 즐거움이 가래떡에 담겨서 목구멍으로 넘어왔다. 가래떡에 고기 가루가 붙어 있었고, 고기 맛이 떡에 스며 있었다. 간장의 짠맛과 설탕의 단맛이 섞여서, 가래떡은 쌀을 군것질로 바꾸어놓고 있었지만, 그 안에 쌀의 질감은 여전히 남아 있었다. 어머니의 간장 베이스 떡볶이 맛은 단정하고 질서가 잡혀 있었다.

책을 들여다보았더니, 간장 베이스 떡볶이가 궁중요리 라는 어머니의 자랑은 맞는 말이었다. 궁중떡볶이는 양지 머리 고기, 등심, 완자, 석이버섯, 표고버섯, 잣, 은행, 대 추, 미나리적을 넣어서 볶아내는데, 이 모든 재료를 간장 이 다스린다. 다 익으면 삼색 고명을 얹어서 수놓듯이 꾸 민다.

내 가난한 어머니는 이 호화찬란한 재료를 구할 길이 없 었지만, 간장 베이스로 맛의 토대를 삼고 극소량의 고기 가루를 넣었다는 점에서, 내 어머니의 떡볶이는 경복궁 떡 볶이, 창덕궁 떡볶이, 덕수궁 떡볶이, 운현궁 떡볶이의 정 통성에 희미하게나마 맥이 닿아 있었다.

나는 오랫동안 노동으로 밥벌이를 하면서 거리에서 이 것저것 사먹었다. 늘 시간에 쫓겨서 먹고 싶은 것을 찾아 먹기보다는 가까운 식당에 가서 먹었다. 떡볶이는 거의 먹 지 않았다. 떡볶이는 하루의 노동을 버티어줄 만한 음식이

될 수 없었다. 떡볶이 가게에는 끼니때와 상관없이 늘 청소년들이 와서 먹고 있었다.

2018년 연말에 나의 일을 도와주는 후배가 먹자고 해서 30여 년 만에 처음으로 떡볶이를 먹었다. 한 그릇에 5천 원짜리였는데, 간장 베이스가 아니라 고추장 베이스였다. 공장에서 대량 생산되는 고추장에 설탕, 대파, 기름과 여러 조미료를 넣어서 끓여낸 음식이었다. 건더기로는 가래떡뿐 아니라 넓적한 어묵(오뎅)도 들어 있었다.

3년 전 서울 노량진 고시촌에 가봤더니, 가래떡과 오뎅을 넣은 떡볶이를 팔고 있었는데, 그 메뉴의 이름은 '떡오'(가래떡+오뎅)였다. 떡오의 값은 식당마다 차이가 있었는데 대체로 3~4천 원 정도였다. 공무원 시험을 준비하는 젊은이들이 일회용 컵에 떡오를 담아 들고 다니면서 거리에서 먹었다. 가로수 그늘에 앉아 떡오를 먹으면서 9급 행정직 시험문제집을 들여다보는 젊은이들도 있었다. 노량진 떡오는 고추장 베이스였다.

2018년 연말에 내가 후배와 함께 먹은 떡볶이는 떡오 계열이었다. 쫄면이 섞여 있어서 떡오 접시는 어수선해 보였다. 고추장 맛이 접시를 지배하고 있어서 가래떡 맛과 오뎅의 맛은 고추장 속에서 서로 만나는 듯했다. 단맛과 쓴맛을 섞으면 초콜릿의 맛이 태어나듯이 떡오 접시 속에서 고추장의 매운맛과 설탕의 단맛이 섞이면서, 단맛의 물림에 매운 자극이 들어가고 고추장의 매운맛에 달달한 기운이 스며서, 고추장 베이스 떡오는 새로운 맛의 영역을 융복합해내고 있었다. 이 맛의 영역은 내 어머니의 간장 베이스보다 더 넓고, 낮고, 대중 친화적이었다.

음식을 먹으면 그 재료는 똥이 되어 몸을 빠져나가지만, 맛은 사라지지 않고 마음의 지층 맨 밑바닥에 숨어 있다가 불현듯 솟아오른다. 지나간 맛을 지나갔다고 해서 부재不在하는 것이라고 말할 수는 없다. 지나간 맛이 살아나서, 먹고 싶은 미래의 맛을 감질나게 하고, 지금 이 순간의 맛이 지나간 맛을 일깨워서, 나는 지나간 맛과 지금 이 순간의 맛과 다가오는 맛을 구분하지 못한다. 지나간 맛은 결핍이고, 지금 이 순간의 맛은 충만이다. 이런 개념적인 언사는 음식을 헛먹은 사람들의 말이다. 결핍이 간절하면 가득 차서 현재의 시간에서 되살아난다. 먹을 것이 없어도 맛의 기억은 사라지지 않는다.

고추장 베이스 떡볶이를 먹고 있노라니까 아득히 먼 시간의 저쪽에서 내 어머니의 간장 베이스 떡볶이 맛이 살아나서 내 마음을 찔렀다. 그 아픔은 슬픔과 기쁨이 섞인 생의 감각, 즉 융합고통이었다. 간장과 고추장 사이에서 60년에 가까운 세월이 흘러서 간장 베이스는 겨우 명맥을 유지할 뿐, 지금은 고추장 베이스의 전성시대다.

전주비빔밥, 나주곰탕, 충무김밥 들은 동네 이름을 브랜드로 삼아서 오히려 광역화되었지만, 떡볶이는 동네 명칭 없이, 본적지 없는 음식으로 전국에 퍼져서 '국민간식'의 지위에 올랐다. 뉴욕이나 파리에도 한국 사람들의 떡볶이 가게가 성업중이라고, 먹고 온 사람들한테서 들었다.

경기도 파주의 대형유통센터 안에 있는 떡볶이 식당에 갔더니 뷔페식이었다. 손님들은 재료와 양념을 입맛대로 가져다가 테이블 위에서 조리해 먹는다. 손님은 주로 젊은 남녀들이었다.

젊은이들은 떡볶이를 간식이라기보다는 점심의 끼니로 먹고 있었는데, 떡볶이에는 끼니의 무게가 빠져나가서 끼니는 경쾌하다. 젊으나 늙으나, 다들 밥벌이는 힘든 것일 테지만, 떡볶이를 먹는 낮시간의 밥벌이는 좀 덜 힘들어 보였다. 고추장 베이스의 맛이 단맛과 매운맛의 융합반응이듯이 지금 떡볶이라는 요리의 스타일은 끼니와 군것질 사이에서 새로운 양식을 융합해내고 있다. 한국의 떡볶이는 군것질을 끼니 쪽으로 끌어들임으로써 끼니를 가볍게 하고 군것질을 무겁게 해서 먹고사는 일의 긴장을 헐겁게 해준다.

떡볶이 뷔페 식당에서 각자의 양념으로 떡볶이를 조리할 때 손님이 맛을 주도하는데, 이때 조리는 놀이에 가까워진다. 고추장을 더 넣네 안 되네를 놓고, 테이블에 둘러앉은 사람들은 자연스럽게 수다를 떤다. 조리와 놀이를 함께하면서 젊은이들의 웃음이 터질 때 나는 기쁘다.

고추장 베이스 떡볶이는 궁중떡볶이를 누항으로 끌어내려 전 국민의 음식, 청소년의 음식으로 정착시켰다. 간장에서 고추장으로의 전환은 삶을 받아들여서 변화시키는 대중의 힘을 보여준다. 그 변화의 방향은 낮게, 넓게, 그리고 맞게, 새롭게이다.

나이 먹으니까 입맛도 변해서 나는 이제 떡볶이를 먹지

않는다. 나는 가래떡에 아무런 양념을 하지 않은 채 오븐에 구워서 먹는다. 겉은 노릇노릇하게 익어서 바삭하고 속은 포근하다. 떡볶이가 아니라 떡구이다. 떡구이는 쌀맛의 순결한 원형이다. 떡구이는 간장 베이스도 아니고 고추장 베이스도 아니다. 나의 떡구이는 제로 베이스다. 제로 베이스 속에도 어머니의 간장 떡볶이는 어른거린다.

박정희와 비틀스

오래전에 돌아가신 선배는 나에게 술 사주면서 이렇게
말했다.

　─소설을 쓰려면 자기 시대의 대중음악을 깊이 이해
해야 한다.

넓고 깊게 들여다보는 사람의 말이었다.

나는 그 선배의 유훈을 따르지 못했다. 내가 게으르고
또 음악적 감수성이 풍요롭지 못하기도 했지만, 급변하는
음악의 흐름을 따라갈 수 없었고 젊은 세대의 음악정서를

받아들이기가 어려웠다.

내 성장기의 음악환경은 빈곤했다. 전쟁으로 나라는 가루가 되었고, 어린 내 귀에 들리는 소리는 일본군가의 찌꺼기, 군대풍의 행진곡, 반공가요, 전쟁가요뿐이었고, 나는 그 노래들을 따라 부르면서 자랐다.

학교 음악시간에는 교가, 광복절 노래, 3·1절 노래 같은 행사노래를 합창으로 배웠고, 음악시험 때도 한 명씩 교사 앞에 나가서 그 노래를 불렀다. 음정이 틀리면 회초리로 손바닥을 때리면서 다시 부르라고 했다. 매를 맞으면서 노래를 불러야 하니, 지금도 기막히다.

조회 때마다 전교생이 운동장에 모여서 애국가와 교가를 불렀다. 교가 가사의 첫머리는 학교가 위치한 자리가 뒤에는 높고 푸른 산이요 앞에는 넓은 들 맑은 강, 이른바 '명당'이라는 주장으로 시작되었다. 내가 알아보았더니 다른 학교 교가들도 다들 이 모양이었다. 학교마다 '명당'이었다. 멜로디도 대개 비슷했다. 이러니 아이들은 교가를 좋아할 수 없었다.

고등학교에 가니까 '우리 가곡'을 가르쳐주었는데, 노래가 너무 얌전하고 가사도 밋밋해서 별 재미가 없었고 신바람이 나지 않았다.

그처럼 메마른 시대에도 어른들이 보석 같은 동요를 몇 곡 만들어주어서 어린이들의 마음을 따뜻하게 해주었다. 내가 어렸을 때 좋아했던 노래는 〈나뭇잎 배〉(윤용하 작곡, 박홍근 작사)였다. KBS라디오가 1955년부터 이 노래를 보급했는데, 전쟁에 시달리는 아이들의 마음을 쓰다듬어주려는 기획의도가 있었다고 하니, 바로 나를 위해 만들어준 노래였다.

낮에 놀다 두고 온 나뭇잎 배는
엄마 곁에 누워도 생각이 나요

이 노래가 내 마음을 쓰다듬어주기도 했지만, 노래를 부르고 나면 더욱 슬펐다. 나에게는 나뭇잎 배도 없었고, 배를 띄울 만한 연못도 냇물도 없었다. 그 무렵 나의 주요 일과는 이동하는 미군부대의 지프 행렬을 따라다니며 초콜릿을 얻어먹는 것이었다. 그러니 이 노래를 부르면 어린아이가 어찌 슬프지 않겠는가. 하지만 나는 슬픔에 빠져서 허우적거리지 않고, 그다음날도 초콜릿을 얻어먹으러 거리로 나갔다. 이것은 내 유년 시절의 자랑거리다.

그 밖에도 〈꽃밭에서〉〈반달〉〈잠자리〉〈겨울나무〉〈파란 마음 하얀 마음〉 같은 아름다운 동요들이 있었는데, 이런 노래들에는 슬픔의 정조가 짙게 배어 있었다. 배가 고프고 과자가 먹고 싶어서 껄떡거리는 아이들을 바라볼 때 어른들이 느끼는 슬픔을 아이들은 알 수 없었다. 아이들은 제 배고픔만을 알았다.

어른들이 자신들의 슬픔과 고통을 소재로 동요를 만들어서 아이들을 쓰다듬어주려 하니까 그 슬픔이 동요에 스며든 것이다. 이런 노래들은 리듬감이 떨어진다. 여자아이들이 운동장에서 고무줄놀이할 때는 이런 노래를 부르지 않는다.

고무줄놀이는 노래와 운동을 함께 하는 단체놀이다. 이 놀이는 고무줄 한 가닥으로 10여 명이 동시에 놀 수 있고 고무줄이 늘어나기 때문에 놀이가 위험하지 않다. 이 놀이는 그 시대의 폐허 속에서 대한민국 여자 어린이들이 이루어낸 훌륭한 문화업적이고 생명력의 분출이다. 정부나 교사가 만들어준 것이 아니고 아이들 속에서 스스로 우러나온 것이다. 그 가난한 학교 운동장에서 남루한 옷차림의

　　　　　2부 지우개는 나의 망설임이다

여자아이들이 펄펄 뛰면서 노래 부르던 모습을 생각하면 나는 지금도 신나고 눈물난다. 이때도 여자아이들은 박자가 느린 노래는 부르지 않았다.

고무줄놀이할 때 여자아이들은

압박과 설움에서 해방된 민족
싸우고 싸워서 세운 이 나라
공산 오랑캐의 침략을 받아
자유의 인민들 피를 흘린다

이런 반공시국가요를 부르기도 했는데, 이것은 어른들한테서 배운 노래였고,

어머니 사친회비 주세요
아버지 사친회비 주세요
돈 없다 돈 없다
다음달에 가져가거라
난 몰라 난 몰라
오늘 당장 가져오랬어

박정희와 비틀스

189

처럼 당면현실에 맞는 노래를 아이들 스스로 만들어서 불렀다. 운동장에서 펄펄 뛰면서 합창으로 불렀고, 동네 공터에서 불렀다. 교사들과 부모들도 이 노래를 들었을 터인데, 들은 척하지 않았다. 어른의 슬픔을 아이들은 알 수 없었다.

내 어린 날을 지배한 음악정서는 8할이 트로트고 전쟁가요였는데, 이 결핍은 그 시대의 보편적 빈곤의 정서적 밑바닥을 이루고 있었다.

박정희 소장은 1961년 군대를 이끌고 한강을 건너왔고 비틀스의 노래는 1963년 한국에 들어왔다. 이 무렵이 나의 격렬한 사춘기였다. 박정희와 비틀스가 거의 동시에 역사에 등장한 사태를 나는 지금도 기이하게 여긴다. 나는 박소장의 혁명에 대해서는 아무것도 몰랐지만, 비틀스야말로 나의, 우리들의 혁명이고 천지개벽이었다. 나는 심청이 아버지 심봉사가 눈을 뜨듯이 귓구멍이 뚫렸다. 아이들은 발칵 뒤집혔다. 학교에서 가르쳐주지 않아도, 새로운 음악에 감응하는 생명의 힘이 아이들 내면에 살아서 작동하고 있었다.

아이들은 라디오로 〈I want to hold your hand〉〈Love me do〉를 배워서 쉬는 시간에 교실에서 빈 도시락을 젓가락으로 두들기며 합창했다. 한 아이가 영어 가사를 구해와서 칠판에 쓰면 다들 옮겨서 적었다. 비틀스의 영어 가사는 단순하고 명료했다. 그때 영어를 겨우 배워서 영어 가사를 해독하고 영어로 노래 부르는 일은 신대륙을 발견하는 느낌이었다. 나는 고등학교에 들어오기를 정말로 잘했다고 생각했다. 비틀스의 노래는 자유이고 그리움이고 신바람이었다. 학교는 여전히 행사노래를 가르치고 있었다. 교사들은 아이들이 왜 저러는지를 몰랐고, 알려고 하지 않았다. 나는 비틀스의 노래를 들으면서 소년기에서 청년기로 건너갔고, 그 시기에 박소장의 절대권력은 강고하게 자리잡아갔다.

비틀스로 귀가 뚫리자, 더 많은 노래들이 뚫린 귀로 밀려들어왔다. 롤링스톤스, 자니 마티스, 엘튼 존, 밥 딜런, 존 바에즈, 폴 사이먼, 해리 벨라폰테 같은 가수들을 나는 좋아했다.

세시봉, 디쉐네 같은 음악감상실에 고교생들이 사복 차림으로 드나들었다. 그때는 음악감상실, 영화관에 드나들다 지도교사나 경찰에 걸리면 일주일쯤 정학을 맞았다. 그래도 아이들은 디쉐네에 갔다. 거기에는 여고생들이 사복 차림으로 와 있었다. 서로 사귀면서 음악정보를 교환했다.

세시봉 그룹은 1960년대 중반쯤에 결성되었는데, 나는 한대수 송창식에 열광했다. 신중현의 〈미인〉이 나왔을 때 세상은 또 한번 뒤집혔다. 그토록 단순한 타악기의 박자가 인간의 마음을 흔들고 마음이 몸을 흔들어서 춤추게 한다!

비틀스가 한국에 들어온 이래로 노래를 중심으로 저항과 일탈의 정서가 집결되었고, 박정희 대통령은 이 젊은 에너지를 두려워했다. 박대통령은 〈고래사냥〉이나 〈물 좀 주소〉 같은 노래를 미워했다. 박대통령은 권력과 법을 동원해서 노래를 박해했으나 이길 수는 없었다. 국가권력이 데모하는 젊은이를 잡아가둘 수는 있었지만 노래하는 입을 틀어막을 수는 없었다. 가둘수록 더욱 노래했다.

그후로 전개된 댄스음악의 전성시대에서 나는 대중음

악의 흐름을 따라갈 수 없었다. 흐름만으로 말하자면 내가 받아들인 대중음악은 대체로 '신촌블루스'에서 끝나고 있다. 1990년대 초 '서태지와 아이들'이 나왔을 때, 나는 올 것이 왔구나 싶었다. 새로운 세대는 자신에 맞는 음악과 율동을 스스로 만들어내고 있었다. 아프리카나 남태평양 도서지방의 원주민들은 음악이 들리면 바로 몸이 흔들려서 춤을 춘다. 이 춤의 동작은 거의 생래적이다.

나는 리듬이 빠른 음악을 들어도 몸이 흔들리지 않는다. 이것은 내가 늙어서 그렇다기보다는 몸과 마음 사이에 직접성이 빈약하기 때문일 것이다. 나는 이것을 부끄럽게 생각한다.

서태지와 아이들의 춤동작을 들여다보니까, 아프리카 원주민의 춤동작처럼 생래적인 것이라기보다는 음악에 맞추어서 만들어낸 동작에 가깝다. 그 동작은 절도 있게 꺾이면서 흐름을 이어가고 있었다. 동작이 꺾일 때마다 에너지가 폭발하고 이 에너지를 흐름 안으로 수습해 들였다. 어린 청중은 모두 일어서서 뛰고 춤추면서 열광했다. 그때 나의 어린 자식들도 그 속에 있었다.

나는 사실, 서태지나 방탄소년단의 음악을 음악으로서

받아들이기는 어렵다. 그러나 그들의 춤동작을 이해할 수는 있다. 그들의 춤은 고도로 기획되고 훈련되어 있었다. 그들의 춤은 빛처럼 퍼져나가면서 부서지고 반짝였다. 그들은 '인생론'에서 벗어나 있었고, 기쁨과 힘으로 가득차 있었다. 음악은 몸이 하는 일이고 음악과 몸은 구별되지 않는다.

몇 년 전 연말에 세시봉 그룹의 디너쇼에 갔더니 다들 나처럼 나이 먹은 사람들이 와 있었다. 그날 무대에는 한대수 송창식 들이 나왔다. 그들은 여전히 멋있었고, 그들의 늙음은 편안해 보였다. 그들은 여전히 자유, 서정, 저항, 희망, 사랑을 노래했다. 나는 맨 앞줄에서 손바닥이 깨지도록 박수쳤다. 청중은 자기 시대의 가수들과 함께 나이 먹어가고 있었다. 나는 내 또래 청중 속에서 동지들에 둘러싸인 듯 든든했다. 나는 신세대의 노래를 이해하지 못하는 게 부끄럽지 않았다. 내 생애의 음악은 풍요롭지 않지만 초라하지 않다. 그것은 음악이면서 생활이었다.

요즘엔 가끔씩 LP바에 가서 그 옛날의 노래, 전쟁과 분단, 철조망, 판문점, 흥남부두, 삼팔선, 호남선, 경부선, 실향과 망향의 노래를 듣는다. 그런 노래도 이제는 편안하다. 옛 가수들은 모두 세상을 떠났는데, 그 목소리가 남아서 사람이 옆에 있는 듯하다. 그 입김이 내 가슴에 닿는다. 새들이 아침마다 숲에서 노래하듯이, 날마다 새로운 노래, 새로운 시는 태어나고 있다. 비틀스로부터 나는 아주 멀리까지 와 있다.

박정희 소장이 한강을 건너올 때 비틀스가 따라왔다. 나는 한국 현대사에서 이 사태가 가장 난해하고 통쾌하다. 이것을 역사의 섭리라고 해도 좋을는지. 노래는 섭리다.

귀향

지난여름은 징글맞게도 더웠다. 어느 날 갑자기 밤이 가고 아침이 오더니 찬바람이 도적처럼 들이닥쳐서 또 추석이다. TV 속의 미남 미녀들이 한복을 차려입고, 사람들은 고향으로 가고 또 간다. TV 속의 추석은 언제나 농가 마당에서 빨간 고추가 익어가고 노인들이 송편을 빚으면서 도시에서 오는 자식들을 기다린다. 고향으로 가는 사람들아, 당신들의 고향은 꽃피는 산골이며 실개천이 옛이야기 지줄대는 곳인가. 지방 대도시에 사는 사람들도 추석에는 고향에 갈 터인데, TV는 서울 사는 사람들이 고향에 가는 모습만을 거듭 보여준다. 그래서 추석 때 TV를 보면 전국은

서울과 비서울로 나뉘는데, 서울은 타향이고 비서울은 고
향이다. 내 고향 서울은 이제 아무의 고향도 아니고 모든
타인들의 타향이다. 고향으로 가는 사람들아, 당신들의 고
향이 만인의 타향이고, 당신들이 사는 자리가 당신들의 타
향이라면 사람의 고향은 대체 어디인가.

　나는 서울 사대문 안 토박이인데, 20년 전부터 경기도
고양시에 살고 있다. 추석에 나는 내 고향 서울 사대문 안
으로 귀향한다. 나의 귀향은 초라하고 적막해서 남에게 이
야기할 만한 것이 못 된다. 거기에는 뒷동산도 실개천도
없고 송편도 없고 기다리는 사람도 없다. 나는 경복궁 창
덕궁 선희궁터(지금의 국립 서울농학교·맹학교) 주변의 골
목길이나 성북구 삼선동, 돈암동 쪽 한양도성 둘레 마을들
을 어슬렁거린다. 추석에 내 고향 서울은 문득 고요하다.
상점들이 문을 닫고 행인이 끊긴 빈 골목에서 길고양이들
이 길바닥에 누워 기지개를 켜면서 하품을 한다. 나는 냄
새를 탐색하는 개처럼 혼자서 그 빈 거리의 이 구석 저 구
석을 들여다보다가 기억의 먼 끝에 남아 있는 흔적을 발견
한다. 통인시장이나 금천교시장을 돌아다니다가 문을 연
식당을 겨우 만나면 국밥 한 그릇 먹고 돌아오는 것이 내

귀향의 전부다.

나는 이 동네에서 태어났고, 이승만 말기에서 박정희 초기에 이르는 난세에 이 골목에서 자랐다. 그때 나는 어렸지만 이 세상이 불의와 야만과 폭압에 가득차 있다는 확실한 느낌을 생활 속에서 체득하고 있었다. 내 또래 동무들도 마찬가지였다. 예나 지금이나 아이들은 다 알고 있다. 단어를 모를 뿐이다. 학교는 엄한 규율과 잔혹한 체벌로 아이들을 통제했지만, 아이들은 온 생명의 힘으로 반항했고 이탈했다. 학교는 아이들을 당할 수가 없었다. 그 시대의 가난과 억압 속에서, 나는 말 안 듣고, 학교 빼먹고, 선생님을 욕하고, 싸움하고, 야단맞고, 매맞으면서, 그리고 또 신명나게 싸지르면서 이 거리에서 놀았다.

경복궁, 인왕산, 북악산, 북한산, 삼청동 숲과 한양도성 언저리는 내 고향의 중요한 놀이터였다. 경복궁은 담장이 허술해서 아무데로나 드나들었다. 경복궁 마당에서 나는 또래들과 닭싸움, 말타기, 자치기, 깡통차기를 하며 놀았다. 경무대를 지키는 순경들이 카빈총을 메고 북악산 올라가는 길을 지키고 있었지만, 아이들은 길이 없는 비탈을 따라 그 꼭대기까지 올라가 고함을 질러대서 순경들을 겁주었다. 순경들이 기겁을 하고 호루라기를 불면서 쫓아왔지만 다람쥐 같은 아이들을 잡을 수는 없었다. 그때 경복궁은 일제 때 헐리고 전쟁 때 그을린 모습 그대로의 폐허였다. 전각이 있던 자리에 주춧돌만 남았고, 흩어진 석재 사이에 풀이 돋아나서 메뚜기들이 뛰었다. 남아 있는 전각의 아궁이 속은 어둡고 축축했다. 거기에 찬바람이 드나들었고 오래전에 식은 재 냄새가 났다.

한양성곽도 동대문에서 낙산, 돈암동, 삼선동에 이르는 구간은 무너져내린 돌무더기였다. 전쟁이 끝난 후 전국 농어촌에서 가난한 사람들이 먹고살려고 서울로 올라와서, 그 돌무더기에 기대서 판잣집을 짓고 살았다. 판잣집들은 화장실이 없어서 사람들은 무너진 성돌을 딛고 앉아서 똥을 누었다. 여름에는 돌무더기에서 파리떼가 들끓었고 겨울에는 똥이 얼어서 빙벽을 이루었다. 성벽이 무너진 자리에는 크기가 베개만한 돌들이 널려 있었다. 내 어린 눈에도 그 돌들이 너무나 작아서 나는 나라를 슬퍼했다.

지금 경복궁 주변 서촌이나 북촌의 거리들은 강북의 명소로 꼽힌다. 오래된 한옥들은 세련된 실내 장식을 갖추고 와인바나 카페, 명품 가게로 바뀌었다(젠트리피케이션).

이 거리에서는 서까래가 드러난 천장 아래서 유복해 보이는 청춘남녀들이 와인잔을 놓고 마주앉아 소곤대고 있지만, 고향에 대한 나의 추억은 돌무더기로 남은 경복궁과 한양도성의 폐허에서 벗어나기 어렵다.

경복궁은 1592년 4월 30일 새벽, 선조가 서울을 버리고 떠난 직후에 전소되었다. 창덕궁, 창경궁, 종묘도 이때 불타서 무너졌다(임진왜란). 이 화재는 서울 장안의 '간악한 백성들'이 저지른 방화라고 실록은 기록하고 있다. 임금이 버리고 떠난 대궐을 백성들이 몰려가 불지르는 이 방화 사건을 고등학교 국사시간에 배울 때 나는 발밑이 꺼지는 듯한 충격을 받았다. 이것이 내가 공 차는 놀이터에서 벌어진 비극이었다. 불길 속에서 아우성치는 내 고향 백성들의 환영에 지금도 나는 가위눌린다. 임금의 피난대열이 돈의문(서대문) 밖으로 나가는 시점에 3대 궁궐 안의 수많은 건축물에 동시에 불을 지르려면 미리 조직된 다수의 군중이 동원되어야 하고, 거기에 지휘통제가 작동했으리라는 것은 짐작할 수 있다. 서울을 내주고 떠나려는 묘당의 논의는 며칠 전부터 항간에 유포되어 있었던 모양이다. 유도

대장이 폭민 몇 명을 붙잡아 목베었으나 사태를 진압할 수는 없었다고 실록은 기록했다.

경복궁은 왼쪽에 종묘, 오른쪽에 사직단을 거느리고 인의예지(仁義禮智)를 사대문에 배치하면서 도성을 남면한다. 이 구도 속에서 경복궁은 왕조의 관념적 상징이며 현실의 중심이다. 이 핵심부가 적군이 들이닥치기 이전에 성난 백성들의 방화로 잿더미가 되어버린 사태는 국가권력의 정당성과 그 존재 이유에 대해서 무섭고도 근원적인 질문을 제기하고 있었지만, 압록강까지 도망갔다가 돌아온 임금과 권귀(權貴)들은 이 잿더미로부터 아무런 영감도 받지 못했다. 그들은 자신의 신념체계에 매몰되어 있었고, 이 전복적이고 근원 부정적인 폐허의 심층을 성찰하지 못했다. 서울로 돌아온 조정이 이 방화사건을 수사해서 가담자를 처벌했다는 기록은 없다. 그냥, 덮어버린 모양이다.

경복궁의 폐허는 그후 대원군에 의해 중창될 때까지 270여 년 동안 도성의 한복판에 방치되어 있었다. 핵심부가 폐허인 도시가 내 고향의 모습이었고, 여기가 내 유년의 놀이터였다.

경복궁 서쪽의 인왕산과 북악산 사이는 계곡이 깊고 숲

이 그윽해서 도심 속의 별천지였는데, 여기에 노론 권귀의 유토피아가 형성되었다. 이 낙원에 재능 있는 예술가들이 모여들어 격조 높은 담론과 시서화를 생산해냈고 조선 후기 진경문화와 위항문학은 이 동네를 중심으로 장관을 이루었다.

서울 종로구의 종로09번 마을버스(수성동계곡↔숭례문)의 옥인동 쪽 종점의 이름은 '수성동계곡'이다. 겸재謙齋는 이 마을의 그윽한 골짜기와 빼어난 암석과 유산遊山하는 선비들을 그림으로 그려서 '수성동'이라는 제목을 붙였다. 이 화폭 속에 보이는 돌다리 이름은 '기린교'인데, 이 돌다리가 기적처럼 아직도 제자리에 남아서 옛 풍류를 증명한다.

그런데 이 낙원에 둥지를 튼 권력자와 예술가들은 길 건너 경복궁의 폐허에 대해서 어떤 인식을 가지고 있었던가. 추석날 내 고향의 빈 골목을 어슬렁거릴 때 이런 질문들이 나를 괴롭힌다.

이 질문에 답하기 위해서 기댈 수 있는 자료는 빈약하다. 경복궁이 소실되고 160년쯤 후에 겸재는 무너져버린 〈경복궁〉을 그렸다. 이 그림은 옥인동 쪽에서 바라본 구도

2부 지우개는 나의 망설임이다

겸재 정선, <경복궁>, 비단에 엷은 채색, 16.7×18.1cm, 고려대학교박물관 소장.
옥인동 쪽에서 본 구도. 경회루는 주춧돌만 남아 있고, 영추문은 돌로 막혀 있다.

인데, 영추문은 문루가 없어지고 기둥만 남아 있고, 기둥 사이는 돌로 쌓아서 출입을 차단했다. 경회루는 물이 말라 버린 연못가에 돌기둥만 남아 있다. 대궐 뒤뜰에 소나무가 우거져서 숲을 이루었고 버드나무가 늘어져서 땅에 닿을 듯하다. 겸재의 화폭 속에서 무너진 것들은 아주 간략하게 처리되어 있고, 그 비극을 쓰다듬는 시간과 자연의 힘이 아름답게 표현되어 있다.

대체로 이 낙원에 속하는 권력자 지식인 예술가 들은 길 건너 경복궁 폐허의 심층구조를 진지하게 성찰하지는 않았다.

이 폐허는 아무런 역사성도 부여받지 못했다. 단지 허무한 풍경으로 인식되어 일상에 자리잡거나, 옛 영화를 회고하는 영탄조 시문의 소재가 되거나, 세월이 지나서 숲이 우거지자 꽃구경 가는 풍류남아의 놀이터가 되었다. 나와 내 또래들은 여기서 공을 차며 놀았다. 영조는 경복궁의 폐허를 정치적으로 활용했다. 영조는 여기서 과거를 베풀었고, 친히 모내기를 했고, 왕비를 보내서 누에를 치게 했다. 영조 48년은 1772년으로 임진왜란 이후 세번째 맞는 임진년이었다. 이해를 기념해서 영조는 경복궁 폐허로 거둥해서

명의 마지막 황제 의종을 기리는 망배례를 올렸다. 청淸에
게 사대의 조공을 보내면서 130년 전에 망한 옛 종주국 황
제의 혼백을 향해 절을 하는 임금의 내면은 분열적이다. 임
금은 청과 명 양쪽을 모두 기웃거렸지만, 제 발밑의 폐허의
의미를 들여다보지는 않았다. 1948년 8월 15일, 이승만은
이 자리에 축 처진 현수막을 걸고 대한민국 초대 대통령에
취임했고, 나는 그해에 이 동네에서 태어났다.

나는 소년 시절의 한때 서울 성북구 삼선동, 돈암동, 성
북동을 옮겨다니면서 살았다. 낙산에서 삼선동으로 이어
지는 한양도성의 폐허는 내 또래 아이들의 신명나는 놀이
터였다. 이 성벽에서부터 성북구청, 소방서 망루를 지나
서 성신여대 앞까지가 내가 노는 구역이었다. 박완서 소설
『그 남자네 집』에 나오는 그 남자의 집이 성신여대 앞 동
네라는 것은 한참 후에 알았다. 무너진 성벽에서 동네 아
이들이 석전石戰을 벌였다. 아이들은 나무로 방패를 만들
어서 머리를 가리고 잡석으로 돌팔매를 치며 싸웠다. 엄마
들은 연탄집게를 휘두르며 못하게 했지만 말릴 수는 없었
다. 무너진 성터에 돌맹이는 얼마든지 있었다.

추석날에는 성벽의 돌을 모아서 동그랗게 불터를 만들

1948년 8월 15일 중앙청에서 열린 대한민국 정부 수립 국민축하식.
현수막이 늘어져 있다.

고 그 안에 헌 고무신짝, 베니어판, 썩은 가마니를 태워서 달맞이불을 피웠다. 집에서 석유나 양초를 들고 나오는 아이들도 있었다. 옆동네 아이들과 불싸움이 벌어지면 땔감을 구하느라고 뛰어다녔다. 판잣집 담장을 뜯어오거나 남의 집 빨래판, 개집을 집어왔다. 아이들은 지쳐서 주저앉을 때까지, 날이 캄캄해질 때까지 몸과 마음을 다 바쳐서 놀았다. 밤중에 엄마들이 아이 이름을 부르며 찾으러 다녔다. 여러 목소리 중에서 아이들은 제 엄마 목소리를 알아듣고 할 수 없이 집으로 돌아갔다.

아이들은 그렇게 신명나게 놀면서 그 가난하고 짓밟힌 세월을 건너갔다. 아이들은 방목되었다. 아이들은 학교나 가정이나 사회의 보호가 아니라 오직 저 자신의 생명의 힘을 분출시키는 놀이의 힘으로 자랐다. 늙어서 맞는 추석날 그 옛 자리를 얼씬거리면서 그때의 놀이를 생각하는 일은 서글프다.

'그 남자네 집'과 내가 살던 집 사이에는 하천이 흘렀다. 더러운 물이 악취를 풍기면서 성북동에서 안암동 쪽으로 흘러갔다. 나는 중학교 때 이 물이 흘러서 어디로 가는지를 밝혀내려고 하류 쪽으로 하루종일 걸었다. 이 하천은 한양대학교 뒤에서 중랑천과 합쳐지고 다시 흘러서 옥수동 근처에서 한강에 닿고 있었다. 나는 수계水系의 흐름을 몸으로 확인했다. 그날 나는 새벽에 나갔다가 밤중에 돌아왔는데, 이 도보탐사는 학교에서 대동여지도를 그려낸 고산자 김정호의 생애를 배우고 나서 그 놀라운 어른을 흉내낸 것이었다.

여러 동네의 생활하수가 이 하천으로 모였고, 홍수 때 윗동네가 침수되면 재래식 변소가 넘쳐서 분뇨가 이 하천으로 떠내려왔다.

이 하천변, 지금의 돈암동성당 건너편에 대중목욕탕이 있었다. 목욕탕은 때를 씻고 버리는 오수를 이 하천으로 내보냈다. 목욕탕 오수는 온기가 남아 있어서 김이 올랐다. 더운물이 귀한 시절이었다. 겨울에는 손등이 터진 산동네 엄마들이 빨랫감을 이고 이 하천에 와서 목욕탕 오수가 나오는 구멍 앞에 쪼그리고 앉아서 그 미지근한 오수에 옷을 빨았다. 이 하천의 이름은 성북천이다. 나는 정지용의 시 「향수」에서 "옛이야기 지줄대는 실개천"을 읽을 때마다 내 고향의 저 더러운 하천을 생각한다. 나는 박수근의 그림 〈빨래터〉를 볼 때마다 성북천 목욕탕 오수에 빨래

2부 지우개는 나의 망설임이다

하던 동네 엄마들, 시대의 엄마들을 생각한다. 그 엄마들을 생각하면 내 마음속에서 '엄마'는 거대한 군집명사로 떠오른다. 1·4후퇴 때 어린 삼남매를 업고 끌고 서울서 부산까지 피난열차를 타고 내려간 나의 엄마, 성북천 목욕탕 오수에서 빨래하던 동네 엄마들, 시대의 웅덩이에 몸을 갈아바쳤던 모든 엄마들이 합쳐져서 내 고향의 '엄마'로 떠오른다. 그 엄마들은 이제 거의 세상을 떠나고 없다. 이번 추석에 다시 왔더니, 성북천은 이명박 청계천의 축소 모형으로 말쑥하게 단장되어 있었다. 물가에 물풀이 우거져 있고 하천 흐름을 따라 산책로가 조성되어 있었다.

내 고향의 한양도성 둘레에는 거대한 판자촌이 들어서 있었다. 내가 살던 동네는 이 마을보다 지대가 낮은 평지였다. 초기에 이 마을에 들어온 사람들은 땅을 파서 움막을 지었고, 판잣집, 천막들은 그후에 들어섰다. 판잣집들은 사람들의 출신지를 따라서 고향별로 구획을 이루었다. 한 달에 두어 번씩 구청, 소방서, 경찰서, 그리고 어디서 왔는지 알 수 없는 건장한 사내들이 몰려와서 이 판자촌을 부수었다. 집들은 엉성해서 부수기가 쉬웠다. 오함마 두어 방이면 벽이 무너지고 지붕이 내려앉았다. 아기 업은 여자들이 울부짖으며 철거반원에게 달려들다가 머리채를 잡혀서 끌려갔다. 이 숨막히는 구경거리에 동네 아이들이 몰려들었다. 그것은 내 유년 시절, 내 고향에서 벌어졌던 가장 무섭고 참혹한 삶의 모습이었다. 나는 왜 사람이 사람 사는 집을 부수는지 알 수가 없었다. 엄마한테 물어봤더니, 엄마는 "너 그런 데 가지 마라. 딴 데 가서 놀아라"라고 말했다. 세상은 무섭고 난해했다.

철거반원이 돌아가면 사람들은 부서진 자리로 돌아와 잔해를 수습해서 다시 집을 지었다. 무너진 성터에는 조선 태조 때 돌들이 많아서 집 짓는 데 큰 도움이 되었다. 그리고 며칠 후에 다시 철거반이 들이닥쳐 까치집 같은 판잣집을 부수었다. 짓고 또 부수는 일진일퇴가 수없이 반복되었다. 1979년 이후 두 번에 걸친 불량주택 양성화 조처로 이 기나긴 전투는 끝났다. 오랜 통곡과 아우성이 멎은 자취를 따라서 마을의 외곽선이 형성되었다.

이번 추석에 다시 와봤더니 골목들의 구조는 50여 년 전과 같았는데, 마을은 지형지물에 맞게 정돈되어 있었다. 이 꼬불꼬불한 골목의 어떤 모퉁이에는 내 유년 시절의 질감과 표정이 희미하게 남아 있었고, 마을은 고난에 찬 세월의 지층을 간직하고 있었다. 그러나 어째서 그 가난했던 시절에 가난한 국가의 여러 기관들이 그보다 더 가난한 사람들의 삶의 자리를 그토록 모질게 때려부수어야 했던지는 여전히 알 수 없었고, 물어볼 곳도 없었다.

한국전쟁 이후에 전국 각지에서 모여든 사람들이 이 마을에서 60여 년 가까이 주거를 이루고 있다. 마을을 전면 철거하고 아파트를 짓는 재개발방식을 따르지 않고, 이미 자리잡은 삶의 방식을 존중하면서 그 환경을 개선하는 방식으로 변모하였다(마을 재생). 이 마을에는 똑같은 집이 하나도 없다. 집들은 높낮이가 다르고 좌향이 제가끔이어서 마을은 들쭉날쭉하다. 이 세월의 지층 위에 자리잡은 사람들은 이제 떠나지 않는다. 그들은 이웃을 이루고 있었다. 복원된 성벽이 재생한 마을을 빙 돌아나가고, 저녁이 되면 내려앉는 해가 성벽에 걸려서 이 마을에는 어둠이 일찍 오고, 성벽 너머 도심의 차도에는 자동차 불빛이 용암처럼 흘러간다.

경복궁이 소실되고 400여 년 후에 내 고향 서울에서는 한양도성의 정문인 숭례문이 불타서 무너졌다. 설 연휴 기간이었던 2008년 2월 10일, 고향에 갔던 사람들이 서울로 돌아와보니 숭례문은 숯덩이가 되었고, 거기에 더운 김이 오르고 있었다. 숭례문에 불지른 노인은 나와 같은 일산에 살던 사람이었다. 노인의 땅은 일산 신도시 아파트 건설을 위한 도시계획으로 수용되었다. 노인은 수용 취소를 요구하는 소송을 제기했으나 패소했다. 건설회사는 보상금을 공탁하고 노인의 집을 불도저로 밀었다. 노인은 구청, 시청, 여당, 야당, 신문사, 방송사, 국민고충처리위원회, 청와대 비서실을 찾아가거나 진정서를 보내서 억울함을 호소했다. 정부의 토지수용 절차와 처분은 모두 적법했으므로 노인의 억울함은 성립될 수 없었다. 노인이 수용당한 땅의 현재와 미래의 가치, 그 땅과 집을 소유하고 거기에 사는 사람에게 귀속하는 생활적이고 정서적인 삶의 가치가 국가의 토지수용 절차에 의해서 온전히 보상받을 수 있는 것인지는 확실치 않다. 법원과 정부는 법에 따라 판단하고 집행했고, 노인은 시너통을 들고 남대문 문루 위로 올라갔다. 조선을 개국하는 그랜드 디자인의 맨 앞에 서 있던 숭례문은 연기가 되어 사라졌고, 지금 그 자리에는 복제품이 들어서서 휘황한 야간 조명을 받고 있다.

숭례문이 불타버린 그 다음해, 2009년 1월 20일에는 용산4구역 철거현장(남일당)에서 세입자와 철거병력이 충돌하면서 화재가 발생해 철거민 5명과 경찰특공대 1명이 사망했다(용산참사). 이 사건의 재판은 개발구역에서 추방되는 세입자의 권리 문제나 경찰 진압작전의 적정성을 포괄적으로 판단하기보다는 최초 발화의 원인과 책임을 규명하는 쪽으로 전개되었다.

나는 지금 1592년의 경복궁 방화, 2008년의 남대문 방화, 2009년의 용산참사에서 불을 낸 사람들을 편들자는 것이 아니다. 나는 법원의 판결에 시비를 걸자는 것이 아니다. 나는 다만 내 고향의 슬픔과 고통을 말하려 한다. 용산참사의 재판 과정을 보면서 나는 내 유년 시절, 성 밑 마을 판자촌 철거현장에서 울부짖던 사람들을 생각했다. 불타는 숭례문을 TV에서 보면서 나는 1592년의 불길 속에서 갈팡질팡하던 서울 장안 사람들을 생각했다. 나의 이 연상작용은 비논리적이기는 하지만, 이 모든 사태는 국가와 개인, 지배와 피지배, 소유와 박탈, 추방과 저항의 적대관계에서 벌어진 쟁투가 극한에서 폭발한 참극이었다. 그리고 이 참극의 원형과 뿌리는 모두 내 고향의 한복판에서 비롯되었다. 다시 고향에 돌아와서, 나는 이 참극의 뿌리들이 발전적으로 해소되면서 오늘에 이른 것인지를 스스로에게, 그리고 고향으로 가는 당신들에게 묻고 있다.

정지용은 고향을 노래하면서 "그곳이 차마 꿈엔들 잊힐리야"(「향수」, 1927)라고 노래했고, 몇 년 후에는 "고향에 고향에 돌아와도 그리던 고향은 아니러뇨"(「고향」, 1932)라고 노래했다. 추석에 내 고향의 뒷골목을 어슬렁거리면, 그 시 두 편이 동시에 떠오른다.

지금 경복궁은 말끔히 단장되어서 동화 속 나라처럼 아기자기하다. 한복을 입은 고운 소녀들이 깔깔대며 사진을 찍고 젊은이들이 여기저기서 키스를 하고 있다.

한겨레 2016년 9월 13일

오이지를 먹으며

퇴계退溪(1501~1570) 선생은 한평생 반찬을 세 가지만
놓고 진지를 드셨다는데, 무말랭이, 가지무침, 산나물 같
은 것이었다. 손님이 오시면 이 세 가지 외에 간고등어구
이를 내놓으셨다.

무더위에 잠을 설치고 밥맛이 없을 때, 나는 때때로 그
어른의 진짓상을 생각한다. 퇴계의 진짓상은 정갈하고 삼
엄했는데, 먹는 즐거움은 그 경건함에 있었다. 그분의 식
사는 자연을 인간의 몸으로 받아들여서 생명의 동력을 얻
는 거룩한 행위였다.

여름에 내가 가장 좋아하는 반찬은 오이지이다. 조개젓

도 내가 좋아하는 여름반찬이다.[*] 나는 오이지를 반찬으로 먹을 뿐 아니라 가끔씩 군것질로도 먹는다. 오이지를 먹으면서 나는 퇴계의 여름밥상과 안동 지방의 맑고 깊은 간장 맛을 생각한다. 퇴계가 오이지를 드셨다는 기록은 없지만, 무말랭이나 가지무침을 즐겨 드셨다고 하니, 오이지도 잘 드셨음직하다. 나는 퇴계가 나처럼 오이지를 좋아하셨으면 좋겠다. 오이지와 무말랭이는 그 경건한 본질은 같지만 치장이 다르다. 오이지는 양념이 없지만, 무말랭이는 양념이 여러 가지다. 무말랭이는 본질이 너무 강해서 양념 없이는 반찬이 되기 어렵다.

오이지는 채소로 만들 수 있는 가장 단순한 반찬이다. 오이와 물과 소금이 재료의 전부이고, 양념은 아무것도 필요 없다. 무말랭이는 무를 햇볕에 말려서, 섬유질의 뼈대만을 가지런히 챙기는 반찬이다. 무와 햇볕이 재료의 전부다. 무말랭이는 이 본질이 너무 가파르니까, 참기름, 깨소

---

[*] 점심때 찬물에 만 밥을 한 숟갈 뜨고, 그 위에 통통한 조개젓을 한 알 올려서 먹으면 밥이 술술 넘어간다. 그러하되, 조개젓에는 깊이가 있지만 경쾌함이 없다. 맛을 아는 사람들은 내 말이 맞다는 걸 스스로 알 터이다. 나는 조개젓 비린내의 그 아련한 뒤끝을 좋아한다.

2부 지우개는 나의 망설임이다

금, 간장, 고춧가루로 무쳐서 밥상에 올린다. 오이지는 오이와 소금이고, 무말랭이는 무와 햇볕이다.

　나는 무말랭이도 좋아한다. 무말랭이를 씹으면 섬유질의 골수에 배어 있는 가을햇볕의 맛이 우러난다. 고소하고 보송보송하다. 이 햇볕의 맛을 섬유질 안에 저장해서 인간의 입속으로 전해주려면 무밖에는 없다. 오이를 햇볕에 말리면 다 쪼그라들어 먹잘 것이 없을 것이다. 감을 햇볕에 말린 것을 감말랭이라고 하는데, 감말랭이는 반찬은 되지 못하고 군것질거리다. 감말랭이에서는 햇볕의 맛이 나오지 않는다. 감은 스스로의 단맛이 강해서 햇볕의 맛을 온전히 간직하지 못한다. 무는 제맛이 두드러지지 않기 때문에 햇볕을 받아들여서 저장할 수 있다. 무말랭이는 말라서 질기다. 무말랭이는 천천히 오래 씹어야 햇볕의 맛이 우러난다. 뙤약볕에서 하루종일 놀다가 돌아온 아이들의 뒤통수 가마에서도 이런 햇볕냄새가 나는데, 애들 가마에서는 햇볕냄새뿐 아니라 먼지 냄새와 땀냄새가 섞여 있다. 이 냄새는 살아서 뛰노는 아이들의 냄새다. 요즘엔 이런 아이들을 안아주기 어렵다.

　무말랭이를 씹을 때 나는 퇴계의 입속에 퍼지던 햇볕의

맛을 생각한다. 맞배지붕에 홑처마뿐인 도산서당의 그 군더더기 없이 단순한 구도와 툇마루에 걸터앉은 그분의 메마른 기침소리와 노인의 몸냄새를 생각한다. 나는 퇴계의 경학經學을 모두 따라 읽을 수 없고 다만 상소문이나 편지, 시문, 기행문, 행장을 읽는 정도이지만, 여름밥상에서 무말랭이를 씹으면서 성인의 마음을 어렴풋이 짐작할 수는 있다. 글을 읽어서는 닿을 수 없고 마른 무쪽을 씹어보고서야 겨우 장님 더듬듯 하고 있으니 나의 아둔함은 너무 심하다.

오이지 얘기를 하려다가 무말랭이 쪽으로 빠졌는데, 오이지와 무말랭이는 그 단순한 본질이 같으므로 내 얘기가 지나치게 빗나간 것은 아니다.

여름 점심때 잘 익은 오이지를 반찬으로 해서 찬밥을 먹으면 입안은 청량하고 더위는 가볍다. 오이지는 새콤하고 아삭아삭하다. 오이지의 맛은 두 가지 모순된 국면을 통합한다. 그 두 개의 모순은 맛의 깊이와 맛의 경쾌함이다. 이 양극단의 모순이 한 토막의 오이 속에서 통합되는 비밀을 나는 설명할 수 없다. 짐작건대 이것은 소금과 물과 오이가 항아리 속에서 스미고 배어서, 새로운 맛으로 태어나는 모든 과정을 '시간'의 섬세하고 전능한 작용이 종합관리함으로써 가능한 것이지 싶다. 잘 익은 오이지는 오이의 신선함 속에 밴 간의 깊이와 소금에 순응하면서 더욱 새로워진 오이의 산뜻함이 한 토막의 채소 속에서 어우러지며 한 바탕의 완연히 새로운 맛의 세계를 펼치는 것인데, 이 맛은 오이나 소금 속에 지금까지 없었던 것이다. 오이지를 먹을 때 나는 멀리서부터 가까이로 다가오는 간의 깊이와 알레그로비바체로 가볍게 흔들리며 목구멍을 내려가는 오이의 신선함을 동시에 씹는다. 글자를 들여다보고 짐작하는 것이 아니라 살아 있는 이빨로 씹어서 관능으로 먹는다. 초복이 지나서 날이 볶듯이 더워진 연후에야 오이지의 청량함은 더욱 푸르르다.

오이지를 먹을 만하게 담그는 일은 쉽지 않다. 그 까닭은 아무런 양념이나 첨가물 없이 오직 물과 소금과 오이만으로 완성을 봐야 하기 때문이다. 너무 까다로워서, 레시피만 보고서는 아무나 할 수 없다. 이 솜씨는 가르쳐서 될 일이 아니고 스스로 수많은 실패를 거듭하면서 깨우쳐야

하는 자득自得의 세계이다. 자득의 세계는 숨을 곳이 없고
기댈 곳이 없다.

　내 아내는 오이지를 잘 담그지 못해서 나는 내 친구네
오이지를 가져다 먹는다. 여름마다 오이지를 담가서 가져
다주는 벗이 있으니 나의 자랑이다. 그 부인들에게 오이지
담그는 법을 물어보았더니 깔깔 웃으면서 가르쳐주었다.
대충만 적는다.

1. 오이지를 담글 때는 어른 한 뼘 정도의 작은 오이를
　으뜸으로 친다. 너무 큰 오이는 소금발을 잘 받지 않
　고, 또 물컹해지기 쉽다.
2. 오이를 깨끗이 씻어서 항아리에 담는다. 오이 꼭지는
　따지 않는다.•
3. 소금물을 만든다. 소금의 농도를 맞추기가 어려운
　데, 계란이 뜰 때까지 소금을 풀어주면 대체로 무
　난하다.••

•　오이 꼭지는 써서 먹을 수가 없지만, 오이지를 담글 때 꼭지를 따지 않는
　까닭은 오이의 온전성을 해치지 않기 위함일 터이다. 의미심장하다!
••　계란이 뜨는 높이로 소금물의 염도를 알 수 있는데, 그 집안의 식성에 따라
　다르다.

4. 소금물을 끓여서, 끓는 상태로 항아리에 붓고 돌을 지질러놓는다.[*]

5. 반나절이나 한나절 후에 소금물을 따라내고 다시 끓여서 붓는다.

6. 오이지 항아리를 서늘한 곳에 두고 며칠 후에 오이에서 노란색이 올라오면 냉장고로 옮겨놓는다. 찬물에 뽀득뽀득 씻어가면서 짠기를 빼준다. 너무 짜면 물에 담갔다가 먹는다.[**]

집안마다 입맛과 전래에 따라 차이가 있기는 했으나 큰 줄거리는 같았다. 오이지는 열흘쯤 지나서 꺼내 먹는데, 오래될수록 새큼한 맛이 강해진다. 이 열흘 남짓 동안 오이지 항아리 속에서 어떤 일이 벌어지는 것인가.

---

[*] 끓는 소금물을 부으면 오이의 풋내가 순화되고 간이 밴다. 오이지는 아주 날것은 아니지만 익힌 것도 아니다. 오이지는 열탕에 잠기지만 열이 지나간 흔적이 남지 않는다.

[**] 오이를 우려낸 물에 청양고추를 썰어넣으면 개운한 음료수가 된다. 나는 이 물에 밥을 말아먹는다. 오이지 국물은 끓인 물이지만, 생수보다 더 발랄한 청량감이 살아 있다.

오이지를 먹으며

이 대목에서부터 나의 글은 길이 막힌다. 나는 더듬어서 가겠다. 그 항아리 속의 비밀을 경영하는 것은, 아마도, 틀림없이, '시간'의 섬세하고 전능한 손길일 것이다. 시간은 우주의 운행과 역사의 흥망성쇠, 중생의 생로병사, 별들의 생성과 소멸뿐 아니라 김칫독, 된장독, 고추장독, 젓갈독 안의 비밀까지도 두루 관장하면서 '있음being'에서 '됨becoming'으로 사물을 전환시키는데, 그 신적神的인 작용이 가장 선명하고 육감적으로 드러나는 곳은 단연코 오이지 항아리 안이다. 오이지 항아리 속 전환의 진행방향은 그 놀라운 단순성인데, 오이지는 단순성을 완성해가면서 깊어지고 깊어져서 선명해진다.

오이지 항아리 안을 찾아오는 시간은 경험되지 않은 미래의 시간이다. 지나가버린 시간 위에서는 오이지를 담글 수 없다. 오이지뿐 아니라 노래를 부를 때, 악기를 연주할 때, 그림을 그릴 때, 자전거를 탈 때도 마찬가지이다. 오이지는 다가오는 시간의 경이로운 작용을 음식의 맛으로 표현해서 사람의 몸속으로 넣어준다. 오이지는 미래의 시간을 받아들여서 스스로 변하고, 그 변화 속에 지나간 시간을 갈무리한다.

오이지를 먹을 때, 나는 시간과 더불어 새로워지는 삶을 생각한다. 오이지를 먹을 때, 나는 다가오는 시간과 지나간 시간이 생명 속에서 이어지는 경이를 생각한다. 오이지를 먹을 때, 나는 도공의 가마와 대장장이의 화덕과 연금술사의 램프를 생각한다. 오이지를 먹을 때, 나는 지금도 도산서당에 계실 것만 같은 퇴계의 무말랭이를 생각한다. 무말랭이는 햇볕을 말려서 먹는 반찬이고 오이지는 시간을 절여서 먹는 반찬이다. 그 반찬 속에서 삶의 미립자들은 반짝인다.

2018년 여름은 더워서 오이지를 더 많이 먹었다. 오이지는 아무리 먹어도 물리지 않는다. 오이지를 한 항아리 더 먹으면 더위가 꺾이겠지. 가을에는 가을볕에 말린 무말랭이를 먹겠다.

그런데 여름내 오이지를 너무 먹었더니 소증素症이 도져서 말복에는 개고기를 먹으려고 벗들을 불러모으고 있다. 나는 오이지만 먹고는 못 산다.

후기

이 글은 2018년 7월 26일에 탈고했다. 섭씨 40도에 가까운 더위가 보름째 계속되었고 비 한 방울 오지 않았다. 사람과 짐승과 초목이 기진맥진하였다. 오이지가 없었다면 나는 이 무서운 여름을 견디지 못했을 터이다.

<고려대학교 불자교우회보> 2018년 10월 10일

태극기

나는 무자생戊子生(1948년)으로, 올해 70살이 되었다. 나는 이승만이 초대 대통령에 취임하던 해에 태어났다. 젊은 시절에 내 영세한 삶은 끊어질 듯 위태로웠고 노동의 날들은 기진맥진하였다. 개발독재와 고속성장의 시대를 지나면서, 유구한 전통으로 세습되어온 보편적 절대빈곤에서 벗어났으나, 양극화와 부의 편중에 따른 구조적 빈곤은 광범위하게 토착되었다. 돌이켜보면, 철거와 급조가 거듭되는 가건물 안에서 엉덩이를 바닥에 붙이지 못하고 엉거주춤 쪼그리고 살아온 느낌이다.

4·19 때 나는 중학교 신입생이었는데 서울 성북구 삼선동 성 밑 마을에 살았다. 거리에 놀러 나갔다가 성북경찰서 앞거리에서 소속을 알 수 없는 건장한 사내들이 시위를 벌이던 대학생들을 각목으로 패는 장면을 나는 보았다. 살아서 뭐라고 소리치는 사람들의 머리통을 각목으로 후려치면 두개골 깨지는 소리가 팍, 나면서 피가 솟구쳤고 맞은 사람은 길바닥에 쓰러져서 버둥거렸다. 한 번 후려칠 때마다 한 사람씩 팍, 팍, 팍 깨지면서 쓰러졌다. 피가 길바닥에 흘러서 흙으로 스몄다. 동네 엄마들이 쓰러진 대학생들을 떠메고 집안으로 들어가서 상처에 아까징끼(머큐로크롬)를 바르고 이불솜으로 틀어막고 홑청을 찢어서 싸맸다. 내 소년기는 이날의 절망과 무서움에 짓눌려 있었다.•

　며칠 후에 이기붕 일가가 아들이 쏘는 권총으로 집단자살하고 이승만 대통령이 하야하자, 대학생들은 대형 태극기를 펼쳐들고 애국가를 부르면서 거리를 행진했다. 나는 그 태극기를 보면서 복받치는 울음을 느꼈다. 아, 우리에게도 나라가 있구나, 우리는 고아가 아니고 난민이 아니

•　나는 아직도 이날의 무서움에서 온전히 벗어나지 못한다.

로구나, 이 절망과 무서움에서 벗어날 수 있는 길이 있구나…… 아마도 그건 안도감과 반가움이었을 것이다. 때리는 사람이 없고 매맞는 사람이 없는 세상에 대한 열망은 가위눌린 소년의 마음속에서 본능처럼 살아 있었고, 때리는 자들의 권력이 무너져버린 거리를 행진하는 대형 태극기 앞에서 울음으로 복받친 것이었다. 그때의 태극기는 순결했고 강렬한 지향성으로 아름다웠지만, 나는 한동안 국가권력이 무서워서 학교 갈 때도 경찰서나 파출소, 동사무소 앞을 지나가지 않고 멀리 돌아서 갔다. 이 공포감은 태극기를 향한 내 순수한 복받침과 함께, 이 세계에 대한 내 최초의 인식이다. 이것을 소년의 정치의식이라고 해도 무방하다.

　박정희 대통령의 전성시대에 서울 도심지역의 중고등학생들은 대통령이나 외국 원수들이 김포공항을 드나들 때마다 시가지에 동원되어서 태극기를 들고 환영하고 환송했다. 경찰이 몇 시간 전부터 교통을 통제해서 도로는 텅 비어 있었고, 나는 아이들과 함께 길바닥에 앉아서 대통령이 지나가기를 기다렸다. 대통령은 좀처럼 지나가지 않았다. 겨울에는 길에서 언 도시락을 까먹었다. 오줌이 마려우면 남학생들은 가로수 밑동에 갈겼고 여학생들은 발을 동동 굴렀다. 인솔교사는 몸속에 오줌이 찬 여학생들을 향해 "참아라 참아"라고 말했다. 한나절쯤 지나면 거리 전체가 긴장감으로 팽팽해지면서 전조등을 켠 오토바이 부대의 칸보이convoy(호위)를 받으며 대통령의 세단이 나타났다. 대통령은 보이지 않고 자동차만 보였다. 아이들은 자동차를 향해서 태극기를 흔들며 "대통령 만세"를 불렀다. "대한독립만세"라고 외치는 아이들도 있었다.● 만세 동원이 거듭되자, 태극기에 대한 내 순수한 감동은 퇴색하기 시작했다. 태극기가 억압과 지배의 장치가 될 수도 있다는 생각에 내 사춘기의 정치의식은 혼란스러웠다.

'애국'은 그 시절의 일상을 지배하는 가장 강력한 생활지표였다. 학교에서는 매주 한 번씩 전교생이 운동장에 모여서 애국가를 부르며 국기에 대한 경례를 바치면서 '애국조회'를 열었고 학교마다 학도호국단이 결성되어 있었다.

● 대통령 행차 때 거리에 동원되어서 태극기를 흔들던 이야기는 졸작 산문 「광야를 달리는 말」(『라면을 끓이며』)에서 몇 줄 썼는데, 태극기에 대한 글을 이어나가기 위해서 다시 끌어다 썼다.

졸업식 때는 발 시린 아이들을 운동장에 세워놓고 교장을 비롯해서 학부모 대표, 동네 경찰서장, 구청장, 무슨무슨 협회장, 선글라스 낀 반공단체장들이 차례로 연단에 올라가서 길고 긴 훈시, 기념사, 격려사를 했는데, 그 연설의 주제는 모두 '애국'과 '반공'과 '자유민주주의'였다.

그 시절의 '애국'은 월드컵 때 광장에서 태극기를 흔들며 '대한민국'을 외치는 애국과는 심정적 바탕이 전혀 다른 것이었다. 식민지에서 전쟁으로 이어지는 참혹한 폐허에서 이 애국의 깃발은 기한飢寒과 적화赤化로부터 살아남으려는 절박한 생존본능으로 펄럭였다. 이 '애국'은 스포츠가 아니고 이념이 아니었다. 그리고 이 '애국'의 비장한 정조는 정치권력의 압제와 비리를 정당화하는 당파성으로 변질되면서 후세로 전승되었다. 권력은 애국의 깃발 밑으로 결집되면서 억압을 형성했고 그 대척점에서 또다른 저항적 당파성이 형성되면서 태극기의 보편성은 훼손되어갔다. '애국'을 생업으로 하는 세력이 등장해서 일상의 자유를 억압해가면서 '자유민주주의'의 고귀함을 역설했다.

나의 아버지는 한 시대에 용납되지 못했고, 발 디딜 곳 없었던 방랑자였는데, 저녁마다 친구들과 술집에 모여서 시국을 성토했다. 아버지의 친구들은 대부분 현실에서 소외되어 있었고 울분에 가득차 있었다. 그들은 모두 크고, 모호하고, 가파른 말을 구사하는 언어의 협객들이었다. 나는 그 어른들을 보면서 자라서 저렇게 되지 말아야겠구나, 라고 생각했다. 아버지는 술 취해서 집에 돌아오면 천장을 향해 "아하, 난세로다!"라고 혼자서 중얼거렸다. 아버지의 난세는 끝도 없이 계속되었다.

박근혜 대통령의 말기에 또 한바탕의 난세가 전개되었다. 대통령의 정치 행태는 고대국가 이사금尼師今의 치정통치에 머물러 있었고, 이사금과 지근거리에 있는 권신權臣들이 그 치정통치에 충성을 바치고 있었다. 부패와 권력 남용의 뿌리는 심원했고 범위는 방대했고 디테일은 주밀했는데, 그 기법은 구전설화적이었다. 통치배들이 펼쳐놓은 난세를 분노한 인민의 함성으로 정리한다는 점에서, 이 난세는 과거의 무수한 난세와 유형이 같고, 수세기 전에 넘어졌던 바로 그 자리에서 한 시대 전체가 다시 넘어졌다.

2016년 연말에는 주말마다 전국에서 백만 명 이상의 시민들이 촛불을 들고 광장에 모여서, 분노의 대열은 장강대하를 이루었다. '이게 나라냐'라는 다섯 글자에 분노는 고 농축으로 집약되었고, 함성으로 폭발했다. 그리고 그로부터 멀지 않은 거리에서는 대통령을 '사랑'하는 사람들이 태극기를 흔들고 대형 성조기를 펼치고, 대형 십자가를 짊어지고 '자유민주주의 수호'를 절규하면서 행진했다. TV 뉴스를 보니까, 구속된 청와대 고관의 비망록에는 '태극기 집회'에 모이는 사람들이 '애국단체'로 분류되어 있었다. '애국단체'가 모이는 자리는 주로 덕수궁 앞 서울광장이었다. 그리고 이 자리는 내가 중고교 시절에 여러 학교 아이들과 함께 언 도시락을 까먹으면서 박정희 대통령 행차를 향해 태극기를 흔들며 만세를 부르던 자리였다.

장성한 조카는 초등학교에 다니는 자녀들을 데리고 주말마다 촛불집회에 나갔다. 조카는 사진을 찍어서 핸드폰으로 보내왔다. 가족들의 얼굴에는 분노의 기색이 없었다. 나들이 나온 것처럼 밝게 웃고 있었고, 어린것들은 손가락 두 개로 V자를 그렸다. 조카는 서울에서 대학을 나와 안정된 직장에 취직해서 중산층의 밑바닥에 막 진입한 젊은 가장이었다. 조카는 나에게 광장 촛불집회에 함께 나가자고 제안했다. 나는 "날이 춥고 감기에 걸려서 갈 수 없다"며 거절했고, "아이들 따듯하게 입혀서 데리고 나가라. 추운 데서 너무 오래 있지 말라"고 노인의 헛소리를 덧붙였다. 사실, 나는 감기에 걸리지는 않았다.

내 나이 또래의 친구나 선배들도 '애국단체'들의 태극기 집회에 나가서 사진을 찍어 보내왔다. 내 성장기의 가난과 억압을 함께 겪은 친구들이었다. 사진 속에서 그들은 태극기를 어깨에 두르고, 뭐라고 소리치며 걷고 있었다. 그 친구들은 모두 국민소득 100달러 시대에 청소년기를 보내고 대학을 졸업한 후에는 종합무역상사 수준의 초창기 재벌 회사에 취직했다. 그들은 해외 상사원으로 근무하면서 여학생들의 머리채를 잘라서 만든 가발이나 비닐원단, 담양 죽제품 같은 토산품을 해외시장에 팔아서 한줌씩의 달러를 국내로 송금했다. 또는 라디오, 토스트 기계, 금고같이 생긴 흑백TV나 장롱같이 생긴 전축을 만들다가 반도체나 자동차를 만드는 대기업으로 성장한 회사에서 정년퇴직한 사람들이었다. 가끔씩 연말 술자리에서 만나면 그 친구들은 "우리가 쌓은 것이 무너져간다"며 분개했다. 나는 그들의 울분 밑바닥에 우리들의 소년기를 지배했던 그 기한의 공포가 깔려 있음을 느꼈다.

난방보일러를 펑펑 때고 밥을 원 없이 먹게 된 이후에도 그 기한의 공포는 정치정서로 자리잡고 있는 것 같았다. 그 친구들도 나에게 태극기집회에 함께 나가자고 제안했다. 나는 또 감기에 걸려서 못 간다고 말했다. 감기란 참 편리한 병이었다.

며칠 후에 나는 혼자서 광장에 나갔다. 나는 촛불집회와 태극기집회 양쪽을 모두 기웃거렸는데, 태극기 쪽을 더 오랫동안 들여다보았다. 내 소년 시절의 태극기가 내 마음을 그쪽으로 끌어갔던 것은, 아마도, 사실일 것이다. 태극기 집회에 참가한 사람들이 사회경제적인 동질성을 갖는 집단은 아닐 테지만, 그들은 사실이나 법리를, 또는 눈앞에 벌어져 있는 객관적 사태를 뛰어넘을 수 있는 정치정서를 공유하고 있는 것처럼 보였다. '자유민주주의'라는 가치의 고귀함이 '탄핵 반대'라는 정치슬로건으로 바뀌어서 정치정서를 집결시키고, 그것이 다시 '애국'의 태극기로 펄럭이게 되는 과정을 나는 이해할 수 없었다. 나는 이해할 수 없는 것을 이해하려고 애쓰면서 오랫동안 그 거리에 앉아 있었다. 다중의 태극기가 광장에서 펄럭이면, 그 뒤를 대형 성조기가 따라오고, 대형 십자가가 등장하는 패턴은 내 소년 시절의 '애국'의 전개 과정과 흡사했다. 그때 기독교 우파 목회자, 월드스타급 외국인 전도사들이 전국 곳곳에서 성령부흥회, 구국기도회, 철야기도회를 열었는데, 그때마다 '애국'과 '반공'은 태극기로 펄럭였다.

그때로부터 반세기가 훨씬 지났다. 70살을 맞는 세모에, 내 소년 시절 박정희 대통령을 향해 태극기를 흔들던 바로 그 자리에서 박근혜 대통령을 향해 태극기를 흔드는 애국단체들을 바라보면서 나는 내가 어디에 와 있는지를 스스로 물었다. 그 질문은 난해했다. 한 시대가 가건물로 붕괴되는 듯싶었다.

얼마 후에 나는 박근혜 대통령의 인터뷰 기사를 보면서 그 질문에 스스로 답할 수 있었다.[*]

대통령은 이 인터뷰에서 자신을 '사랑'해주는 태극기집

---

[*] 2017년 1월 25일 '정규재TV'가 이 인터뷰를 방영했고, 26일 조선일보가 인용·보도했다. 이 인터뷰의 기획은 폐쇄적이었고 형식은 사적이었지만, 대통령의 현실인식을 보여주었다는 점에서 크게 유익했다.

회는

　— 자유민주주의와 법치주의를 지키려는

대중의 열망이며 그 열망에

　— 가슴이 미어진다.

고 심정을 피력했다. 이 나라 여성 대통령의 권력은 내가
소년 시절에 그분의 선친을 향해 태극기를 흔들던 바로 그
자리에 주저앉아 있었고, 내가 앉아 있던 거리가 바로 그
자리였다. 나는 가슴이 미어졌다.

　나는 세종로 네거리에서 광화문, 경복궁, 청와대, 그리고
북악산, 북한산 쪽을 바라보는 내 고향 서울의 경관을 사
랑한다. 이 경관 속에서 인공의 구조물들은 산하의 리듬에
안겨 있어서, 거칠게 돌출하지 않는다. 인간세의 핵심부가
자연의 한가운데 둥지를 틀면서 조화와 질서를 이루는데,
이 질서는 억압적이지 않다. 거듭되는 난세에도 나는 이 경
관을 바라보면서 정의롭고 강성한 공화국의 앞날을 생각
한다. 이 경관은 음풍농월하는 유산객의 산수가 아니고,
은밀한 향토의 명승지가 아니다. 이 공간은 지속과 생성의
힘이 분출하는 서울의 정치적 공간이다. 조선 개국의 엘리

트들은 이 공간을 왕조를 버티는 존재의 축선으로 삼아서 북악의 산세가 낮아지는 남쪽 사면에 경복궁을 건설했다. 500여 년 후에 조선총독부는 경복궁 신무문神武門 밖 후원을 헐어서 이 축선의 노른자위 부분에 조선총독의 집무실과 관저를 지었다. 역대 조선총독들과 해방 후에 진주한 조선주둔군 사령관 하지J. R. Hodge 중장, 그리고 이승만 이후의 모든 대한민국 대통령들이 이 자리에서 집무하고 기거했는데, 여기가 바로 지금의 청와대이다. 역사의 지층은 단순명료하지 않다.

그리고 광화문―세종로 네거리―덕수궁 앞 광장에 이르는 이 축선상의 중심가로는 근대적 공론장公論場의 발상지였다. 국운이 기울어가던 1890년대 초부터 백성들은 수많은 민회民會를 조직해서 자신들의 저항의식을 공론화했다. 민회들은 연대된 언어와 행동의 힘으로 국정쇄신, 자주성 회복, 부패관료 척결을 요구했다. 이 민회들의 결사는 자발적이었고 공개적이었으며 신분차별이 없었다. 백정이나 기생, 옹기쟁이 들도 대중집회의 연단에 올라가서 자신의 정치사회적 소견을 자유발언으로 설파했고, 갓 쓴 선비들이 청중석에서 박수쳤다. 이처럼 개방적으로 모여서 분출

　　　　　　　2부 지우개는 나의 망설임이다

하는 공론은 소수 엘리트 지식인에 의해 독점되던 과거의 담론과는 비교할 수 없이 근대적인 것이었다. 말과 말들이 연대하는 물결은 모두 덕수궁 앞, 세종로, 광화문 앞으로 모여서 들끓고 폭발했다. 백성들은 거리에 가마솥을 걸어놓고 국밥을 끓여먹으면서 며칠씩 밤낮으로 자유발언하며 황제의 결단을 요구했다. 덕수궁 안에서 황제는 두려움 속에서 진노했다. 황제는 민회라면 치를 떨었다. 황제는 자애로운 말로 타일렀고, 겁나는 말로 위협했고, 공권력과 비선조직의 폭력을 동원해서 짓밟았으나 연대해서 폭발하는 공론은 더욱 거세어졌다. '독립협회'나 '만민공동회'의 광장집회가 국운을 회복시키지는 못했지만, 백성들의 참여정신을 끌어모아서 현실정치를 개혁하는 데서 지배계급이 이룰 수 없었던 성과를 거두었다.[•] 이 상징가로에서 질서와 저항, 권력과 인민, 과거와 미래의 축들은 서로 길항하면서 역사의 역동성을 이루는데, 여기가 서울의 중심축선이다. 세종로 네거리에서 북악산 쪽 경관을 바라볼 때

• 1890년대에 이 거리에 근대적 공론이 집결되는 전말은 정교의 『대한계년사』에 자세히 기록되어 있고, 송호근 교수의 저서 『인민의 탄생』(민음사, 2011)에 학술적으로 정리되어 있다. 이 대목은 두 권의 저서를 바탕으로 기술하였다. 나는 후인들이 이 거리의 역사적 의미를 기억하기 바란다.

나는 늘 새롭게 생성하는 시간과 공간을 느낀다.

지금 사람들은 다시 이 공론의 거리에 모여서, 날이 저물고 눈이 내려도 돌아가지 않는다. 공적 시스템이 무너져서 공회전하는 사태가 광장으로 끌려와서 공론화된다는 것은 불행이고 또 희망이다. 이카로스는 추락을 거듭하면서 날아가고 있다. 왜 대한민국의 태극기는 촛불의 대열 앞에서 펄럭이지 못하는가. 광복 70여 년이 지난 후에도 왜 태극기는 국민적 보편성에 도달하지 못하는가. 왜 태극기는 여전히 가건물 위에서만 펄럭이는가. 이 질문 속에서 대한민국의 이카로스는 지치고 힘찬 날개를 퍼덕이고 있다.

<문학동네> 2017년 봄호

할매 말 손자 말*

영화 〈맘모이〉를 보고

나는 별을 '별'이라고 불러야만 별이 별같이 느껴진다. 해, 달, 바람, 바다, 가을, 민들레……도 다 마찬가지다. star는 시각적이고 물리적인 대상이지만 '별'은 내 생애에 개입되어 있는 경험적 실체이다. 별이라는 소리와 글자를 들여다보면, '별'은 그야말로 별처럼 어둠 속에서 반짝이고 있다. 얼굴은 '얼굴'이라고 말해야만, 내 마음속에 여러 얼굴들이 떠오른다. face로는 안 된다. '바람'은 불어오고 '가을'은 바스락거린다. 처용이 노닐던 서라벌 밤하늘에

• 이 제목은 경북 칠곡군 약목면 복성2리 박금분 할매의 시 제목이다.

'달'이 떴고, 고려의 유랑민들은 '머루' '다래'를 먹고 청산에 살았다 하니, '달' '머루' '다래'는 삶의 정한을 쌓아가며 천여 년의 시간을 건너와 미래로 향한다. 별을 별이라고 부를 때, 별은 내 가슴에 박히고 나는 모국어의 자식임을 스스로 안다.

고등학교에서 영어를 배울 때 나는 그 새로운 문법이 신기해서 문장을 외웠다. 조사 없이, 동사가 목적어를 직접 지배하는 논리구조의 탄탄함에 나는 매혹되었다. 조사를 눈여겨 읽지 않으면 한국어는 해독되지 않는다. 조사의 매개 없이, 단어와 단어의 배열로 이루어지는 문장은 명석하고 힘차 보였다. 초급 독일어를 배울 때 나는 그 논리적 완결성과 개념의 정확성에 놀랐다. 그때 나는 한국어 조사나 활용어미의 쓰임이 너무 모호하고 포괄적이며 때때로 비논리적이라고 생각했다. 예를 들자면 '약을 먹고 죽었다'라고 쓸 때 약과 죽음 사이에 인과관계가 불분명하게 느껴졌고, '너를 사랑한다'라고 쓸 때 '를'이 왜 있어야 하는지를 답답하게 여겼고, '바람에 꽃이 진다' '땅에 풀이 돋는다' '가을바람에 눈물난다' '말에 방울 단다'고 쓸 때 '에'의 쓰임새가 너무 넓어서 느슨하게 느껴졌다. 서구어를 처

2부 지우개는 나의 망설임이다

음 배우고 그 신기함에 빠져 있던 아이는 문법이 모든 단어를 엄격히 옭아매야 한다고 생각하고 있었다.

국어시간에 훈민정음 언해본 세종어제 서문 '나랏말싹미'를 배울 때도 나는 놀랐다. 새로운 문자를 반포하는 이 문명사적 대전환의 맨 앞에 내세운 이 공식문건은 구문의 구조적 장치가 무리하게 돌출하지 않았다. 단순명료하고 군더더기가 없었고, 단 한 개의 문장으로 모든 할말을 다 했고, 글의 흐름이 순해서 물 흐르는 듯했고, 옥좌에 앉아서 말하는 임금의 목소리와 음색이 느껴졌다.

고3 때는 3·1독립선언서를 배웠는데, 한문투 문장의 힘은 오랫동안 내 마음에 남아 있었다. "吾等은 玆에"로 시작되는 이 선언서의 첫 문장은 강력한 주어가 맨 앞에서 문장을 이끌고 있었고, 조선인이 지금 이 자리에 모여서 무엇을 하려는지를 한 개의 문장으로 분명히 말하고 있었다. '吾等'은 내가 경험한 한국어 중에서 가장 힘센 주어였고, 정확하고 확실하게 제자리에 놓여 있었다.

그후 한국어에 대한 내 생각은 많이 바뀌어서, 조사가 얽어내는 구문의 헐거움이 오히려 한국어가 갖는 자유의 공간이며, 이 공간을 잘 활용함으로써 다양한 표현과 논리성에 도달할 수 있다는 걸 알게 되었다. 그러나 아직도 나는 한국어 조사와 구문이 어렵다. 모국어는 친숙할수록 긴장을 요구한다.

2019년 정초에 영화 〈말모이〉가 개봉했다. 〈말모이〉의 소재는 역사에 '조선어학회 사건'으로 기록되어 있다. 영화는 일제 말기인 1940년대에 조국의 말과 글을 지키려는 사람들의 수난과 성취를 그리고 있다. 조선어학회는 언어학자들의 모임이었지만, 이 영화는 모국어를 지키는 운동을 통해서 보통 사람들의 의식이 각성되는 과정을 보여주고 있다. 지금 수많은 영화들이 서로 치고받으면서 나타났다가 며칠 만에 사라져서 막대한 제작비가 거품으로 흩어지고 있는데, 조선어학회 사건을 다루는 영화가 이제야 만들어진, 이 늦음은 너무 심하다. 우리는 무엇을 도모하고 있는가.

1940년대에 일본은 절망적인 전쟁으로 인력과 자원을 총동원하고 있었다. 재만在滿 항일무력은 힘을 잃었고, 조선의 독립운동은 동력이 고갈되어 있었다. 조선어학회의 선인先人들은 모국어를 보존함으로써 민족 재생과 부활의 씨앗을 뿌렸는데, 선인들은 암흑과 고난 속에서도 먼 앞날을 내다보고 있었다. 말이 살아 있는 한, 혼 또한 살아 있을 것이었다. 일제는 조선어 사전을 만들려는 선인들의 활동에 치안유지법상의 내란죄를 적용해서 33명을 검거했다. 함흥지방재판소는 판결문에서

— 고유언어는 민족의식을 양성하는 것이므로 조선어학회의 사전 편찬은 조선 민족정신을 유지하는 민족운동의 형태다.

라고 유죄 이유를 밝혔는데, '유죄'만을 뺀다면 틀린 말은 아니다. 잡혀간 사람들은 모두 야만적 고문을 당했고, 2년에서 6년의 형을 받고 함흥형무소에 수감되었다. 이윤재李允宰(1888~1943)*, 한징韓澄(1886~1944)** 두 분은 광복을 가까이 앞두고 옥사했다.

* 국어학자, 사학자. 3·1운동에 관련되어 평양 감옥에서 3년간 옥고를 치렀다. 1937년 수양동우회 사건으로 서대문 감옥에서 1년 반 옥고를 치렀고, 1943년 조선어학회 사건으로 함흥 감옥에서 옥사했다. 1962년 대한민국 건국훈장 독립장이 추서되었다.

** 국어학자, 독립운동가. 청년 시절에 신문기자로 일했고 1930년 조선어학회에 가입해서 조선어 사전 편찬 전임위원이 되었다. 조선표준어사정위원회 위원으로 표준어 제정에 노력했다. 조선어학회 사건으로 함흥 감옥에서 옥사했다. 1962년 대한민국 건국훈장 국민장이 추서되었다.

이들이 검거될 때, 『큰사전』 원고는 모두 증거물로 압수되어 함흥지방검찰청 창고로 들어갔다. 그후 상고심 관할이 서울로 넘어가자, 이 증거물들은 열차에 실려 서울역으로 운송되는 도중에 광복을 맞았다. 『큰사전』 원고는 증거번호가 찍힌 채, 서울역 마루보시(후에 대한통운이 된 철도화물 운송사) 창고에 쌓여 있었다. 조선어학회 회원들이 서울역을 모두 뒤져서 원고 뭉치를 찾아냈다. 이 원고는 2만 6500장 정도였다. 1947년에 『큰사전』 1권이 발간되었다. 6·25 때 나머지 원고는 여러 곳으로 흩어졌고 종전 후에 다시 수습해서 미국 록펠러 재단의 지원을 받아 1957년 10월에 『큰사전』은 모두 6권으로 완간되었다.*
『큰사전』은 그후에 간행된 많은 한글사전의 토대가 되었다. 『큰사전』은 서문에서

이 책이 다만 앞사람의 유산을 찾는 도움이 됨에 그치지 아니하고, 나아가서는 민족문화를 창조하는 활동의 이로운 연장이 되며, 또 그 창조된 문화재를 거두어

---

* 조선어학회 사건에서 『큰사전』 완간에 이르는 사정은 한글학회에서 발행한 『한글학회 100년사』에 자세히 나와 있다.

　　　　　　　　　　2부 지우개는 나의 망설임이다

들여, 앞으로 자꾸 충실해가는 보배로운 곳집이 되기를
바라 마지아니한다.

라고 썼다.

1950년 6월 27일 저녁, 인민군이 서울 북쪽까지 쳐들어
와서 포탄 터지는 소리가 들릴 때, 『큰사전』 편찬위원들은
'이살부리다'와 '아살부리다'의 차이가 뭐냐를 따지다가
끝을 맺지 못한 채 헤어져서 피난 갔다고 한다.[•]

영화 〈말모이〉는 전국의 사투리를 수집해서 그 의미를
따지고 표준말을 정하는 과정에서 여러 사람들이 참여하
는 모습을 이야기의 골격으로 삼고 있는데, 『큰사전』을 만
든 선인들의 활동과도 일치한다.

가야의 가실왕[••]은 여러 고을의 말이 각각 다르므로 음

[•] 이강로, 『한글과 한자의 만남』, 신구문화사, 1987, 419쪽. 이 두 개의 동사
는 『큰사전』에 수록되어 있지 않은데, '야살부리다'라는 동사는 실려 있으
니, 아마도 '아살'은 '야살'을 오식한 것이 아닌가 싶다. '야살부리다'는 "얄
망궂고 잔재미가 있는 말씨와 태도"라고 설명되어 있고, 야살까다, 야살, 야
살이 같은 쓰임새도 실려 있다.

[••] 가실왕은 악사 우륵, 신라 진흥왕과 더불어 『삼국사기』에 등장하므로, 대가
야 말기의 왕이다.

악 또한 일정하게 할 수 없다면서 악사 우륵에게 12곡을 짓도록 명령했다.[•]

이 12곡은 여러 고을의 음악이다. 가실왕은 언어가 삶의 현장에 바탕하는 것이므로 그 구체성을 존중해야 하며, 일정한 표준을 강요할 수 없다는 인식을 가지고 있었고, 음악 또한 이 원칙에 따라야 한다고 우륵에게 요구했다. 이로 짐작건대, 우륵이 왕명으로 작곡한 가야금 12곡은 여러 고을의 발성과 향색鄕色이 강하게 드러난 음악으로, 세련되지 못한 면이 있었을 것이다. 언어로 치자면 사투리인 것이다. 우륵은 신라로 귀순한 후 신라에서 만난 음악의 제자들과 심각한 미학적 갈등을 겪게 되는데, 우륵의 이 지방색을 신라의 음악 엘리트들이 수용하기 어려웠을 것이다.

영화 〈말모이〉에서 여러 지방의 사람들로부터 사투리를 수집하는 장면을 보면서, 나는 대가야의 가실왕과 악사 우륵, 그리고 이제는 점점 사라져가는 여러 고을의 사투리들을 생각했다.

• 『삼국사기』 '악지樂志' 가야금조.

언어와 삶 사이의 직접성의 관계는 사투리에서 강력하고 건강하게 드러난다. 사투리는 생활이며, 인간의 몸의 반영이다. 가실왕의 시대에는 산골마을마다 사투리들이 와글와글했는데, 왕은 이 삶의 현실이 음악의 바탕이 되어야 한다고 우륵을 가르쳤다. 여러 고을의 사투리들은 제자리에서 천 년 이상 공동체 생활의 토대가 되었다.

표준어를 언어생활의 중심부에 모시는 정책이 사투리를 박멸하자는 목표를 지향하는 것은 아닐 테지만, 이제 TV, 라디오, 핸드폰, SNS의 급속한 보급으로 사투리는 점차 사라지고 있다. TV나 라디오에서는 종사자들뿐 아니라 출연자들도 모두 깔끔한 표준어로만 말한다. 나는 가실왕 때처럼, 여러 고을 사람들이 여러 사투리로 와글와글하는 나라의 말이 건강하고 문화적인 언어라고 생각한다. 세종대왕은 나라 말씀이 중국과 다른 것을 걱정했지만, 한반도 안에서의 사투리는 중국과 다르듯이 다른 것이 아니다. 단어와 억양이 달라도 서로 이해할 수 있다. 나의 소망은 이루어질 가망이 전혀 없겠지만, 사라져가는 사투리를 사라져가도록 내버려둘 수는 없다. 사투리는 모국어의 하늘에서 빛나는 수많은 별들이다.

경북 칠곡군은 고령의 할매들에게 한글을 가르쳐서 아름다운 성과를 거두고 있다. 할매들은 읽고 쓸 줄 알게 되었고 한글로 자신의 정한과 생애를 기록했다. 칠곡군은 할매들의 시를 모아서 시집을 발간해오고 있는데, 2018년 11월에 세번째 시집이 나왔다.

칠곡군 약목면 복성2리 박금분 할매(88세, 아포댁)의 시 「할매 말 손자 말」은 사라져가는 사투리의 마지막 풍경을 보여준다.

서울아들이
약목 말 쓰지 마라칸다
할매 말 몬 알아큰는다고
약목 말 쓰지 먀라카다
에해이
나도 너거 말 모리겠다
약목할매캉 서울아들캉
서로 모리 이일 우짜꼬*

• 『작대기가 꼬꼬장 꼬꼬장해』(코뮤니타스, 2017) 중에서.

칠곡군 동명면은 대구광역시 북구의 북쪽에 잇닿은 산간마을이다. 콩을 심어도 팥을 심어도 산돼지와 고라니들이 다 파먹어서 도저히 농사를 해먹을 길이 없다고 이 마을 할매들은 말한다.* 이 마을 박후불 할매(77세, 대천댁)는 「한글아 고맙다」라는 시에서 한글을 깨친 기쁨을 노래하고 있다.

한글아 정말 고맙다
까만 눈으로 69년 만에
눈을 뜨게 해준 한글아

한이 매친 한글 공부
아름다운 이 세상을 만나
늦게나마 배우게 되었다
한글아 너무 너무 고맙다

세종대왕님 감사합니다

* 같은 책.

선생님도 정말 고맙습니다

이 두 편의 시는 오래된 언어가 점차 소멸해가는 마을에서 언어의 소중함이 무엇인지를 선명히 보여주고 있다.

영화 〈말모이〉를 보면서 나는 이 두 편의 시를 생각했다. 가보지 않은 마을들의 산천과 말씨가 내 마음에 떠올랐다. 한국인은 조금만 귀를 기울이면 한국의 어느 사투리라도 다 알아들을 수 있다.

살아가는 사람들
세월호 4주기

2018년 4월 16일로 세월호 참사는 4주기를 맞았다. 이날 경기도 안산 정부합동분향소 앞에서 4년 만에 정부합동 영결·추도식이 열렸다. 이렇게 해서 이 참혹한 비극은 탈상脫喪되고 영결되는 것인가. 영결식은 '진상규명'을 절규하는 현수막 아래서 거행되었다.

16일의 영결식에 유족들은 잃어버린 자식들이 살았을 때의 반班별로 앉고, 반별로 헌화했다. 1반에서 10반까지다. 반 8개가 바다 밑으로 가라앉았다. 이날 행사뿐 아니라 여러 모임, 거리집회, 분향소 당직까지도 유족들은 반별로 연락하고 교대한다. 아이들의 학급이 어머니 아버지,

형제자매들에게서 재현되어왔다.

참사 이후 단원고등학교는 교장 이하 교사 대부분을 교체했고, 교실의 책상, 걸상, 칠판, 화장실, 출입문을 바꾸었고, 학교 오른쪽 야산을 깎아서 5층짜리 체육관을 새로 지었다. 교사들은 이제 그날의 참사를 입에 담지 않는다.

교문 옆 편의점은 그때 그대로 있다. 등하교시간마다 남녀 학생들이 몰려서 아이스크림, 떡볶이, 우유, 초콜릿을 사먹는다. 여학생들의 빨간 입술도 그때와 같다. 친한 아이들끼리는 립스틱 색깔도 같은데, 아마도 한 아이의 것을 함께 바르는 듯싶다. 여학생들은 짙은색을 좋아한다. 립스틱은 거의가 쇼킹핑크나 크림슨레드다. 재잘거리며 떡볶이를 먹는 아이들을 바라보면, 그날의 참사를 도저히 믿을 수 없다. 생명은 저렇게 아름답구나, 사람의 아들딸들은 저렇게 어여쁘구나, 라는 문장이 떠올라서 급히 메모했다.

1년 만에, 다시 안산의 가족들을 두루 만나보았다. 상처는 아물기도 했고 아물었다가 다시 도지기도 했고 아주 돌이킬 수 없기도 했지만, 외부인들을 경계하던 가족들의 마음은 훨씬 풀어져 있었다. 동행한 한겨레 사진부 김성

광 기자는 사진부 수습 시절부터 이 분향소에 취재 왔었는데, 유족들이 김기자를 알아보고 "당신 이제 잘 찍는구만, 수줍음도 없고. 수습 끝난 모양이지?"라고 말해서 다들 웃었다.

유족들 중 절반 이상이 '진상규명'이 안 된 상태에서는 자식의 죽음을 받아들일 수 없다며 사망신고를 하지 않고 있다. 선거와 투표의 의미, 민주주의의 작동 원리를 가르쳐주던 역사 선생님은 돌아오지 못했다. 그때 살아남은 학생들은 호랑이띠(21살) 아니면 소띠(22살)인데, 이번 6월 지방선거에서 첫 투표를 하게 된다. 사망신고를 하지 않은 희생자들에게도 투표용지가 오고, 징병검사통지서도 올 것이다. 천문학자, 파충류 연구가, 마술사, 요리사, 국어 선생님, 간호사, 아기 돌보미, 네일 아티스트, 소지섭의 아내가 되고 싶다던 꿈들과 이제 영결해야 한다.

그 4년 동안 유족들은 모여서 합창단을 만들고 연극단을 만들고 원예, 바느질, 목공일을 배우며 슬픔을 삭여왔다.

4·16합창단은 희생자 가족이 12명이고 생존자 가족이 2명이다. 이들 중 부부가 3쌍이다. 어느 날 밥 먹는 자리에서 우연히 노래를 불렀는데, 재미있고 화음이 맞아

서 합창단을 만들었다. '뜸북 뜸북 뜸북새'(〈오빠생각〉)부터 연습해서 레퍼토리를 넓혀갔다. 4년이 지난 지금은 소프라노, 알토, 테너, 베이스의 음역을 모두 갖추었다. 여러 재난현장, 농성장을 찾아다니며 노래를 부른다. 최근에는 서울지하철 2호선 강남역 8번 출구 앞에 있는 삼성전자 백혈병 피해자들(반올림)의 농성천막에도 다녀왔다. 이날은 삼성전자 사옥 앞 거리에서 노래했다. 고 김동영군(2학년 6반)의 어머니 이선자씨는 합창단에서 알토 음역이다.

— 합창을 시작하고 나서 알토의 아름다움을 알게 되었다. 알토는 소프라노나 테너처럼 화려하지 않고, 존재감이 약하다. 하지만 알토는 여러 음역들을 이어주고 그 사이사이를 부드럽게 해준다. 알토는 남을 받쳐준다. 나는 알토를 사랑한다.

라고 이선자씨는 말했다. (아 그렇구나. 소설가라고 일컬어지기도 하는 나는 알토의 아름다움을 처음 알았다.) 이선자씨는 안산시 와동에서 김밥집을 운영했다. 이선자씨 일가족은 외식하는 날에는 늘 식사를 마치고 네 가족이 노래방에 가서 노래를 불렀다. 아빠는 트로트, 아이들은 발라드를 불렀는데, 김동영군은 기타를 치면서 김광석의 노래

〈먼지가 되어〉를 즐겨 불렀다.

고 이영만군의 어머니 이미경씨는 연극단에서 활동하고 있다. 연극단은 생존자 가족 1명, 유가족 7명인데 모두 여성이다. 남성 역할도 여성이 맡는다. 연극단을 결성하고 나서 민예총 안산지부에서 일하던 연출가의 지도를 받았고, 안산의 극단 '걸판'의 도움을 받았다. 첫번째 공연 제목은 '그와 그녀의 옷장'인데, 비정규직 중년 가장의 삶을 그린 1막 3장의 연극이다. 단원구 노인복지관에서 공연했다. 이미경씨는 이 연극에서 중년 남성 가장의 역할을 했다.

— 비정규직 가장 역할을 하니까, 내가 살아보지 않은 삶의 슬픔과 고통을 알게 되었다. 또 인간의 언어가 얼마나 아름답고 소중한 것인지를 알게 되었다. '너, 아빠를 알아?' 이런 무심한 듯한 한마디 대사에도 큰 슬픔이나 사랑의 무늬가 새겨져 있다. 무대를 바라보는 사람들의 시선을 느낄 때, 행복하고 편안했다. 인간의 시선에 선의가 살아 있음을 느꼈다.

라고 이미경씨는 말했다.

관람 요금은 후불제다. 연극을 보고 나서 돌아갈 때 감동한 만큼의 액수를 모금함에 넣고 간다(감동 후불제). 이 연극단은 지금까지 여러 지방을 다니면서 42회 공연했다.

고 문지성양(2학년 1반)의 시신은 유실되었다가 동거차도 어부의 미역다발에 걸려 올라왔다. 지성양의 시신은 얼굴이 없었다. 지성양 아버지 문종택씨는 그날부터 카메라를 들고 이 참사와 관련된 모든 것들을 기록해서 보관하고 편집해서 유튜브로 송출해왔다.

주부단체가 바자회를 열고 그 수익금 400만 원으로 문종택씨에게 카메라 장비를 사주었다. 문종택씨는 서울에서 신문광고 업무에 종사했기 때문에 정보와 기록이 무기라는 것을 잘 알았다.

— 초기에 기록과 정보를 확보하지 못하면 구렁텅이에 빠진다. 적폐의 나라에는 감추고 지우고 뭉개려는 자들이 우글거린다. 고함으로 싸울 수도 힘으로 싸울 수도 없다. 기록으로 싸우겠다.

고 문씨는 말했다.

문씨의 컴퓨터는 최근에 바이러스 공격을 받아서, 참사 초기 1년간 찍은 자료 14테라바이트가 증발했다. 2.5톤 트럭 서너 대 분량으로, 기록의 핵심부이다. 컴퓨터 전문

가들이 복원을 시도했으나 실패했고, 누구의 소행인지 밝힐 수도 없었다. 문씨는

— 심증은 있으나 물증이 없다.

라고 말했다. 문씨는 가끔씩 4·16 유족들을 위해서 기타를 치면서 노래를 부른다. 유튜브로 송출되는 영상에도 자신의 노래를 배경음악으로 쓴다. 문씨는 김광석의 노래 〈너무 아픈 사랑은 사랑이 아니었음을〉〈일어나〉를 즐겨 부른다. 또 자신이 작사 작곡한 창작곡 〈아비의 노래〉를 이번 4주기에 발표할 예정이다. 문씨의 아내, 지성이 어머니 안명미씨도 합창단에서 노래한다. 노동과 노래, 사람들과의 어울림으로 슬픔을 추스르며 살아가는 사람들도 있고, 슬픔에 눌려서 일할 수 없게 된 사람들도 있다.

고 김민지양(2학년 1반)의 아버지 김내근씨는 참사 이후 지금까지 하루도 빠짐없이 분향소를 지켰다. 많은 유족들이 진도, 동거차도, 청와대 앞, 국회, KBS로 몰려갔을 때 김내근씨는 분향소를 지키며 조문객들을 맞았다. 김씨는 안산에서 종업원 7명을 데리고 의류제조업을 경영해왔다. 영세했지만 자영업자였다. 김씨는 민지가 젖먹이일 때 부인과 헤어졌고 혼자서 민지를 열일곱 살이 되도록

길렀다.

　— 그렇게 길렀는데 민지가 없으니까 삶이 허망해서 생업을 버티어낼 힘이 없어졌다. 그래서는 안 된다는 걸 알았지만 사업을 접었다. 어쩔 수가 없었다. 16일에 영결식을 하고 분향소도 없앤다니까, 이렇게 보내질 수가 있을까 하는 생각이 든다.

라고 김내근씨는 말했다. 그리고 또 한마디 덧붙였다.

　— 박근혜 대통령이 탄핵으로 파면되고 나서 촛불을 든 시민들이 분향소에 몰려와서 끌어안고 위로해줄 때가 지난 4년 동안 가장 기쁘고 행복했다.

　고 박예슬양(2학년 3반)의 어머니 노현희씨는 안산에서 네일아트 가게를 20여 년간 운영해왔다. 가게 이름은 NY네일아트였다. N은 노현희, Y는 예슬이의 이니셜이다. 노현희씨의 월수입은 700~800만 원 정도였다고 한다. 참사 이후에도 마음을 추슬러서 계속 일을 해왔는데, 지난 1월에 가게를 닫았다.

　— 예슬이 또래의 여자아이들이 찾아와서 손톱을 내밀고 꽃, 새, 나비, 배, 레이스 무늬, 펄, 반짝이를 그려달라고 하면 슬퍼서 견딜 수가 없었다. 또 일 때문에 억지로 웃

는 얼굴을 해야 하는 것이 힘들었다. 슬퍼하는 사람을 향해 악담하고 저주하고 조롱하는 인간들도 있었다. 아, 이러다가 정말로 미치는 수가 있겠구나, 심장이 터질 수가 있겠구나 싶었다.

라고 말하면서 노현희씨는 울었다.

— 예슬이를 잃고 나서, 길에서 눈에 띄는 남의 집 아이들이 모두 예쁘고 아프고 저렸다. 나는 예슬이를 가난하게 키우고 싶지 않아서 돈을 벌었는데, 이제 예슬이가 없으니까, 차라리 돈 벌지 말고 예슬이랑 많이 놀아주었더라면 후회가 덜할 텐데 싶다. 그래도 살아야지, 어떻게든 살아지겠지…… 울어서 미안해요.

예슬이는 엄마의 하이힐을 좋아했다. 예슬이는 친구들을 집으로 데리고 와서 엄마의 구두를 신고 멋진 포즈로 방안을 걸어다녔다. 예슬이는 아름다운 여자가 되고 싶어했다고 노현희씨는 말했다. 기억교실 안 예슬이의 책상 위에 예슬이 친구 혜정이가 편지를 써놓았다.

예슬아, 너의 또각거리는 구두 소리를 들을 수 없어서 나는 슬프다/김혜정

노현희씨는 13일 분향소에 놓여 있는 예슬이의 물건을 집으로 가져갔다.

장애진양은 그날 구명조끼를 입고 물로 뛰어내려서 구조되었다. 어선에 실려서 서거차도로 옮겨졌고, 거기서 응급구조사의 도움을 받았다. 애진이는 어렸을 때부터 아기를 좋아해서 유아교육과로 진학하려 했는데, 세월호 참사 이후에 진로를 바꾸어서 응급구조학과를 택했다. 서거차도에서 구조된 후 아빠를 처음 만났을 때 애진이는 대뜸

— 아빠, 진상규명해줄 거지.

라고 말했다고 애진이 아빠 장동원씨는 말했다. 애진이는 최근에 안산소방서에서 실습했다. 애진이는 대원들과 함께 긴급출동 나갔다가, 쓰러진 사람을 심폐소생으로 살려냈다. 애진이 아빠 장동원씨는 4·16가족협의회에서 사무처 팀장을 맡고 있다.

참사 초기에는 매일같이 골목골목에서 장례식이 열리고, 노제를 지내려는 장의차량이 학교 운동장으로 몰려들었다. 지금은 그 후배들이 아침마다 이 골목을 지나 학교에 간다.

집을 팔고 재산을 정리해서 안산을 떠나버린 가족들도

있다. 간다는 말도 없이, 송별의 밥 한끼도 먹지 않고 그 가족들은 안산을 떠났다. 안산을 떠난 사람들의 마음의 빛깔은 취재할 수가 없었다.

한겨레 2018년 4월 16일

한때는 몸으로 시를 쓴다
힌곡, 곡성, 양평, 순천 한때들의 글을 읽고

여러 해 전에 자전거를 타고 산간마을과 농촌마을을 돌아다니면서 나는 노인들을 자주 만났다. 마을들은 허물어져가고 있었다. 사람이 살지 않는 빈집을 행정용어로는 공가空家라고 한다. 공가 마당에 맨드라미가 지천으로 피어 있었고 지붕에 버섯이 박혀 있었다. 마을 골목길에는 시멘트가 굳기 전에 밟고 돌아다닌 개들의 발자국이 화석처럼 찍혀 있었다. 발자국들의 방향이 교차했고 크기가 제가끔인걸로 봐서 마을에 개들이 많았던 시절이 있었던 모양이다.

이런 마을을 노인들이 지키고 있었다. 국토는 아무리 외지고 땅값이 싸더라도 거기에 사람이 살아 있고, 생활을 영위할 수 있어야 사람의 마을일 터인데, 이 노인들의 자연수명이 끝나면 국토는 벌레 소리 가득한 풀밭이 되는가 싶었다. 마을들은 위태로운 마지막처럼 보였다.

나보다 5~10살 정도 연상인 세대에 한글을 읽지도 쓰지도 못하는 노인들이 많았다. 남성보다도 여성 노인들의 문맹이 더욱 심했다. 조혼, 육아, 남녀차별, 가사노동, 생산노동, 시집살이처럼 여성의 생애에 유습된 억압이 그 배경이었다.

여자가 글을 배우면 친정에 편지질해서 시댁을 흉보고 고자질한다는 이유로 한글을 가르치지 않았다는 사연도 있었다. 식당 메뉴나 간판, 면사무소의 고지문, 동네 버스 정류장의 이름도 읽지 못했다. 기록된 역사가 없는 시대를 선사先史시대라고 한다는데, 이 문맹 노인들은 일제강점기에 태어나 한국 현대사 속에서 전쟁, 이산, 이농, 기아, 가난, 억압의 시대고時代苦를 개인의 삶으로 치러냈고 한 시대 전체의 무늬가 나이테처럼 몸에 쟁여져 있고 옹이로 박혀 있지만, 그들의 생애는 당대사에 편입되지 못하고 선사의 지층 밑바닥에 매몰되어 있었다.

노인들은 늙어서도 여전히 생산노동과 가사노동을 감

당해내고 있었다. 산간농촌의 노인들은 뭐든지 다 조금씩 기르고 있었다. 자투리땅에 콩, 팥, 조, 수수, 무, 배추, 고추, 호박, 오이, 마늘, 대파, 양파를 여기저기 조금씩 심어서 길렀고, 닭, 개, 오리, 토끼를 먹였다. 이러니 한평생 눈코 뜰 새 없다. 이렇게 먹고사는 방식을 행정용어로는 산간형 복합영농이라고 하는데, 이름을 붙일 필요도 없이, 오래전부터 그렇게 살아왔다.

공교육이고 사교육이고가 아예 없었지만 내가 만난 문맹 노인들은 대부분이 스스로를 잘 교육한 사람들이었다. 그들은 말을 꾸미거나 과장하지 않았고, 말을 할 때 미리 준비한 전략이 없었다.

그들은 곡식이건 채소건 짐승이건 사람의 자식이건, 자라는 것들을 먹이고 가꾸고 거두어서 키울 줄 알았고, 이웃과의 관계에서 아름답고 정당함이 무엇인지를 알았고, 멀리서 온 사람을 어떻게 대해야 하는지를 알았다. 그들의 앎은 지智가 아니라 득得에 가까운 것이었는데, 그 앎은 한 생애를 통해서 실천되고 있었다.

지난 수년 동안 전국의 여러 지방자치단체들과 민간인

들이 고령의 문맹 할머니들에게 한글을 가르쳐서 아름다운 성과를 거두어왔다. 할매는 할머니의 사투리라고 국어사전에 쓰여 있는데, 산간마을에 가보면 '할매'는 혈연관계를 나타내기보다는 고령 여성 전체에 대한 범칭이거나 애칭처럼 쓰이고 있다.

80살에 가까워서 한글을 깨친 할매들의 글을 모은 시집, 일기들이 책으로 출판되고 있다.* 한글을 모르는 노인

---

* 나의 글은 다음 여덟 권의 책에 기대고 있다.
  1. 강금연 외 88명, 『시가 뭐고?』, 삶창, 2015.
  2. 강봉수 외 118명, 『콩이나 쪼매 심고 놀지머』, 삶창, 2016.
  3. 칠곡교육문화회관 기획, 『작대기가 꼬꼬장 꼬꼬장해』, 코뮤니타스, 2017.
  4. 권연이 외 91명, 『내친구 이름은 배말남 얼구리 애뻐요』, 코뮤니타스, 2018.
  5. 김막동 외 8명, 『시집살이 詩집살이』, 북극곰, 2016.
  6. 김막동 외 6명, 『눈이 사뿐사뿐 오네』, 북극곰, 2017.
  7. 이옥남, 『아흔일곱 번의 봄 여름 가을 겨울』, 양철북, 2018.
  8. 권정자 외 19명, 『우리가 글을 몰랐지 인생을 몰랐나』, 남해의봄날, 2019.
  1, 2, 3, 4번 책은 경북 칠곡군 할매들의 글이고, 5, 6번 책은 전남 곡성 서봉마을 할매들의 글이고, 7번 책을 쓴 이옥남 할매는 강원도 양양군 송천마을에 살고, 8번 책을 쓴 할매들은 전남 순천에 산다. 인용 출처에서 저자 이름 옆에 할매들이 사는 마을을 표기했다.

들에게 한글을 가르치는 일은 정부가 시행한 노인정책 중에서 가장 성공한 사업으로 보인다. 이 사업은 노인을 보호나 관리, 수용의 대상으로 보는 것이 아니라 노인을 세상 안으로 끌어들여서 그들의 말을 사회적으로 통용시켜주었다. 세종어제 훈민정음 '나랏말ㅆㆍ미'에 나타난 임금의 간절한 소망이 실현되고 있다.

나는 내 생애에 별 경험이 축적되지 않았을 때 글자를 배웠다. 아마도 조선조의 모든 글 읽는 자들도 마찬가지였을 것이다. 산간마을의 할매들은 한 생애의 신산을 모두 겪고 나서 문자를 배웠다. 나는 이 차이가 엄청난 것이라고 생각하지만, 잘 설명하지는 못한다. 대충 말하자면 할매들의 글에는 문자가 인간에게 주는 환상이 없고, 인간의 문자와 문장 안에 이미 들어와서 완강하게 자리잡은 관념이나 추상이 들어 있지 않다. 할매들의 글은 삶을 뒤따라가면서 추스른다.

자라는 것들을 길러서 자라게 하는 일상의 노동에서 할매들은 삶의 고난을 감당해내는 마음의 힘을 키워왔다. 할매들은 생명을 가꾸고 키움으로써 스스로의 생명을 긍정했고, 작은 소출을 귀하게 여겼다.

감자 오키로 심어서

백키로 캐고

느무 조와

아들 딸 주고

느무 절거워

우리 아들 손자

걱정 없이 살고 하면

행복하지

김옥교(칠곡)

아침에 이러나서 밭에 가 보면

곷치 피고 파란 잎이 팔랑팔랑 하는데

저도 나를 보고 나도 저를 보고

얼마나 사랑서럽고 감사한지 몰라요

송문자(칠곡)

이슬비가 뽀실뽀실 온다

뽀시락뽀시락 비가 온다

끄끕하니 개작지근하다

온 들에가 다 떨어진다
온 곡식이 다 맞는다
곡식이 펄펄 살아난다
시원허니 좋다.

박점례(곡성)

할매들은 작물作物을 통해서 자연과 깊이 공감하고 있
다. 감자, 푸성귀, 벼는 소출을 가져다줄 뿐 아니라 작물들
은 할매들의 마음속에 사랑과 기쁨의 자리를 만들어준다.
작물이 비를 맞듯이, 할매의 마음에 이슬비가 뽀시락뽀시
락 내린다. 할매들의 감수성은 늘 외계와 직거래하고 있
다. 할매들의 언어는 몸의 언어이다. 이슬비가 오면 몸이
끄끔하니 개작지근하고, 밭에 가보면 파란 잎이 팔랑팔랑
하고, 이파리와 사람이 서로 알아본다. 할매들은 늘 생산
노동과 가사노동을 겸했다. 할매들의 생애에 가해진 억압
은 풍속이 되어 있었고 때때로 야만적이었다. 할매들은 그
가혹한 억압과 빈곤 속에서도 키우는 자의 심성을 보존했
고, 그 심성 위에 생애를 건설할 수 있었다.

여러 할매들은 어렸을 때부터 극한의 가난을 감당해왔

다. 모두 가난했지만 그 가난은 연대될 수 없었고, 정치화
될 수 없었다. 그 가난은 보편적 가난이었고, 소외된 가난
이었으며 아무도 책임지지 않는 가난이었고, 누구나의 가
난이었고 각자의 가난이었다.

　강원도 양양의 이옥남 할매는 아흔일곱 살인데, 어릴 때
스스로 한글을 깨쳤다. 이옥남 할매는 아궁이에 불을 때다
가 재를 긁어내서 그 위에 ㄱㄴ을 쓰면서 공부했고, 30년
전에 도라지를 팔아서 번 돈으로 공책을 장만했다.•
　이옥남 할매가 썼다.

　일곱 살부터 삼 삼는 것을 아버지께서 가르치시더니
　여나무 살 되니까 이제는 김매는 것을 가르쳐주시더
군요.
　(…)
　아홉 살 먹든 해 음력 2월 달에 어머님 잃고는
　소 다섯 마리 여물 끓이는 그 물을 우물에 가서

• 『아흔일곱 번의 봄 여름 가을 겨울』 말미 탁동철의 「할머니 이야기」.

내가 다 여나르고 했지요.

조그마한 동이로 여나르니 이웃 사람들이 하는 말이

재는 물을 너무 많이 여서 키 안 큰다 했지요.

이옥남 할매는 일곱 살 때부터 생산노동으로 내몰려 있
었다. 이옥남 할매는 지금도 '복합영농'으로 농사일을 하
고 있고 오일장에 나가서 강낭콩, 쑥, 달래, 고들빼기, 고
추를 팔아서 용돈을 번다. 십몇 년 전 대구 지하철 화재사
고 때 이옥남 할매는 양양군청에 가서 성금 10만 원을 냈
다. 오일장 수입을 모은 돈이었다. 그날 이옥남 할머니는
일기에 썼다.

없이 사느라고 남의 신세만 지고 좋은 일 한번 못 해
보고 그게 한이 되어 내가 조금이나마 보냈다. (…)

아이 옷 벗어 논 걸 껴안고 아이 엄마가 그렇게 우니
사는 게 숨이 붙었으니 살지 사는 게 사는 거 같겠나.

텔레비전 보면 맨 속상하기만 하다.

여러 할매들이 가난과 어린 시절의 고난을 글로 써놓았

는데, 할매들은 지나간 고난의 힘으로 닥쳐올 고난을 감당
하고 고난 속에서 푸성귀를 키우고 자식을 기른다.

사남매 길으면서 병들어 호열자가
들었는데 자식들이 눈에 헛것이 보여서

"어머니 저 나무에 고기가 고기가 달렸습니다
저 고기를 주세요."
그래서 외상으로 쌀을 사서 죽을 쒀 주었다.
(…)
그때 바라는 거슨 자식을
배부르게 먹이는 거였다.

유순희(칠곡)

가수가 되기 위해 서울로 가려고 했는대
내가 못간 이유는 신발이 업서서 였다.
집신을 신고 서울로 갈 수가 업섰다.
그래서 가수가 못대다.
나한테 검정 고무신만 있었어도 서울로 가서

이미자처럼 멋진 가수가 대었을건대 참 아십다.

도쌍연(칠곡)

전갯방* 살이 좋아보여
서울 용산에 나가
남의 집 담살이** 했지
해 너머 가면 집 생각이 났다
(…)
어미가 되어
죽지 속에 새끼들 여섯을 품고
몸땡이살 보타지게
일만 하고 살았다
젊은 청춘들이라고
직장 잡아 다 나가고
지들 새끼들 키운다고 죽지로 품는단다

그래,

* 부엌이 딸린 방.
** 남의 집에 가서 얹혀살면서 허드렛일을 하는 것.

이제 나는 혼자서
장태˙로 들어간다.

조남순(곡성)

할매들의 이런 글에 대해서는 별도로 중언부언할 필요
가 없다. '죽지' 두 글자가 슬프고 아프다. 삶이 말을 끌고
나가서, 말은 겉돌지 않는다.

칠곡 할매들의 글에는 6·25전쟁 때 피난 가던 이야기
가 자주 나온다. 1950년 8월 초순에 전선은 낙동강까지
밀려내려갔고, 거기서부터 국군과 유엔군의 반격이 시작
되었는데, 낙동강 상류가 고향인 칠곡 할매들은 이때 모두
피난길에 나섰다. 할매들의 피난체험은 전쟁이, 그 거대한
폭력과 사소한 관련도 없는 개인의 삶을 파괴하는 모습을
보여준다.

피란을 갈라고 집을 나온이
소와 닭이 울렀다

• 닭장.

그때 마음이 서럽다

김춘조(칠곡)

느닷없이 들이닥친 피란길은
내 11살 보따리가 너무 버거웠다
대구 화원쪽으로 피란간 우리 가족은
몇 날 며칠을 헤매다 배가 고파
동냥으로 연명하기도 했다
(…)
다시 되돌안간 고향 명포동은
국군과 인민군의 시체로 뒤덮여
처참한 동네가 되어 있었다

박필순(칠곡)

순천 할머니들의 글에는 1948년 여수 순천 10·19 사건◦

◦ 1948년 10월 여수와 순천에서 14연대 군인들 일부가 제주 4·3 사건 무장
   진압을 거부하고 반란을 일으킨 사건. 이전에는 '여순 반란사건'으로 불렸으
   나 해당 지역 주민들이 반란의 주체로 오인될 소지가 있다고 하여 1995년
   부터 여수 순천 10·19 사건으로 바로잡았다.

의 기억들이 등장한다. 국군, 경찰, 반란군 들이 번갈아 마을에 들어와서 아버지, 오빠, 삼촌들을 총으로 쏴죽이는 참상을 할머니들은 소녀 시절에 목격했다.

안안심 할머니(순천)의 오빠는 반란군에 끌려갔다가 돌아와서 국군에 자수했더니 빨갱이로 몰려서 총살당했다.

김명남 할머니(순천)의 아버지는 학교로 모이라는 말을 듣고 갔다가 반란군에게 죽임을 당했다.

김영분 할머니(순천)는 열한 살 때 6·25를 당해 피난길에 나섰는데, "죽은 동생을 어디다 두고 갈 수가 없어서 하루종일 업고" 다녔다.

양순례 할머니(순천)는 시집가서 첫아기를 낳았는데, 시어머니도 같은 해에 아기를 낳았다. 시어머니의 젖이 안 나와서 양순례 할머니는 애기 시누이에게 젖을 먹이면서 쌍둥이처럼 두 아이를 길렀다. 애기 시누이가 울면 시어머니가 야단을 쳐서 물을 길으러 갈 때도 애기 시누이를 업고 다녔다. 얼마 후에 시아버지가 바람피워서 낳은 아기를 데리고 와서 애기 시동생까지 함께 돌봐주었다고 하니, 기막히다.

기막힌 이야기는 한이 없다. 시댁에 가서 농사일 도와주

고 돌아왔더니 남편은 동네 술집 여자와 바람이 나 있었고
또 어떤 아버지는 딸을 학교에 보내지 않고, 웬 여자를 데
리고 와서 엄마랑 셋이서 한방에서 자고 아침에 밥상을 차
려 바치게 했다고 하니, 기막히고 기막히다.

　그럼에도 불구하고 할매들의 감성은 가난과 억압에 매
몰되지 않는다. 인간과 생활과 자연에 대한 감수성을 몸의
언어로 표현해낼 때, 할매들의 글은 발랄하다.

　눈이 사뿐사뿐 오네
　시아버지 시어머니 어려와서
　사뿐사뿐 걸어오네
　김점순(곡성)

　딸이 가디 차를 세운다
　야야 와그래 차 세우노
　엄마 요앞에 더디 걷는
　할매보이 엄마 생각이 나네
　우리 엄마도 저래 걸어가겠지 싶어서
　빵빵 거리도 못 하고

딸이 그 말을 하이
내 눈에 물이나네

강금연(칠곡)

깊어가는 밤
봄비는 내리네

보스락 바스락
창가에 들려오네

옆에는 영감님
코 고는 소리

내일이면 봄기운이
더 풍기겠네

봄나들이 가야겠네.

변정선(칠곡)

나는 할매들의 글을 읽으면서, 고난에 찬 한 시대를 살아낸 여성들의 생애와 아무도 편들어주지 않던 그들의 작은 몸을 생각했다. 할매들은 그 몸을 시대의 밑바닥에 갈면서 살아냈다. 이념은 야만과 억압을 풍속으로 만들어서 개인을 보편적으로, 그리고 개별적으로 지배하고 있었다. 할매들의 글은 글 짓는 자의 글이 아니고 책 읽는 자의 글이 아니다. 할매들의 글은 생활이고 몸이다. 할매들이 한글을 깨쳐서 겪은 일들을 기록함으로써 할매들의 생애는 역사 속으로 편입되기 시작했다.

할매들은 감추거나 꾸미지 않는다. 할매들의 글을 읽으면서, 한 문명 전체가 여성의 생명에 가한 야만적 박해와 차별을 성찰하는 일은 참혹하다. 그리고 그 야만 속에서도 생명의 아름다움을 보존해온 할매들의 생애 앞에서 나는 경건함을 느낀다.

할매의 책들은 단순히 '문맹의 할머니들이 80살 무렵에 한글을 깨쳤다'는 식의 뉴스거리가 아니다. 이 책들은 시대와 역사, 그리고 인간의 삶에 대해서 근본적인 반성의 자료를 제공한다. 그 자료는 곧 할매들의 생애이다.

이등중사 박재권의
구멍 뚫린 수통

자동화기로
근접사격한
구멍으로 보인다.

육군 이등중사 박재권은 2018년 10월 24일 허벅지뼈, 갈비뼈, 머리뼈의 조각이 되어서 돌아왔다. 그의 뼛조각 일부는 지표면 위에 흩어져 있었다. 인식표가 발견되어서, 이 뼛조각이 육군2사단 31연대 7중대 이등중사 박재권임이 밝혀졌다. 박재권은 1953년 7월 10일 강원도 철원군 화살머리고지전투에서 전사했다. 22살이었고, 결혼하지 않았다. 국방부는 박재권의 유해와 유품을 수습했다.

박재권의 수통은 총알 여러 발을 맞아서 구멍 뚫리고 찢어져 있었다. 사입구의 모양과 분포로 봐서 근접거리에서 자동화기로 쏘아댄 것으로 보인다. 박재권을 쏜 중국군 또는 인민군 병사도 이 전투에서 죽었다면 그 뼛조각도 박재권의 유해 근처 어디엔가 흩어져 있겠지 싶다.

나는 박재권이 전사한 뒤 16년 후에 육군에 입대했다. 현역병 시절에 내가 쓰던 수통과 M1 소총, 실탄, M1 대검은 죽은 박재권이 쓰던 것과 똑같았다. 수통에는 손잡이를 접는 수통컵이 딸려 있었고 U.S라고 찍혀 있었다. 산악행군 때나 혹한기 훈련 때는 이 수통에 개울물을 담고 소독약을 풀어서 탄띠에 매달고 다녔다. 귀대할 때 시골 구멍

가게에서 소주를 사서 이 수통에 담아가지고 와서 점호 끝나고 몰래 나누어 마시다가, 당직 장교에게 들켜서 단체기합 받은 기억이 난다. 나는 M16이나 K2 같은 신형무기는 만져보지도 못했다. M1은 무거웠고 클립에는 실탄이 9발씩 들어 있었는데, 장전하기가 수월치 않았다. 1953년에 전사한 박재권의 것과 모두 똑같았다.

박재권의 구멍 뚫린 수통은 내가 쓰던 바로 그 수통이었다. 나는 깜짝 놀랐다. 그 수통의 사진을 들여다보고 있자니, 박재권은 죽었고 나는 살아 있다는 차이가 있을 뿐, 박재권이 바로 나였다. 박재권은 나였는데, 내가 북한에서 태어났더라면 인민군 병사가 되어서 남쪽의 박재권을 쏘아죽였을까. 그렇다면 나는 대체 누구인가.

나는 박재권의 죽음을 애국으로도 이념으로도 위로할 수 없다. 다만 한 생명으로서 애도할 뿐이다. 박재권과 박재권을 쏘아죽인 '적병'은 역사의 발전을 위해 한목숨을 바친 것인가. 박재권의 구멍 뚫린 수통을 들여다보면서 나는 난감한 의문과 마주친다. 근본무명根本無明이 내 앞을 가로막는다.

화살머리는 강원도 철원군 철원읍에서 서북쪽으로 13킬로미터쯤 떨어진 산악고지다. 전쟁 때 미군은 이 일대를 포크찹pork chop고지라고 불렀다. 화살머리는 포크찹의 서북쪽이다. 이 일대는 한국전쟁 기간 중 가장 치열한 전투가 벌어졌던 철의 삼각지iron triangle에 속한다. 정전협정 조인이 임박하자 전투는 고지쟁탈전으로 전개되었다. 이 땅따먹기 전투는 쌍방이 모두 인명의 손실을 돌보지 않고, 죽음에 죽음을 잇대어가면서 시체를 시체로 덮는 무한 소모전이었고, 각개전투로 고지의 정상을 탈환하는 백병전이었다. 포격으로 고지들의 높이가 낮아졌고, 무너져서 흘러내리는 산봉우리들을 미군은 아이스크림고지라고 불렀다.

1953년 7월 6일, 포크찹 일대에 폭우가 쏟아졌다. 중공군은 이날 포크찹고지를 공격해서 화살머리를 점령했다. 7월 8일, 미군7사단과 국군 보병부대가 다시 이 고지를 공격했다. 7월 9일부터 화살머리고지의 전초진지에서 피아가 뒤엉켰고, 이등중사 박재권은 이 무한 소모전에서 전사했다.•

• 1953년 7월 초순의 전황은 『6·25전쟁 1129일』(이중근 편저, 우정문고, 2013)에 따랐다.

한국전쟁은 전술적 목표를 달성하면 전투를 끝내는 방식이 아니라, 적의 종자를 끝까지 박멸해서 씨를 말리는 멸절주의滅絶主義를 화력과 대검으로 실천했다. 국군과 인민군이 서로 죽였고, 국군과 인민군이 점령지의 민간인을 대량학살했다. 후퇴할 때 죽이고 수복해서 죽이고, 부역자, 동조자, 회색분자를 학살했다. 한마을에서 오랫동안 함께 살아온 민간인들이 좌우로 패를 갈라서 마을에서 서로 죽이고 죽었다. 낙동강 전선에, 대구 방어선에, 백마고지, 단장의 능선, 저격능선, 수도고지, 압록강 전선, 장진호, 흥남저항선에, 그리고 모든 무명고지, 아이스크림고지에 젊어서 죽은 뼈들은 흩어졌다. 국군뼈, 인민군뼈, 미군뼈, 중국군뼈, 그리고 모든 유엔의 백골들이 산야에 흩어져 진토塵土가 되었다.

나는 몇 년 전에 육군의 6·25 전사자 유해발굴단을 따라서 발굴 현장을 답사한 적이 있었다. 포천 연천 방면의 중부전선 산악고지였다. 65년 전의 교통호와 개인 참호는 산 아래 도로를 감제瞰制하는 7부 능선을 따라서 이어졌다. 거기서 전사자들의 유해와 유품이 발굴되었다. 유해는 매장되지 않은 채 방치되어 있었으므로 지표에서 깊지 않은 곳에서 나왔다. 작업병들이 흙을 쑤시자 개미떼가 쏟아져나왔다. 60여 년의 눈비 속에서 넓적다리뼈는 나무젓가락처럼 가늘게 풍화되었는데, 총기와 쇠붙이, 수통, 숟가락, 칫솔, 탄통, 군화 뒤축은 형태가 비교적 온전했다.

어떤 참호에서는 국군의 총기와 인민군의 총기가 함께 발굴되었다. 뼈들은 헝클어져서 피아를 구분할 수 없었다. 책임장교에게 이 참호의 상황을 물어봤더니, 참호 안에서 육박전이 벌어져서 국군 병사와 인민군 병사가 서로 쏘고 찌르다가 둘 다 죽은 것이라고 설명했다. 젊어서 죽은 이 참호 속의 백골 앞에서 무슨 말을 더 하겠는가. 나는 아무것도 더 물어보지 못했다.

이 모든 뼈들을 이념의 이름으로 수습해서 위로할 수 있는 것인지를 이등중사 박재권의 구멍 뚫린 수통은 묻고 있다. 이 물음은 너무 가혹해서 이 시대는 아직 대답하지 못한다.

정전협정은 1953년 7월 27일 판문점에서 조인되었다. 박재권이 전사한 뒤 17일 만이었다. 신문기자 최병우崔秉宇

(1924~?)[*]는 한국 기자로서는 유일하게 이 조인식장을 현장취재해서 조선일보에 기사를 실었다. '기이한 전투의 정지'라는 제목이 붙은 이 르포 기사는 한국 언론의 역사에서 가장 소중한 문장들에 속한다. 최병우의 직관은 사태의 핵심을 찌르고, 그의 감각은 사실에 바탕해 있고, 그의 문장은 차분하다. 그가 전한 판문점 조인식장의 실체는 그후 정전 65년의 세월 속에서 유효했고, 지금도 유효하다.

　─ 당구대같이 퍼런 융에 덮인 두 개의 탁자 위에는 유엔기와 인공기가 둥그런 유기에 꽂혀 있었다. 이 두 개의 기 너머로 휴전회담 대표는 2년 이상을 두고 총계 천 시간에 가까운 격렬한 논쟁을 거듭하여온 것이다.

　─ 조인이 계속되는 동안 유엔 전폭기가 바로 근처 공산군 진지에 쏟고 있는 폭탄의 작렬음이 긴장된 식장의 공기를 흔들었다.

---

* 최병우 기자는 전남 목포 출생으로 주일대표부 서기관, 한국은행 동경지점 창설 요원으로 근무하다가 1952년부터 조선일보, 한국일보 기자로 언론계에 종사했다. 그는 1958년 대만해협 금문도 취재현장에서 실종되었다.

— 해리슨 장군과 남일南日은 쉴새없이 펜을 움직인다. 각기 36번 자기 이름을 서명하여야 하는 것이다. 거기에는 의식에 따르는 어떠한 극적 요소도 없고, 강화에서 예기할 수 있는 화해의 정신도 엿볼 수가 없었다. 이것은 어디까지나 정전이지 평화가 아니라는 설명을 잘 알 수 있었다.

— 이리하여 한국의 운명은 또 한번 한국인의 참여 없이 결정되는 것이다.

— 내가 지금 앉아 있는 이곳이 우리나라인가 이렇게 의아해한다. 그러나 역시 우리가 살고 죽어야 할 땅은 이곳밖에 없다고 순간적으로 자답하였다.

— 10시 12분 정각 조인작업은 필하였다. 해리슨 장군과 남일은 최후의 서명을 마치자, 마치 최후통첩을 내던지고 퇴장하는 듯이 대표를 데리고 나가버린다.

— 관례적인 합동기념촬영도 없이 참가자들은 해산하였다.•

• 최병우 기자의 기사는 조선일보 1953년 7월 29일자 1면에 실렸다. 월간 〈신동아〉가 1972년 1월호 별책부록으로 발행한 『한국 현대 명논설집』에도 기사 전문이 실려 있다.

이 기사를 쓸 때, 최병우는 30살이었다. 최병우가 전하는 정전협정 조인식의 분위기는 그후로 전개될 적대관계의 세월을 내다보고 있는데, 정전협정의 합의로 설정된 비무장지대는 세계에서 가장 험악한 중무장지대가 되었고 뼛조각들은 지금도 산야에 흩어져 있다.

북한군은 2010년 11월 23일 연평도를 포격했다. 이날 연평바다의 썰물은 낮 12시께 간조를 이루었다. 주민들은 오전부터 갯벌에 나가서 굴이나 조개를 캤고, 김장을 담그기도 했다. 여객선 씨플레인호는 2시경 연평도에 도착했다. 인천으로 가려는 주민들은 당섬 선착장에 모여 있었다. 연평도의 학교들은 수업중이었고, 연평 어린이집의 아이들은 낮잠을 자고 있었다. 이 섬마을이 어째서 포격을 맞아야 하는가. 포격은 오후 2시 30분부터 시작되었다.

마을 주민 김종규씨는 연평도에서 자동차 타이어를 정비하는 가게를 경영하고 있었다. 김씨는 1932년생으로, 화살머리에서 전사한 박재권보다 한 살 아래다. 김씨는 전쟁 초기에 황해도 해주에서 연평도로 남하 이주했다. 전쟁 때는 국군 특수부대요원으로 참전했고, 국방부와 보훈처가 주는 국가유공자 상장을 받았다. 제대 후에 김씨는 참전용사들의 행사에 참가하기 위해 1년에 네 번씩 육지를 드나들었다.

연평도에 포격이 시작되자 김씨는 서둘러 집으로 돌아왔다. 김씨는 우선 대한민국 정부가 준 상장들을 불태웠다. 이 상장을 지니고 있다가 북한군이 연평도에 들어오면 살아남지 못하리라는 두려움을 김씨는 늘 지니고 있었다.

연평도 주민들은 24일 새벽 무렵까지 대부분 섬을 떠나서 인천으로 피난했다. 인천에 친지가 없는 사람들은 인스파월드 찜질방*에서 머물렀다.

김씨의 부인 유씨는 바탕일을 한다. 바탕일이란 갯벌에서 바지락, 낙지, 굴을 캐는 작업이다. 포탄이 떨어질 때 유씨는 집안에서 김장을 담그고 있었다. 유씨는 김장일을 마무리하지 못하고 인천으로 피난했다. 유씨는 며칠 후에 연평도로 돌아왔다. 전국에서 기자들이 연평도로 몰려와 있었다. 유씨는 돌아와서 남은 김장일을 끝냈는데, 취재 온 여기자 2명이 유씨의 김장일을 거들어주었다.

---

* 대한민국 정부와 국회와 국민은 이 찜질방에 감사해야 한다. "인스파월드 사장님, 고맙습니다."

김종규씨는 연평도에서 한평생을 살면서 군부대에서 훈련하는 포성을 일상적으로 들어왔고, 두 차례에 걸친 연평해전을 목도했다. 전쟁의 공포는 그의 생애에 각인되어 있었다. 그는 훈장이 곧 죽음일 수 있다는 현실감각을 지니고 있었다. 이 현실감각은 그가 전 생애를 통해서 터득한 피와 눈물의 교훈이었을 것이다. 그는 연평도 포격이 시작되자 지체 없이 대한민국 정부가 준 상장을 불질렀다. 나는 그의 이 정확한 생존술을 긍정한다. 이 민첩한 생존술은 그가 한국 현대사 속에서 겪어낸 모든 광기와 야만성, 폭력과 억압으로부터 작동되는 생물적 조건반사였다. 이 조건반사는 이념이 아니고 당파성이 아니다. 애국이 아니고 매국이 아니고 혁명이 아니고 반동이 아니다. 이것은 충성이 아니고 배신이 아니다. 총칼을 들이대면서 너는 어느 쪽이냐고 묻는 이념의 폭력 앞에서 거기에 대답하지 않고 훈장을 태워버리는 행위는 정직한 삶의 길이다.

김종규씨의 부인 유씨는 인천으로 피난 갔다가 곧 연평도로 돌아와서 하다 만 김장을 기어이 마무리했다. 나는 유씨 부인이 이때 김장을 몇 포기 했는지, 동치미도 담갔는지, 무슨 젓갈을 썼는지 알고 싶지만, 알지 못한다. 연평

도는 젓갈이 살아 있으니까 유씨 부인의 김장김치는 겨우
내 싱싱했을 것이다.[*] 나는 유씨 부인의 김장김치를 먹어
보지 못했지만, 2010년 초겨울 연평도에서 담근 유씨 부
인의 김장을 거룩하고 소중한 김치라고 생각한다. 섬에 포
탄이 떨어져도 어머니는 기어코 살던 자리로 돌아와서 김
장을 담근다. 그러므로, 어머니들이 김장을 담그고 어린이
집에서 아이들이 낮잠 자는 마을에 포탄을 쏘면 안 된다는
이치를 다들 스스로 알 터이다.

　화살머리고지에서 죽은 박재권의 수통을 들여다보면
서, 상장을 불지른 연평도 김종규씨의 생애와 유씨 부인
의 김장과 이 마을에 쏟아지는 포탄을 생각하는 일은 참혹
하다. 평화로 가는 길은 박재권의 수통에 뚫린 총알구멍을
통과하는 길이다. 이 구멍을 지나서, 어머니들이 김장 담
그고 아이들이 어린이집에서 낮잠 자는 마을로 가는 길이
다. 그 길은 이념의 길이 아니라 생활의 길이다. 아직도 이
처럼 단순한 말이 이해받기는 거의 불가능하다.

　• 　김종규씨와 그의 부인 유씨에 관한 사항은 국립민속박물관이 2018년 발행
　한 연평도 민속조사보고서 1권 『토착민·피난민·군인의 섬 연평도』에 실린
　글에 따랐다.

이등중사 박재권의 유해를 수습하던 날 문재인 대통령
은 SNS에 올린 글에서 이렇게 말했다. 나는 신문기사를
옮긴다.

이제야 그의 머리맡에 소주 한잔이라도 올릴 수 있게
됐습니다. 다시는 이 땅에 전사자가 생기는 일도, 65년
이 지나서야 유해를 찾아나서는 일도 없어야 합니다.

대통령의 어조는 차분했고 어휘 선택은 신중했다. 이 소
주 한잔이, 예수님이 십자가에서 흘리신 피처럼 민족의 죄
악을 씻어주는 보혈寶血이 되기를 바란다.

박재권의 수통은 육군 병장 김훈의 수통과 똑같다.

동부전선에서
북한은 병사의 오줌줄기

2018년 10월 26일 판문점에서 열린 제10차 남북 장성급 군사회담에서는 2018년 11월 말까지 남북이 각각 GP 11개에서 병력과 장비를 철수하고 건조물들을 파괴하기로 합의했다. 이같이 이행하고 나서 상호검증하기로 했다니까, 이번 군사회담은 믿을 만해 보인다.

GP는 소대 규모 정도의 작은 부대지만 막강한 화력으로 중무장하고, 피아가 육안으로 보일 정도로 가까운 거리에서 대치하고 있다. GOP라인에는,

— 귀관은 전장戰場에 있다.

— 적 GP가 가까이 있다.

― 검문에 불응하는 자는 체포하거나 사살하라.

라고 쓰여 있다.

20대 후반의 중위들이 서너 살 아래의 병사들을 거느리고 GP를 지휘한다.

날이 추워지면 나는 따뜻한 방안에서 한가하고 우아한 인문학 서적을 읽다가 문득 동부전선 산악고지의 추위와 GP, GOP 매복진지, 수색중대에 근무하는 병사들을 생각한다. 철원 양구 인제 고성 화천 포천 연천은 겨울에 영하 20도에 가까운 날들이 많은데, 이 온도는 사람 사는 평지 마을의 기온이고, 병사들이 근무하는 산악고지는 이보다 훨씬 더 춥고 바람이 세다.

GP는 끝없이 출렁거리는 산맥 위에 고립되어서 인접 부대가 없다. 멀리서 보면 유럽 중세의 요새처럼 보인다. GP는 후퇴 개념이 없는 사수진지다. 한번 배치되면 교대하는 부대가 올 때까지 수개월 동안 같은 자리에서 근무해야 한다.

정전 후 지금까지 DMZ 안에는 양측이 모두 220여 개의 GP를 설치했고 여기에 근무하는 양측 병력은 1만 2천여 명 정도로 알려졌다. 이 건조물과 무장병력은 모두 정전협정 위반인데, 정전협정 준수를 관리하는 유엔군사령부는 묵인하고 있다. 유엔군사령부는 비무장지대의 중무장화를 기정사실로 인정하면서도 DMZ 안이 유엔군사령부 관할지역이라고 해서 한국군 GP 위에 유엔기를 게양하고 있다. 한국군 GP에는 태극기와 유엔기가 동시에 휘날린다. 유엔기를 휘날리는 유엔군사령부의 실체는 모호하거나 부재한다. 주한미군 사령관은 유엔군 사령관을 겸하고, 또 한미연합군 사령관을 겸한다. 유엔군사령부는 유엔 사무총장이나 안보리의 지휘를 받지 않고 주한미군 사령관의 지휘 통제를 받는다. 중무장한 비무장지대 안에서, 한국전쟁이 남긴 이 난해한 지휘권의 상징은 지금 유엔기가 되어서 한국군 GP 위에서 펄럭이고 있다.

비무장지대에 근무하는 군인들은 경찰이 아님에도 불구하고 '민정경찰'이라는 표식을 달고 있다. 1953년의 정전협정에 따르면 비무장지대 안에서의 정찰행위는 '민간인 경찰'만이 수행하게 되었다. 정전 후 DMZ에 민간경찰이 배치된 적은 없었고, 군 병력이 '민정경찰'이라는 표식을 달고 DMZ에 근무하고 있다. DMZ 안에는 논리로 이해할 수 없는 일이 많은데, 전쟁은 본래 논리가 아니라 아수라의 산물이다.

나는 몇 년 전에 군당국의 허가를 받고 담당장교의 안내를 받아서 동부전선의 GP와 GOP 부대, 서해 NLL이 가까운 도서지방의 해안부대를 방문한 적이 있다.* 나는 그때의 메모를 줄기로 삼고 기억과 인상을 환기하면서 이 글을 쓴다.

내가 방문한 GP는 옛 궁예도성(태봉도성)을 깔고 앉은 자리였다. 경원선 철도가 제거된 자리는 초목이 모두 베어져 있었고, 제방만 남은 철도부지를 추진철책^{barbed-wire}
^{fences}이 건너가는데, GP는 추진철책 바로 밑이었다.

이 GP는, 궁예가 세력을 일으켰던 풍천원楓川原의 고원을 북쪽으로 바라보고 있었다. 지리지를 찾아보니, 홍적세洪積世 초기(250만 년 전)에 이 지역 검불랑劍拂浪에서 용

---

* 이때 나는 사진가 박종우의 DMZ 취재여행을 따라다니면서 그의 작업을 가까이서 관찰했다. 그는 완성된 프로였다. 그는 오랫동안 DMZ를 촬영해왔고 그 결과물로 2017년에 『DMZ 비무장지대』라는 사진집을 출간했다. 이 사진집은 '슈타이들 북어워드 아시아Steidl Book Award Asia' 상을 수상했다.

암의 대분출이 있었고, 이 용암이 북쪽으로는 함경도 안변까지, 남쪽으로는 파주 연천까지 흘러넘치면서 무수한 산과 강과 협곡, 고원을 펼쳐놓았는데, 철원은 이 용암대지鎔巖臺地의 중심으로, 풍천원과 평강고원의 남쪽이다.

GP는 고원 위의 외딴섬이었다. 여러 겹의 철조망 안에 콘크리트 요새가 들어섰고, 그 위에 망루가 솟아 있었다. 초겨울의 산악은 스산했다. 메마른 골짜기에서 바람이 버스럭거렸고 크고 검은 새들의 울음소리가 산봉우리 사이를 울렸다. 모든 풍경은 마음의 풍경일 터인데, DMZ 너머 겨울산악에는 아무런 서정성도 없었다. 거기에는 좌청룡도 우백호도, 진산도 안산도 아무것도 없었다. 그것은 인문화할 수 있는 풍경이 아니었다. 인기척이 없고, 인간의 자취가 없는 풍경은 감당하기 어렵다.

그 적막 속에서 GP는 삼엄하게 긴장되어 있었다. 병사들은 자동화기로 화력대기하면서 수색로를 엄호했고, GP장 26살 박중위는 허리에는 권총, 방탄조끼 앞섶에는 대검, 망원경, 무전기, 열쇠꾸러미, 그리고 용도를 알 수 없는 장비들을 매달고 이 구석 저 구석을 살피고 있었다. 눈에 파묻히는 이 GP 안에서 박중위는 병사들을 데리고 겨울을 나야 한다.

GP의 병사들은 사회적 동질성이 거의 없다. 학력, 출신지, 입대 전 환경, 성격이 제가끔이다. 극한지역에 모인 이 젊은이들을 나이 또래가 비슷한 중위 한 명이 장악하고 지휘하는 일은 힘들어 보였다. 초급 장교 한 명을 똑바로 길러내는 일이 얼마나 중요한지, GP에 오면 알 수 있다. 상급부대 지휘관들이 관심을 보이고, 중위 계급장의 권위를 존중해줘야만 중위들은 GP를 제대로 지휘할 수 있겠다는 것도 GP에 와서 보고 알았다.

GP는 식재료를 보급받아서 GP 안에서 취사한다. 조리병이 배치되어 있다. 식당 안에 3~4일분 메뉴가 끼니별로 미리 고지되어 있는 걸 보니까 규모 있고 안정적인 식사를 하고 있음을 알 수 있다. 나는 45년 전에 제대했으니까 지금과 비교할 수는 없겠지만, GP의 메뉴는 내 현역병 시절과는 비교할 수 없이 훌륭했다. 어떤 부대 식당에는 '많이 먹고 한 놈 잡자' '한 놈 잡고 휴가 가자'라는 구호가 붙어 있었다. '한 놈'은 나중에 잡더라도 병사들이 우선 많이 먹기를 나는 바랐다.

GP에서 만난 한 병사는 "우리는 사단장님이나 연대장

님이 오시는 날을 기다린다"고 말했다. 나는 크게 놀랐다. 내 현역병 시절에 상급 지휘관이 오는 날은 고달픈 날이었다. 개인화기와 공용화기와 모든 보급품을 번쩍번쩍하게 닦아놓고 내무반과 부대 주변을 정리정돈하고 연병장의 잡초를 뽑고 군복을 미리 빨아 입었다. 나는 연대장 오실 날을 기다린다는 병사에게 기다리는 까닭을 물었다. 그 병사가 대답했다.

— 통닭을 사오시기 때문입니다.

내가 웃으니까 병사들이 따라서 웃었다. 생활관의 사병 생활 수칙에는 "분대장 이외에는 사병끼리 지시 명령 간섭할 수 없다"라고 게시되어 있었다. 병영의 분위기는 크게 바뀌고 있다.

GOP 상황실에서 상황병은 컴퓨터와 연결된 망원경으로 북한 GP의 동태를 기록하고 있다. 북한군의 총안구에 거치된 화기의 종류를 식별하고 북한군 병사의 제설작업, 농구 배구, 양지쪽에서의 휴식, 총검술 훈련이 모두 포착된다. …1월 24일 13시 02분에 적 GP에서 6번 총안구를 개방했다. 환기 목적으로 보인다…라고 상황병은 기록하고 녹화한다. 나는 GP장의 망원경으로 북한군 GP를 관찰했다. 북한 병사 한 명이 바지춤을 내리고 눈 위에 오줌을 누었다. 오줌줄기까지 보였다.

눈에서 허연 김이 올랐다. 그의 콧구멍에서도 김이 나왔다. 김이 보이니까 숨냄새, 오줌냄새, 오줌의 온도까지 풍겨오는 듯싶었다. 오줌 김을 보니까 그가 사람이라는 것을 확실히 알 수 있었다. 그의 오줌 김은 내가 DMZ에서 본 모든 풍경 중에서 가장 평화로웠다. 오줌 누는 그가 북쪽의 젊은이이면서 우리 젊은이들의 적이라는 사실은 기막혔는데, 이 기막힘이 내가 감당해야 할 현실이었다.

서부전선에서

제대해서 더 멋진 여친을 사귀라

북한군 병사들이 양지쪽에서 모포를 말려서 털고 있었다. 병사 두 명씩 마주서서 모포의 귀퉁이를 잡고 동작을 맞추어서 먼지를 털어내고 있었는데, 그 동작은 내 현역병 시절의 모포 털기와 똑같았다. 모포 말릴 때 가장 무서운 것은 소나기였다. 훈련을 하다가도 하늘에 구름이 끼기 시작하면 서둘러 모포를 걷어들였다. 소나기가 무섭기는 북한군 병사들도 마찬가지일 것이다.

그 철조망들을 넘어서 두루미들이 날아온다. 두루미들은 날갯짓을 하지 않고, 고요히 착륙한다. 두루미들은 철원 들판에 흩어져서 빈 논에 떨어진 낟알을 쪼아먹다가 날이 저물면 저수지 물가에 모여서 얼음 위에 한 줄로 서서 잔다. 두루미들은 초병처럼 경계심이 많아서 작은 소리만 들려도 일제히 날아올라서 다른 곳으로 잠자리를 옮긴다.

서해안 도서의 해안선에는 적선의 연안 접근을 차단하기 위해 바리케이드 구조물이 설치되어 있다. 용의 이빨처럼 생겼다고 해서 용치龍齒라고 부른다. 바다에서 조업하는 주민들은 철조망 밖으로 나간다. 군부대에서는 이 주민들을 해출자海出者라고 부른다. 해출자들은 일몰 전에, 그

ⓒ정정구

대청도 옥죽포의 용치

리고 군부대의 지시가 있으면 돌아와야 한다. 초병들이 해출자의 출입을 통제한다. 한강 하구 초소는 북한과의 거리가 더욱 가까워서 북한 주민들의 신발, 빨래, 병사들의 부착물까지도 망원경으로 식별된다.

병사들은 병영생활의 고충을 서로 이야기하면서 '토의록'을 작성하고 있었다. 해안부대의 한 생활관에서 '토의록'의 몇 페이지를 읽을 수 있었다.

— 제3생활관 일병 ○○○이 코를 심하게 골아서 수면에 방해된다. 잠을 한 번 설치면 다음 근무에 큰 지장이 있으니 소대장은 조치해달라.
— 생활관의 고참병인 박병장의 손목시계 알람소리가 너무 커서 숙면에 방해된다. 소대장은 조치해달라.
— 우리에게 잠처럼 소중한 것은 없다. 근무 마치고 생활관에 들어올 때 조심스럽게 걸어라. 고어텍스를 버스럭거리지 마라.
— 우유를 들고 들어오지 마라. 냄새난다.

또다른 페이지에서 병사들은 후방에 두고 온 애인을 걱정하고 있었다.

— 변심한 여친을 욕하지 말자. 시야에서 멀어지면 정도 멀어지는 것이다.
— 맞다. 기다리라고 하는 것은 무리다. 우리들 나이에 어찌 기다릴 수가 있겠는가.
— 우리가 여기 와서 고생하는 동안에 여자들은 다른 남자를 만날 기회가 많을 것이다. 이것을 어찌하겠는가.
— 안 보이면 마음은 멀어진다.
— 할 수 없다. 갈 테면 가는 것이다.

아마도 다음 대목이 이 토론의 결론 대목인 듯싶었다.

— 여자 문제로 괴로워하기에는 우리들 청춘이 너무 아깝다. 군대생활을 충실히 하고, 몸 건강하게 제대해서 더 멋진 여친을 사귀어서 배신한 여친에게 보여주자.

이 결론에 대해서 소대장은 '토의록'에 다음과 같은 강

평을 남겼다.

　— 훌륭한 생각이다.

　후방에 두고 온 여자의 변심을 걱정하는 것은 적벽대전에 나간 조조의 군대나 주유의 군대나, 안시성에서 싸우던 고구려 군대나 당나라 군대나, 한국군이나 북한군이나 다 마찬가지일 터이다.

　바다에 눈이 내렸고 바람이 불어서 눈보라를 옆으로 쓸어갔다. 바다도 산맥도 섬도 보이지 않았다. 눈보라는 모든 방위감각을 휩쓸어가서 동서남북을 분간할 수 없었다. 아무것도 보이지 않는 그 눈보라 속으로 초병은 총구를 겨누고 있었다. 저쪽도 마찬가지일 것이었다. 눈보라가 이쪽 저쪽을 다 지우고 있었다.

눈을 치우며

나는 한평생 산비탈일망정 단독주택에서 살았다. 50살 이후에는 평지로 내려왔다. 눈이 오면 새벽에 일어나서 집 마당과 골목의 눈을 치웠고, 아내와 자식들이 몰고 다니는 자동차에 쌓인 눈을 털어냈다. 새벽의 눈냄새는 싱그러웠고, 찬 공기가 허파에 가득차서 처음 만난 세상에서 숨쉬는 것 같았다. 널빤지로 눈을 밀어내고 삽으로 떠내고 빗자루로 쓸었다. 한 시간쯤 눈 속에서 일하고 나면 머릿속에 끼어 있던 말의 똥가루가 빠져나가고, 나의 생명과 삶 사이에 직접성의 관계가 회복된다. 연장을 쥐고 일하는 동작은 인간의 본래 그러한 모습이다.

나는 삽질, 가래질, 곡괭이질을 육군에서 배웠다. 쌓인 눈이 얼어서 작전도로가 마비되면 보급차가 올라올 수 없고, 부대는 고립된다. 그래서 병영은 겨우내 눈과의 전쟁이다. 눈이 오면 잠든 병사들을 깨워서 눈을 치우고, 눈이 내리고 있는 동안에도 눈을 치운다. 병사들은 도로, 연병장의 눈뿐 아니라 탄약고, 대대본부, 내무반의 지붕 위에 쌓인 눈을 끌어내리고 나무를 흔들어서 그 위에 쌓인 눈을 털어낸다. 두어 시간 작업하고 나면, 중대장의 명령처럼 눈이 '안 온 것'과 비슷해진다. 큰비가 지나가면 배수로와 참호를 보수해야 하는데, 이때 선임하사관들한테 삽과 곡괭이 쓰는 법을 배웠다.

연장을 쥐고 일할 때는 신체리듬에 맞게 연장을 움직여야 한다. 몸의 힘을 조금만 쓰면서도 연장을 통해서 이 힘을 극대화하고 힘을 계통에 따라 작동시켜야 한다. 삽을 땅에 꽂을 때는 팔의 힘으로 눌러서는 어림도 없고, 삽날 위를 발로 밟아서 체중을 실어야 한다. 삽으로 뜬 흙을 트럭 적재함 위로 던질 때도 팔의 힘을 쓸 게 아니라, 허리를 유연하게 돌리면 흙을 멀리 보낼 수 있다. 삽이나 곡괭이로 땅을 팔 때는 모래땅인지 진흙땅인지 자갈밭인지를 알

2부 지우개는 나의 망설임이다

아서 거기에 맞게 몸을 움직여야 한다. 젖은 눈, 반쯤 녹은 눈, 언 눈은 밀판으로 밀어지지 않는다. 이런 눈은 삽으로 떠내야 한다. 눈을 가장 쉽게 치울 수 있는 방법은, 눈이 그치면 게으름부리지 말고 즉각 나서는 것이다. 나중에 치우려면 더욱 어려워진다.

젊은이들은 눈을 좋아해서 눈이 오면 거리로 쏟아져나온다. 젊은 애인들이 눈 내린 거리에서 키스하고 술집, 카페는 청춘남녀들의 활기로 가득찬다. 모텔을 경영하는 내 친구도 눈 오기를 기다리는데, 눈이 오면 매출이 크게 늘어난다.

내가 눈을 기다리는 까닭은, 거리에서 연애하는 젊은이들을 많이 볼 수 있기 때문이다. 길이 미끄러우면 여자 애인은 남자 애인에게 더 바싹 매달린다.* 이런 청춘남녀를 보는 것은 노인의 기쁨이다.

눈이 내리면 나는 오래전에 돌아가신 아버지, 지난여름에 돌아가신 어머니가 묻혀 있는 그 공동묘지에 내리는 눈을 생각한다. 공동묘지는 눈을 치우지 않아서 겨우내 쌓인다. 묘지에 눈이 쌓이면 백설이 백골을 덮어서 산도 봉분

* 이것은 위험하다. 길이 얼어서 미끄러울 때는 팔짱을 풀고 걸어야 한다.

도 보이지 않는다. 죽음이 지워져서 세상은 다만 하얗고, 사람이 세상에 다녀간 자취가 없는데, 이것은 노인의 슬픔이다.

눈이 오면 나는 이런 기쁨과 슬픔 속에서, 눈 치울 일을 생각한다. 내리는 눈송이를 바라보면서 젖은 눈인지 마른 눈인지, 적설량은 얼마나 될는지를 가늠한다. 밀판과 삽을 들고 눈을 치울 때, 나는 연장을 쓰는 작업의 행복을 느낀다. 연장은 몸의 연장延長이다. 연장은 인간 육체의 기능을 세분화해서 극대화한다. 삽을 쥐고 땅을 파거나 눈을 치울 때, 몸은 일 속으로 스미고 일은 몸에 각인된다.

눈을 치울 때, 내 몸과 삽과 대지가 서로 교신하고 있음을 나는 안다. 이 교신의 내용은 삶에 대한 직접성이다. 삽을 들고 눈을 치우면서 나는 저 눈 쌓인 공동묘지의 허무감을 넘어선다. 삽이 나를 이끌어준다. 새벽에 눈을 치우러 골목에 나가면, 대체로 나이든 사내들이 나와 있다. 젊은이들은 눈 내리는 거리에서 연애를 하지만, 눈을 치우지는 않는다. 젊은이들은 연애하기 바빠서 몸과 삽과 땅의 교감을 모른다. 연장의 의미를 알게 되면, 어느 정도 나이 먹은 것이다. 눈 치우기는 노인의 노동이다. 나는 삽을 쓰고 싶어서 눈을 기다린다.

얼마 전 남한산성에 다녀오는 길에 성남 모란시장으로 구경 갔더니 마침 오일장이 서 있었다. 장마다 돌아다니면서 망치, 펜치, 톱, 호미, 삽 같은 쇠붙이 연장을 파는 장수가 전을 벌이고 있었다. 3인 1조가 되어서 곱사춤, 병신춤, 곰배팔이춤에 만담을 곁들여 손님을 끌어모아놓고 물건을 팔았다. 관객은 열댓 명 정도였다. 나는 돼지껍데기 볶음을 한 접시 사다 먹으면서 맨 앞줄에 앉아 구경했다. 행수行首쯤 되어 보이는 더벅머리 사내가 마이크를 잡고 연설했다. 젊은이들이 컴퓨터와 스마트폰만을 들여다보고 살아서 도무지 연장을 쓸 줄 모르는 동물로 퇴화했으며, 살아 있는 몸의 건강한 기능을 상실했고, 인간성의 영역이 쪼그라드는 현실을 그는 문명비평적으로 개탄했다.

그가 핏대를 올려가며 소리질렀다.

─아, 니미, 서울공대를 톱으로 나온 녀석들이 못대가리 하나를 못 박고, 닭모가지를 못 비틀어. 아, 제미, 로스쿨 톱으로 나온 놈들이 펜치를 못 쥐고 도라이버를 못 돌려. 이게 사람이냐, 오랑우탄이냐. 몸이 다 썩은 놈들이 어

떻게 밤일을 해서 새끼를 낳는지.

나는 박수쳤다. 다들 박수쳤다. 나는 그 연설에 감동해서 당장 삽 한 자루를 샀는데, 올겨울에 그 삽으로 눈을 치웠다.

충남 공주시 석장리는 금강 물가에 잇닿은 마을이다. 물의 흐름이 순해서 땅을 깎아낼 듯이 달려들지 않고, 앞이 터지고 양지발라서 늘 온화한 기운이 느껴진다. 사람이 자연 앞에 엎드려서 살기 좋은 자리다. 이 물가 마을에서 구석기시대부터 중석기시대에 이르는 유물이 무더기로 출토되었다.

지금은 세상을 떠나신 손보기(1922~2010) 교수의 지휘로 1965년부터 발굴사업이 전개되었고, 그 자리에 석장리박물관을 지어서(2006년) 유물을 보관하고 있다. 박물관 한켠에 '파른 손보기 기념관'이 있는데, 여기에는 발굴작업을 하던 10여 년간 발굴대원들이 근처 밥집에서 시켜다 먹은 찌개백반값 영수증도 모아놓았으니, 이 또한 문화재다.

석장리박물관의 가장 중요한 테마는 연장인데, 이 연장

에는 인간의 생산과 노동, 일상과 미래, 기쁨과 슬픔이 모두 담겨 있고, 이 모든 삶의 굴곡은 연장을 통해서 인간의 몸에 연결되고 자연에 새겨진다.

구석기시대란 250만 년 전부터 1만 년 전까지, 중석기시대란 1만 년 전부터 8천 년 전쯤까지라고 학자들은 말하는데, 나로서는 상상할 수 없는 세월이다. 그때 사람들은 무슨 말을 하며 살았던가가 궁금해서, 돌도끼에 귀를 기울여보니까 아무 소리도 들리지 않았는데, 무슨 소리가 들리는 것도 같았다.

주먹도끼는 구석기-중석기시대의 가장 위력적이고 또 대표적인 연장이었다. 도끼날에 구멍이나 홈을 파서 자루와 연결하면 조준력과 격파력은 월등히 좋아지겠지만, 주먹도끼는 자루가 출현하기 훨씬 이전의 연장이다. 연장에 자루를 붙이기까지 인간에게는 수만 년의 세월이 필요했다.

주먹도끼는 손으로 쥐기 적당한 크기의 돌멩이 앞쪽을 다른 돌멩이로 때려서 날을 만들고, 그 날의 반대 부분을 손잡이로 쓴다. 돌은 인간의 손아귀에 정확하게 밀착되어야 하고, 마음의 소망과 손의 동작을 정확히 결합해서 외물外物을 제압해야 한다. 주먹도끼로 사냥을 할 때, 인간은 짐승의 숨결이 느껴질 정도로 바짝 접근해서 급소를 쳐야 한다. 성공하면 인간이 짐승을 먹고, 실패하면 짐승이 인간을 먹는다. 이런 죽살판에서는 최초의 일격이 가장 중요하다.

주먹도끼의 손잡이에는 그 도끼로 사냥을 해서 처자식을 벌어먹이던 사내의 손바닥 체온이 남아 있다. 그는 이 손바닥으로 짐승을 때려잡고 아내를 애무했을 터이다. 주먹도끼의 손잡이는 사람의 손아귀에 닳아져서 반들반들하다. 나는 석장리박물관의 주먹도끼를 들여다보면서, 짐승의 머리를 치다가 일격이 빗나가서 짐승에게 먹힌 사내들, 하루종일 허탕치고서 배고픈 처자식들에게 빈손으로 돌아오는 사내들, 비가 오고 또 눈이 와서 나가지 못하고 움막집 안에 웅크리고 앉아서 밖을 내다보고 있는 사내들을 생각했다.

구석기 사람들은 주먹도끼뿐 아니라 찌르기, 갈기, 부수기, 밀기, 빻기, 긁기, 쪼개기, 새기기, 뚫기, 털기, 찍기, 쪼기, 베기, 벗기기, 썰기, 다듬기, 파기, 뽀개기⋯⋯ 같은 인간의 동작을 받아내서 그 힘을 정밀하게 극대화시키는 연장을 만들었다. 모든 연장은 동사動詞와 대응한다. 연장을 만드는 연장은 따로 있는데, 이 또한 동사와 대응한다. 구석기 사람들은 역학의 원리를 알지는 못했고, 다만 인간의 몸에 맞고, 인간의 목표에 맞고, 또 작업대상에 맞는 물건을 만들어낸 것인데, 그들이 만든 연장은 과학의 원리에 어긋나지 않는다. 구석기 연장 속에서 경험과 원리는 다르지 않다. 그 연장은 원리를 모른 채 원리를 경험한 자의 연장이다.

손보기 교수는 연장을 만드는 구석기 사람들에 대해서

― 그들은 내일을 위해 생각하고, 내일의 살림을 걱정하는 사람들이었다. (…) 미래를 내다보는 힘이 앞날을 위한 계획을 세우게 하고 그 세워진 계획을 위하여 연장을 미리 만들 수 있었던 것이 인간이었다.[*]

라고 썼다. 인간의 역사에서 연장이 태어나고 전개되는 원리는 구석기시대나 지금이나 같다. 그 원리는 몸과 외계를 연장으로 이어줌으로써 인간을 둘러싼 현실을 개조하고

• 손보기, 『석장리 유적과 한국의 구석기 문화』, 학연문화사, 2009, 16~17쪽.

미래를 맞이하는 동력으로 작동된다. 석장리 구석기 연장의 원리는 그 수십만 년 후에 한국 농기구, 생활용구의 모양새와 쓰임새 속에 살아 있다.

손보기 교수는 또 석장리에서 출토된 구석기 연장의 전개 과정을 분석해서 그 발달의 흐름을 정리했다. 요점만 옮겨적는다.

구석기시대가 전개됨에 따라서 연장의 가짓수는 늘어나고 크기는 작아진다. 한 개의 연장이 여러 용도로 쓰이다가 차츰 세분되어 한 가지 쓰임새만을 갖는다.

연장은 가벼워지고 날은 더 길어지고 날카로워진다.

돌감은 처음에는 가까운 데서 구할 수 있는 재료를 썼으나 점차 먼 곳의 재료를 가져다 썼다.

연장은 다섯 손가락으로 쥐는 것부터 서너 손가락, 두 손가락으로 쥐는 것으로 발전했는데, 작업의 정밀도가 높아지고 인간의 손놀림도 세련되어갔음을 알 수 있다.•

• 손보기, 『석장리 선사유적』, 동아출판사, 1993, 321쪽 요약.

구석기시대 돌연장의 발전은 그후 수십만 년의 역사 속에서 전개된 연장의 발달과 흐름을 같이한다. 그 흐름의 방향은 경량화, 세분화, 첨예화인데, 현대 스마트기기의 전개 방향과 다르지 않다.

나는 여러 해 전에 대가야의 고토인 경북 고령군, 경남 합천군 야로면•일대를 답사한 적이 있었다. 대가야는 철기시대의 첨단기술강국이었다. 철제무기와 덩이쇠를 대량으로 생산해서 일본에까지 수출했는데, 그 대장간들이 합천군 야로면에 들어서 있었다. 지금도 야로면의 산야에서는 그때 쓰고 버린 철광석의 찌꺼기들이 출토되고 있다. 대가야의 대장장이들은 쇠를 끓여서 무기를 만들고 연장을 만들었다. 무기와 연장은 같은 화덕과 같은 모루 위에서 나왔다.

우륵은 바로 이 시대, 이 자리에서 가야금을 만들었고, 음악을 정비했다. 무기와 악기와 연장이 동시에 같은 자리에서 등장하고 있었다. 인간은 난해하다. 신라의 무기

• 야로는 한자로 冶爐라고 쓰는데, 대장간에서 쓰는 화덕이라는 뜻이다.

와 대가야의 무기가 부딪쳐서 대가야는 멸망했고, 대가야의 예술가 우륵은 금琴을 안고 신라로 투항했다. 신라는 이윽고 망했지만 악기는 망하지 않았다. 무기의 꿈과 악기의 꿈과 연장의 꿈은 다르지 않다. 그 꿈은 세계를 개조하는 것이다. 그러하되, 그 작동의 방식과 방향은 같지 않다. 야로에서 나는 한없는 무기, 한없는 악기, 한없는 연장을 느꼈다. 대가야의 고토에서 인간의 조건들은 서로 뒤섞이고 있었는데, 모든 것은 대장장이로부터 시작되고 있었다.

임플란트가 흔들려서 치과에 갔더니 의자 앞에 금속제 연장들이 놓여 있었다. 치과의사의 연장들은 귀금속처럼 반짝였다. 의사의 손아귀에서 그 연장들은 미세하게 작동하면서 내 이빨과 잇몸을 쑤시고 갈고 뭉개고 뚫고 조이고 닦았다. 연장이 어여뻐서 한 개 집어오고 싶었다. 나는 의사에게 한 시간 동안 입을 벌려주면서, 석장리 구석기 마을의 주먹도끼, 찌르개, 긁개를 생각했다. 의사는 자꾸만 입을 더 크게 벌리라고 나를 다그쳤다. 내 눈에는 치과의사가 구석기 사람처럼 보였다.

눈을 치우다가, 나는 삽질을 멈추고 수십만 년 전 금강 상류 석장리 마을에 내리는 눈을 생각했다. 눈이 산야를 덮어서 짐승들은 모두 숨어버리고, 강물이 얼어서 물고기도 잡을 수 없는 날, 식구들은 움막집 안 화덕 둘레에 모여 있고, 사내들은 먹고살 일을 걱정하며 쏟아지는 눈만을 바라보고 있을 터인데, 그 움막 안에는 여러 가지 연장들이 있었으므로 그들은 그 겨울 너머의 미래를 기약할 수 있었다. 그들은 연장을 가짐으로써 인간의 꿈을 인간의 근육으로 실현할 수 있었다. 무기와 악기가 그 연장의 뒤를 따라가고 있다.

석장리 구석기 마을의 청춘남녀들도 눈이 오면 좋아했을까. 인간이 눈을 정서화하는 발단과 과정에 대해서 고고학자들은 아무런 학설도 내놓지 않고 있지만, 나는 석장리 구석기 마을의 청춘남녀들도 눈이 오면 사람의 온도를 그리워했으리라고 믿는다. 믿는다기보다는 그랬기를 바란다. 그래야 사람의 마을이 성립된다.

삽으로 눈을 치우면서 나는 내가 석장리 사람들의 까마득한 맨 끝자리에 겨우 붙어 있다는 걸 느끼는데, 일을 하다 말고 이처럼 딴생각하는 짓을 '해찰한다'고 말한다.

대통령, 육군 중사, 육군 병장

　나의 고등학교 동창생 K군이 지난 11월 중순에 세상을 떠났다. K군은 나와 동갑이니까, 70년을 살고 갔다.

　내 나이 또래 동창생들은 1960년대 말부터 1970년대 초에 이르는 시기에 징집되었다. 우리들은 충남 논산에 있는 육군 제2훈련소에서 신병교육을 마치고 11후반부에서 12초반부에 이르는 8자리 숫자(천만 단위)의 군번에 이등병 계급장을 달고 여러 사단 연대 대대 중대 소대로 흩어져갔다.

　K군은 현역병 시절에 월남전에 파병되었다가 전장에서 고엽제에 중독되었다. 치누크 헬기가 밀림 위를 낮게 날면

서 고엽제를 뿌렸는데, 노르스름한 안개가 낀 것 같았고 이틀 후면 밀림의 나무들이 말라비틀어졌고 개울물에서 매운맛이 났다고 한다. K군은 귀국 후 발병해서 병원 드나들기를 거듭했다. 그의 전 생애는 병고에 짓눌려 있었다. 그는 중앙보훈병원에서 숨을 거두었고, 그의 유골은 '육군 병장'의 계급장을 달고 국립서울현충원에 봉안되었다. 봉안식 자리에 친구들 몇 명이 왔는데, 다들 얼굴만 쳐다보면서 아무 말 없이 국밥 한 그릇씩 사먹고 헤어졌다. 오랜만에 만난 친구들이 너무 늙어 있어서 나는 깜짝 놀랐는데, 그 친구들도 나의 늙은 몰골을 보고 놀랐을 터이다.

또다른 동창생 H군은 1960년대 후반에 현역병으로 월남전에 파병되어서 안케전투에서 전사했다. 그는 트럭을 타고 작전지역으로 들어가다가 기습을 받고 벌어진 전투에서 전사했다고, 살아서 돌아온 그의 전우들이 전했다. H군은 26살에 죽었다. H군은 하사였는데, 전사한 후 중사로 특진했다. H군의 유골은 '육군 중사'의 계급으로 40년이 넘게 서울현충원에 묻혀 있다. 작은 돌비석 뒷면에 '월남에서 전사'라고 여섯 글자가 새겨져 있다. 고교 시절에 H군은 나무와 꽃을 좋아해서 방과후에는 늘 학교 온실을 보살폈다. H군은 젊어서 죽었으므로 늘 젊은 시절의 얼굴로 내 기억에 남아 있지만, 그가 살았으면 70살이다.

H군의 비석 주변으로 6·25전쟁, 베트남전쟁에서 죽은 한국 청년들의 돌비석이 들판을 가득 채우고 있다. 6·25 전사자들 중에서 시신을 찾지 못한 10만 4천여 전사자들의 위패와, 시신은 찾았으나 신원을 알 수 없는 7천여 구는 별도로 모시고 있다고 현충원 당국은 밝히고 있다.

늦가을의 서울 현충원은 찾아오는 사람이 드물어서 적막했고, 하얀 돌비석들 위에 햇빛이 반짝였다. 가을빛이 맑아서 묘역은 더 넓게 보였고, 비석의 바다는 끝이 없었다. 죽음에 죽음을 잇대어가면서 비석들은 들판을 건너갔고, 그 앞쪽을 흐르는 한강 너머로 대도시의 빌딩숲이 전개되고 있었다. 한 시대의 비극의 규모를 사망자의 숫자로 계량화할 수는 없겠지만, 이 헤아릴 수 없이 많은 비석들 앞에서, 거기에 말을 걸려는 인간의 입은 무참하다.

신혼의 신부가 남편 없는 한세상을 홀로 늙고, 그리고 죽어서, 젊어서 죽은 육군 중사 남편과 합장된 비석도 있다. 묘역은 지대가 야트막하고 앞이 터져 있어서, 눈의 위치를 낮추면 비석들과 강 건너 용산구 쪽 빌딩숲이 한눈에 들어오고 비석들은 대도시의 한복판에 포개진다. 묘역의 둘레길에서 단풍나무 은행나무 이팝나무가 나뭇잎을 떨구고, 잘 가꾸어진 숲속에서 젊은 부부가 데리고 온 아이들이 뛰논다. 평화는 무수한 죽음들 옆에 있었다.

내 친구 H군의 유골이 현충원에 묻혀 있는 40여 년 동안, 육영수 영부인, 박정희 대통령, 김대중 대통령, 김영삼 대통령이 세상을 떠나서 이 터에 안장되었고, 이승만 초대 대통령은 이보다 훨씬 전에 들어와 있었다.

육영수 영부인은 1974년 8월 15일 광복절 기념식전에서 문세광이 쏜 총탄에 머리를 맞고 숨졌다. 부군보다 육영수 영부인이 먼저 현충원에 들어왔다. 박정희 대통령은 1979년 10월 26일 김재규가 쏜 총탄에 가슴을 맞고 숨졌다. 박정희 대통령은 영부인의 옆자리에 묻혔다. 박정희 대통령과 영부인의 묘역은 야트막한 경사지의 정상에 해당하는 공작봉이다. 공작봉을 중심으로 부드러운 능선이 양팔을 벌리듯이 동서로 펼쳐지고 그 앞으로 열린 들판에 비석과 봉분들이 가득 들어차서, 현충원 전체가 이 양팔에 안겨 있는 형국이다.

　박정희 대통령의 비석에는 노산 이은상이 쓴 헌시가 새
겨져 있는데, 핵심적 내용은
　　— 찌든 가난 몰아내고
　　— 굳센 의지 끈질긴 실천
이었다. 표현이 소박하기는 하지만 세습된 빈곤에서 벗어
나려는 그분의 집념과 비타협적인 성품을 드러내고 있다.
　육영수 영부인에게 바치는 비석의 헌시는 모윤숙이
썼다.

　　길 잃은 늙은이들과 상처 입은 군인들
　　놀이터가 없는 어린이를 껴안아
　　(…)
　　부덕과 모성의 거울이 되시었거니

라는 시구가 돌에 새겨져 있다. 이 헌시는 육영수 영부인
의 이미지를 '박꽃' 또는 '하얀 몸매'로 표현하면서 '껴안
고 어루만지는' 여성의 자애로움을 강조하고 있다. 총 맞

아 숨진 육영수 영부인의 묘비 뒷면에는 비를 건립한 후
손을

> 아들   박지만
> 딸   근혜
>   근영

이라고 새겨놓았다. 국립현충원의 중심부에 해당하는 자
리에 세워진 이 비석 건립자들의 이름을 들여다보는 일은
기가 막히다. 왜 기가 막힌지는 다들 알 터이다.

　이보다 앞서 안장된 이승만 초대 대통령의 비석에는 조
지워싱턴대, 하버드대에서 학부 대학원을 마치고 프린스
턴대학에서 철학박사 학위를 받은 그의 빛나는 학력이 새
겨져 있고 소설가 박종화가 헌사를 바쳤는데,

> 배달민족의 독립을 되찾아
> 우리를 나라 있는 백성 되게 하시고
> 안녕과 번영의 터전을 마련해주신
> 거룩한 나라사랑 불멸의 한국인

대통령, 육군 중사, 육군 병장 　　　　　　　　　　323

이라고 새겨져 있다. 이 왕조적인 문장은 개국開國의 천명天命에 바쳐지는 건원建元의 헌사와도 같다.

영부인 프란체스카 여사도 합장되었는데 봉분은 하나다. 묘비에는 '대한민국 초대 대통령 우남 이승만 박사 내외분의 묘'라고 새겨져 있고 프란체스카 여사의 이름은 따로 새기지 않았다.

김대중 대통령의 비석에는
─인생은 생각할수록 아름답고 역사는 앞으로 발전한다.
는 그분의 어록과 '당신은 우리입니다'라는 제목의 헌시가 새겨져 있다.

당신은 민주주의입니다
(…)
아 당신은
우리들의 자유입니다
(…)
마구 달려오는

하나의 산천입니다

(…)

아 당신은 우리의 내일입니다

　김대중 대통령의 비석은, 고난과 시련 속에서도 낙관적 전망을 잃지 않은 그분의 성품과 민주주의에 대한 신념을 드러내고 있다. 이 헌시를 지은 시인은 '고은'이라고 돌에 새겨져 있다.

　김영삼 대통령의 비석에는

　─아무리 새벽을 알리는 닭의 목을 비틀지라도 민주주의의 새벽은 오고 있습니다.

라는 그분의 어록이 새겨져 있다. 이 구절은 1979년 5월 30일, 그분이 신민당 총재직을 수락하면서 행한 연설의 일부인데, 박정희 대통령이 서거하기 5개월 전이었다. 비석에는 금융실명제, 군에 대한 문민통제의 확립, 공직자 재산공개 등이 고인의 중요업적으로 기록되어 있었다. 이 비석에서는 현실의 장애물들을 가차없이, 단숨에 쳐부수는 그분의 격파력이 느껴진다.

나는 이승만 대통령 때부터 지금까지 살아오고 있다. 내 시대의 대통령들은 서로 불화했고 적대했고, 목숨을 노렸고, 목숨을 걸고 저항했고, 감옥에 보내고 감옥에 갇혔다. 대통령 잔혹사는 한국 현대정치사에서 비극의 핵심부를 이루는데, 그럼에도 불구하고 서울현충원에 모여 있는 역대 대통령들의 비석에 적힌 글은 시대의 추동력이 좌충우돌, 퇴행과 반동을 반복하면서도 꾸준히 전진해왔다는 사실을 보여준다. 그 점에서 "역사는 앞으로 발전한다"는 김대중 대통령 비석의 어록은 현충원에 모인 불편한 대통령들의 비석들을 총정리하고 있다. 다시, 그럼에도 불구하고, 그 적대관계는 후대에 계승되고 심화되어서, 오래전에 세상을 떠난 대통령들 중에서 어느 대통령의 묘에 참배하는가, 어느 대통령의 묘를 참배에서 제외하는가의 문제로 참배자의 이념적 좌표가 설정되는 곳이 국립서울현충원이다. 서울현충원의 대통령 비석들은 일련의 발전적 흐름을 보이면서도, 분단되어 있었다. 그 불편한 대통령들의 묘역 아래로 수많은 전사자, 순직자, 유공자의 작은 비석들이 들판을 메우고 있고, 내 친구 육군 중사의 비석과 육군 병장의 유골도 그 속에 있다.

현충원에서 돌아온 뒤 며칠 후에 남북한의 군사합의에
따라 DMZ 안의 북한 쪽 GP를 폭파방식으로 철거하는
화면이 TV에 방영되었다. 산꼭대기가 화산이 폭발하듯이
터졌다. 폭약의 위력이 하늘로 치솟고 산맥을 압도했다.
GP는 가루가 되어서 흩어졌다. 70년 적대의 전초기지를
철거하는 일이 이처럼 쉬웠구나 싶어서 허망한 느낌도 들
었다.

　폭파된 GP와 가까운 강원도 철원군 화살머리고지*에서
부터 폭 12미터 도로를 북한 지역과 연결하고 이 도로를
이용해서 2019년 4월부터 남북이 공동으로 6·25 전사자
유해를 발굴할 계획이라고 TV는 전했다. 아직 시신을 찾
지 못해서 위패로만 서울현충원에 봉안되어 있는 10만
4천여 국군의 유해 일부도 이 고지에서 발굴될 수 있다.
그리고 이들과 싸우다 전사한 인민군들의 유해도 발굴될
것이다. 양쪽의 유해들은 또 각자의 국립묘지로 가서 비석
으로 들어서게 되는 것인가. 국립서울현충원에서 서로 불
편한 대통령들의 묘역 아래로 또 새로운 비석이 들어서게

---

* 이 고지에서 1953년 전사한 이등중사 박재권의 유해와 구멍 뚫린 수통이
　발견되었다. (「이등중사 박재권의 구멍 뚫린 수통」 279쪽 참조)

되는 것인가.

중요한 질문은 다음과 같다.

이 죽음들을 다음 세대들에게 어떻게 설명하고 이해시
켜야 하는가.

이 많은 죽음들에서 원한과 증오를 제거할 수 있는가.

연필은 짧아지고
가루는 쌓인다

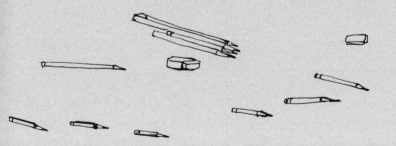

말의 더러움

국회에서 여야 간에 싸움이 벌어질 때마다 '물타기'로 쟁점을 뭉개버리면 여당도 야당도 손해 보지 않는다. 물타기는 쌍방이 죽기 살기로 물어뜯다가, 슬그머니 함께 물러서는 방식으로 전개된다. 나의 물과 너의 물을 섞음으로써 오염도가 평균화된 물을 공유한다. 너의 오염이 나의 오염을 희석시키는 생수가 되고, 나의 과오는 너의 과오를 덮어주는 이불이 된다. 물타기는 문제를 규명해서 해결하지 않고, 쟁점을 일단 물 대 물의 대결로 바꾸어놓고 물과 물을 섞음으로써 대결구도를 지워버린다. 문제는 여전히 현실 속에 남아 있지만, 물타기는 사람들이 문제를 인식하는 능력까지도 뭉갠다.

물타기는 오염된 이 물과 저 물을 섞어서 더 큰 오염수를 만드는데, 이 오염수의 바다에서는 현실의 판단준거가 몽롱해져서 사람들은 있는 것과 없는 것, 청정과 오염을 구분할 수 없게 되고, 오염은 생활화된다.

'물타기'는 대한민국 국회의 연금술이다. 경제 사회 문제나 예산, 입법에 관한 문제보다도 정치행위의 과오를 따질 때, 당파의 이익이 걸려 있을 때, 고위공직자의 개인비리가 돌출할 때 물타기가 더욱 맹렬한 기세로 전개되는 까닭은 물타기의 이 연금술적 위력 때문이다. 지금 물타기는 법리나 논리, 다수결의 원칙 혹은 국회선진화법보다도 월등한 충돌 억지능력과 분쟁 조정능력을 발휘한다. 물타기로 싸움의 포인트를 흐려놓으면 그 상대 쪽도 결국은 물을 탈 수밖에 없어서, 물타기는 일단 죽기 살기의 외양으로 시작되지만 결국은 함께 사는 결과로 끝난다. 물타기는 교전 쌍방 모두의 생존술이며 오염수 속에서의 평화공존이다. 이 연금술은 오래된 경험의 축적과 싸우는 듯하다가 섞어버리는 세련된 정치기술이 있어야 하고 오염된 물의 수량水量이 풍부해야만 시술을 할 수 있는데, 대한민국 국회가 아니면 아무도 할 수 없다.

물타기는 사실의 힘이나 법리가 아니라 말들에 의해 수행된다.

'너의 물은 냄새난다'라고 서로 고함을 질러서 몰아붙이면 죄 있는 자들끼리 돌로 치는 것 같은 형국이 되지만, 아무도 돌에 맞지는 않는다. 죄가 있거나 없거나 돌에 맞을 수 있고, 죄가 있거나 없거나 돌을 던질 수 있고, 죄도 돌도 어디로 튈는지 알 수 없으므로 다들 돌을 던지는 시늉만 하고 던지지 않는다. 말들은 허공에서 부딪쳐서 먼지로 부스러지고 시늉으로 시늉을, 물타기로 물타기를, 거짓으로 거짓을 막아내면 물은 잘 섞어진 것이고 아무도 다치지 않는다.

물이 다 섞이고 나면, 세상의 오염수는 더 늘어나 있고, 세상의 어두움과 인간의 몽매는 더욱 깊어진다.

물타기판이 벌어지면 신문 방송은 당파성의 나팔로 악악거리고, 대중은 수군거리고, SNS는 와글거린다. 세상의 말들은 알아들을 수 없는 소리로 웅성거린다. 이 모든 뒤죽박죽은 '정치'의 이름으로 벌어지는 것인데, 물타기하는 쪽은 상대편의 물타기를 '정치공세'라고 부른다.

말의 더러움

정치하는 사람들은 '정치'라는 단어를 가장 추악하고 비열한 뜻으로 사용하고 있다. '정치공세하지 말라'는 말은 그야말로 정치적이다. 정치하는 사람들이 '정치'라는 단어를 사용하는 용례를 살펴보면 그들 스스로가 이 단어가 얼마나 더러운지를 체험적으로 알고 있음이 틀림없다.

'정치공세'를 할 때는 흔히 '국민'의 이름을 부르면서 국민의 뜻, 국민의 저항, 국민의 분노, 국민의 소망이 이 공세의 편이라고 하고, 그 상대편도 똑같은 고함을 지른다. 이때 '국민'이 누구를 가리키는 것인지는 아무도 모른다.

'국민'이라는 이 거대한 군집은 살아 있는 실존이 아니고, 일종의 추상명사이다. '국민'은 아무도 아니다. 이 허깨비가 상여 행렬의 요령잡이처럼 정치공세의 맨 앞에 끌려와서 '국민, 국민' 하면서 요령을 흔든다.

결국 물타기는 말의 전쟁인데, 부딪치던 말들끼리 한데 들러붙어서, 말은 현실의 문제들을 깔아뭉갠다. 말은 소통의 도구가 아니라 스스로 권력의 자리에 오른다. 오염수의 총량은 늘어나고 오염도는 높아진다.

오늘의 구정물이 내일의 구정물에 합류되고, 이 구정물의 강가에 말들의 쓰레기는 산처럼 쌓여서 썩어가고 있다.

이 쓰레깃더미를 조금만 헤집어보겠다.•

저詆   남을 근거 없이 헐뜯는 말.

저이詆異   나와 생각이나 입장이 다른 사람을 헐뜯고
             욕함.

술訹   <u>으르</u>고 협박하고 겁주고 유혹하는 말.

술수訹囚   법관이 죄인을 심문할 때 겁주면서 유혹하고
             구슬리는 것.

영佞   권력자의 비위를 맞추는 말.

영신佞臣   최고 권력자에게 알랑거리는 신하.

영애佞哀   권력자에게 아첨하기 위해 거짓 슬퍼함.

영열佞悅   권력자에게 아첨하기 위해 거짓 기뻐함.

영록佞祿   권력자에게 아첨하여 벼슬을 얻고 녹봉을
             받음.

무誣   사실이 아닌 일을 꾸며서 남을 해치는 말. 가
             짜뉴스.

무살誣殺   거짓을 날조하여 사람을 죽임.

• 다음의 한자들은 『한한대사전漢韓大辭典』(단국대학교 동양학연구소), 『한한
　대자전漢韓大字典』(민중서림)과 그 밖의 사전들에서 모았다.

무송誣訟 거짓을 날조하여 남을 재판에 세움.

첨諂 상급자에게 빌붙는 말.

첨골諂骨 아첨이 골수에 사무친 자.

첨암諂闇 어리석은 자에게 아첨을 떨어서 이득을 취함.

첨독諂瀆 윗사람에게 아첨하고 아랫사람을 업신여김.

화譁 쓸데없는 소리를 쏟아냄.

화비譁沸 쓸데없는 헛소리가 물 끓듯이 들끓음.

화세譁世 쓸데없는 소리로 세상을 들쑤셔 시끄럽게 함.

광誑 미친 말을 마구 지껄임.

광세誑世 헛된 말로 세상을 크게 속임.

광천誑天 헛된 말로 임금을 속임.

과誇 허풍을 떨고 튀겨서 말함.

과공誇功 자신의 공로를 크게 떠벌림.

과식誇飾 지나치게 꾸며서 오히려 추악함.

산訕 남의 잘못을 들추면서 비방함.

산소訕笑 남을 흉보면서 낄낄 웃음.

산상訕上 윗사람이 없는 자리에서 윗사람을 욕함.

예詍 하지 않아도 좋은 말을 지껄임. 수다스러움.

조誂 품격이 없고 경박한 말을 지껄임.

남讇 남이 없는 자리에서 남을 욕함.

유諛 칭찬의 말을 지나치게 함.

유묘諛墓 죽은 자의 미덕을 지나치게 과장한 글이나
비석.

섬譫 병들어 혼미한 자가 중얼거리는 소리. 보지
못한 것을 본 것처럼 말하고, 말의 선악을 구
분하지 못함.

이訑 으쓱거리고 거들먹거리면서 잘난 체하는 말.

비諀 칭찬이건 비난이건 남의 말 하기를 좋아함.

사詐 거짓말로 속이고 위장하는 말.

사사詐詐 속임수를 써서 속임수를 속임.

사재詐財 부정한 수단으로 긁어모은 재산.

들이대자면 끝이 없고, 더러워서 이만하겠다.

'言'자는 고대 중국의 갑골문자에 보이는데, 그후의 역
사 속에서 '言'은 수많은 글자를 파생시키면서 글자마다
이처럼 무거운 죄업을 뒤집어쓰고 오늘에 이르렀으니, 말
의 더러움, 말의 비열함, 말의 사특함은 인간의 역사와 함
께 번창했다.

전자 시대, 스마트 시대의 '言'의 타락은 화譁, 광誑, 무誣의 기능을 극대화시킨다. 추종자가 많고 왁왁대는 소리가 크면 가짜뉴스는 사실을 이긴다. 가짜뉴스를 향해 '너는 가짜뉴스다'라고 외치면 둘 다 가짜뉴스가 되는 판이다. 국회뿐 아니라 뉴스와 정보도 서로 물타기를 한다. 말을 섞어서 휘저어놓으면 웅성거림만 남아서 누항은 언제나 수군거린다.

인류문화의 가장 아름답고 신뢰할 만한 부분은 말에 의해 이루어졌다. 그리고 말은 인간이 저지른 대부분의 죄악에 개입했거나, 그 죄악 자체. 이제, 말은 소통에 기여하기보다는 인간 사이의 단절을 완성시키고 있다. 말은 말 자신을 반성하지 않는다.

나는 세상을 개탄할 만한 식견도 기력도 없다. 다만 '물타기' 뉴스를 보다가 약이 올라서 몇 자 적었다. 말로 말을 반성하는 말을 듣고 싶다. 말이 병들면 민주주의는 불가능하다. 듣는 자가 있어야 말이 성립되는데, 악악대고 와글거릴 뿐 듣는 자는 없다. 귀가 뚫렸다고 해서 다 들리는 것은 아니겠지만, 국회여, 부디 히어링hearing에 힘쓰라.

내가 사는 동네에 소아과 병원이 생겨서 젊은 엄마가 어린아이를 데리고 병원에 가고 약국에 가는 모습을 자주 본다.[•] 아픈 아이는 가엾지만, 아이와 마주치는 것은 이 누추한 거리의 행복이다.

약국에서 약 나오기를 기다리는 아이들이 하품할 때 입 안을 들여다보았더니, 분홍빛 잇몸에서 새싹 같은 젖니가 돋아나오고 있었다. 젖니는 하얀 별처럼 보였다. 젊은 엄마는 아이의 입술을 벌리고 젖니를 들여다보면서 웃는다. 젊은 엄마의 웃음은 맑았다. 아이는 무슨 말을 하려는지 작고 붉은 입을 오물거리며 옹알옹알했다. 아이는 매우 요긴한 말을 하고 있는 것 같았다. 아이의 입속에서 말은 젖니처럼 돋아나고 있었다. 나는 좋아서 웃었다. 젊은 엄마는 내가 왜 웃는지를 모른다. 나는 기뻤지만, 이 악악대고 웅성거리는 거리에서 나의 기쁨은 무력했다.

• 「늙기와 죽기」 74쪽 참조.

별아 내 가슴에*

나는 오래전에 대가야의 악사 우륵과 가야금에 대한 글을 써보려고 옛 기록을 찾아보았는데, 『삼국사기』 진흥왕眞興王조와 악지樂志에 나오는 몇 줄이 전부였고, 우륵의 선율이나 주법에 대해서는 한마디도 없었다.

대가야가 신라 화랑 사다함의 군대에게 짓밟혀서 멸망하자 대가야 악사 우륵은 금琴을 안고 적국인 신라에 귀순했다. 우륵은 신라 진흥왕 앞에 불려가 금을 연주해서 크게 칭찬을 받았는데,** 그때 진흥왕은 하림성河臨城에 순행

---

* 소설가 박계주(1913~1966)의 장편소설 제목이다.
** 551년, 진흥왕 12년.

해 있었다.* 그 무렵 이사부가 지휘하는 신라 군대는 대가
야를 무너뜨린 여세를 몰아서 고구려, 백제의 여러 성을
빼앗았다. 신라 군대는 관산성전투**에서 백제 성왕을 죽
이고 백제 군사 3만을 목베어서 말 한 마리도 살려 보내지
않았다. 성왕을 죽인 다음해 10월에 진흥왕은 한강 유역
까지 군사를 몰아가서 북한산 진관사 뒤 비봉에 올라가 신
라의 강역을 획정하는 순수비를 세웠으니, 22살 젊은 왕
의 위용은 해동에 빛났다. 우륵이 하림성에서 이 젊은 왕
을 위해 연주를 베푼 것은 이즈음이었다.***

　가야금의 거장 황병기(1936~2018) 선생은 우륵의 하림
성 공연을 상상으로 헤아려가면서 무반주 대금 독주곡 〈하
림성〉을 작곡했다고 한다. 나는 홍종진의 연주로 이 곡을
듣는다.**** 홍종진의 대금 선율은 아득히 먼 것들을 가까

---

* 　하림성은 지금의 청주로 비정된다. 우륵은 신라로 귀순한 뒤 청주, 충주에서
　머물렀던 것으로 보인다.
** 　554년, 진흥왕 15년. 관산성은 충북 옥천이다.
*** 　『삼국사기』에 따랐다.
**** 대금 독주곡 〈하림성〉은 1982년 10월 14일 홍종진이 초연했다. 황병기 가
　야금 작품집 제4집 〈춘설〉에 실려 있다.

이 불러들이고, 가까운 것들을 아득히 멀리 밀어낸다. 나는 황병기 선생이 대금곡 〈하림성〉으로 우륵의 선율을 따라간 것이라고 생각했다.

나는 황병기 선생께 전화를 드려서 내 사정을 말하고 자료를 소개해달라고 부탁드렸다. 황선생은

─자료라. 자료가 아주 없지는 않고, 있기는 있는데……

라면서 말끝을 흐렸다. 내가 거듭 조르니까, 황선생은 말했다. 그 말씀을 지금 그대로 옮기기는 기억이 멀지만, 요약하자면, 자료는 '별'이라는 것이었다. 밤하늘의 별은 우륵이 보았던 바로 그 별이고 또 지금의 별이니까 별은 가장 확실한 자료다…… 나는 별을 보고 했다…… 이런 말씀이었다.

나는 전율했다. 이것이 예술가로구나! 글자로 된 자료, 남이 만들어놓은 서물書物을 찾아다닌다는 것은 게으른 자, 눈먼 자, 눈을 떠도 안 보이는 자의 허송세월이었다.

나는 별의 은총을 빌기로 했다. 서울은 밤마다 불야성이고 먼지가 하늘을 덮어서 별을 볼 수 없으므로 나는 우륵

의 고향, 대가야의 고토인 경북 고령의 별을 보러 갔다.

겨울이었다. 하늘이 찢어질 듯이 팽팽했다. 눈이 내려서 대가야박물관 뒤쪽 지산동 능선의 옛 무덤들이 하얬고, 낮이 저물고 저녁이 되니 눈에 어둠이 스며서 무덤들은 파랬다.

밤하늘에 별들이 돋아나서, 끝이 없었다. 별들은 어둠의 먼 저쪽에서 천천히 다가왔다. 별들은 돋아났다기보다는 배어나왔다. 별이 보이지 않던 어둠의 자리를 계속 들여다보고 있으면 어둠의 저쪽에서 희미한 빛의 그림자 또는 가루 같은 것이 어른거리다가 점점 다가오면서 뚜렷해졌다. 별들은 다가오고 다가온다.

붉은 별, 푸른 별, 노란 별, 크고 흐린 별, 작고 밝은 별, 따스한 별, 찬 별, 서늘한 별, 날카로운 별, 부드러운 별, 찌르는 별, 부르는 별, 먼 별, 가까운 별, 무리 지은 별, 홀로 지내는 별…… 들이 밤하늘에 깔렸다.

귀기울이면, 사람에게는 들리지 않는 음악소리가 별들 사이를 흐르는 것 같았는데, 사람이 모든 소리를 들을 수 있는 것은 아니다.

별들의 빛은 수만 광년 동안 우주공간을 건너와서 내 눈

앞에 보이는 것이라고 하는데, 이 모든 별빛들이 내 가슴에 박혀서 나의 생명은 기쁘고 벅찼다. 내가 한줌의 글자를 움켜쥐고 살다가 한줌의 흙으로 돌아갈 중생이라 하더라도 별들과 동일한 빛, 동일한 시간으로 닿아 있으므로 나는 중생이라도 미물이라도 좋았다. 오늘 별을 떠나는 빛들은 다시 수만 광년을 건너가서 수만 년 뒤의 중생의 가슴에 박힐 것이다.

홍종진의 〈하림성〉 대금 선율이 대가야의 옛 무덤에서 새어나와 별들 쪽으로 흘러가는 환청을 나는 느꼈다. 그 환청 속에서 별들은 대금 구멍에서 쏟아져나와서 하늘로 올라갔고, 별과 별 사이를 너울거렸고, 다시 대금 구멍 속으로 돌아왔다. 대금소리의 물적 바탕은 인간의 몸으로 밀어내는 숨결인데, 인간의 숨이 별들을 빚어내고 인간의 숨이 선율로 바뀌어 별들 사이를 흘러가니, 그 대나무의 빈 통과 구멍 여섯 개 속에 대체 무엇이 들어 있는 것인가. 내가 환청에 귀기울이는 동안 밤은 깊어갔고, 별과 별 사이의 어둠에서 더 많은 별들이 나타났다.

저것이 별이로구나, 저것이 황병기 선생이 말씀하신 그 '자료'로구나. 그러나 이 많은 자료를 어찌할꼬.

아마도 황병기 선생은 '영감'을 말씀하신 것 같은데, 나는 사람들이 '영감'이라고 말할 때 무엇을 가리키는 것인지를 알지 못한다. 내가 겨우 쓰는 글은 오직 굼벵이 같은 노동의 소산이다. 황선생께 음악의 영감을 드렸을 그 별들은 나에게는 어찌할 바를 모르는 설렘을 주었을 뿐, 써먹을 수 있는 단어 하나도 주지 않았다. 영감은 영감을 받을 수 있는 자에게만 오는 모양이다. 나는 가슴에 박힌 별빛을 지니고 서울로 돌아왔다. '자료'는 너무 멀리 있거나 너무 가까이 있었다. 만질 수 없었다. 서울에서는 별이 보이지 않았다.

이 글을 쓰고 있는데, 문화재청이 경남 함안군 가야읍 아라가야의 옛 무덤에서 125개의 별을 새긴 덮개돌을 찾아냈다는 기사가 나왔다.•

이 덮개돌은 길이가 2미터, 너비가 80센티미터, 두께가 25센티미터로, 별의 크기에 따라 구멍의 크기와 깊이가 달랐고, 전갈자리, 남두육성南斗六星 같은 별자리를 새겨넣

• 조선일보 2018년 12월 19일.

었다. 사진을 보니, 별자리를 구성하는 별들의 위치가 정확했고, 큰 별 작은 별이 고루 배치되어 아라가야의 밤하늘이 돌 위에 내려와 있었다. 별들이 빛나는 밤하늘 아래 아라가야 왕은 누워 있다.

무덤의 천장에 별자리를 새긴 것은 진시황이 처음이었다. 진시황의 무덤은 "위로는 천문, 아래로는 지리를 갖추었다"고 사마천은 『사기』에 써놓았다. 진시황의 시신이 놓인 자리는 아직도 찾지 못해, 이 천문, 지리의 내용을 알 수는 없지만, 진시황은 우주공간을 무덤 속에 재현해놓고 그 가운데에 누워 있다. 중국 대륙의 황제 진시황이나 한반도 남쪽의 부족국가 아라가야의 왕이나 죽어서 별에 의지한 까닭은 영원성에 대한 집념 때문일 터이다. 왕들은 죽어서 죽음이 없는 곳으로 가고자 했다.

고구려 옛 무덤 속의 밤하늘은 수많은 별자리들로 반짝인다.[*] 별들은 어느 나라에서 바라보나 다 똑같았을 터인데, 고구려 무덤 속의 천문이 더욱 본격적이고 과학적인 까닭은 고구려가 광활한 영토를 통치하던 대국이었기 때

* 고구려의 별자리에 관해서는 김일권의 『고구려 별자리와 신화』(사계절, 2008)가 좋은 책이다.

문일 것이다. 고구려 무덤 속의 천문도는 별자리뿐 아니라 별들을 잇는 연결선까지 그려놓았다. 고구려 무덤의 천문도는 북두칠성北斗七星을 북두칠청北斗七靑이라고, 푸를 청靑 자로 표기했는데, 고구려 사람들이 별들의 색깔을 구분했음을 알 수 있다.[*] 북두칠청은 일곱 개의 푸른 별이다.

이번에 아라가야 별자리에서 발견된 남두육성은 고구려 무덤들 속 밤하늘에도 흔히 나타난다. 남두육성은 여름철 남쪽 하늘에 나타나는 국자斗 모양의 별자리인데, 북두칠성과 함께 남북으로 대칭을 이루는 하늘의 축이다. 아라가야 사람들과 고구려 사람들이 같은 별을 보고 같은 그림을 그렸으니, 인간의 꿈은 서로 다르지 않다.

전갈, 사자, 큰곰, 염소, 개, 독수리……처럼 별자리에 붙여진 이름들은 밤하늘에 그림을 그리려는 인간의 오랜 꿈의 흔적이다. 고구려 옛 무덤의 하늘은 별들로 가득하고 견우는 소를 끌고 떠나가는데, 눈물로 배웅하는 직녀의 발은 은하수 강물에 젖어 있고 강아지가 직녀를 따라왔다.

• 『고구려 별자리와 신화』, 128쪽.

은하수에서 견우를 보내는 직녀. 개가 따라왔다. (덕흥리 고분 벽화)

인간은 우주의 별이 몇 개인지 알 수 없다. 아마도 그것은 개個의 개념을 넘어서는 것이리라. 인간은 몇 개인지 알 수 없는 그 많은 별들의 질감과 날씨를 알지 못한다. 모르는 것들이 하늘에 가득 박혀 있는 사태가 나는 신난다.

보이저 2호는 1977년 8월 20일 지구를 떠났다. 보이저 2호는 40여 년 동안 우주공간을 날아가면서 태양계의 여러 별들을 기웃거리면서 정보를 수집했다. 보이저 2호는 작은 핵발전장치를 싣고 다녀서 플루토늄 배터리가 다할 때까지는 연료 걱정이 없다고 한다. 보이저 2호는 2018년 12월 명왕성 너머로 날아가 태양권 계면을 벗어나 인터스텔라(성간우주)의 떠돌이가 되었다. 보이저 2호가 수십 년 동안 날아간 거리가 우주공간에서는 한 뼘도 못 된다.

별을 향해 탐사선을 보내는 인간의 꿈과 별들을 엮어서 그림을 그리는 인간의 꿈과 별들 사이를 흐르는 음악을 끌어당기는 인간의 꿈은 다르지 않다.

이제 서울의 밤하늘에서 별들은 보이지 않는다. 아마, 별들은 인간의 시야로 돌아오지 않을 것이다. 별을 보지 못하고 자라는 아이들은 불행하다. 아이들은 자신의 불행을 모른 채, 핸드폰을 들여다보며 자란다. 아이들아, 먼지의 장막 뒤에서 별들은 빛나고 있다. 아이들아, 별들은 보이지 않을 뿐 사라지지 않는다.

꽃과 노을

밤에 등을 끄고 누워 있으면, 벽에 걸린 그림 속의 색깔
들과 마당에 핀 도라지꽃의 흰색, 보라색이 어둠 속에 그
대로 남아 있는 것인지를 나는 걱정한다. 어렸을 적에 하
던 걱정을 늙어서도 한다. 어둠 속에서 촛불을 켜면, 그림
속의 색들은 촛불의 빛에 흐려져서 느리게 다가온다. 색은
빛이 사라지면 사라지고 빛이 닿으면 나타나는 것이 아닌
가 싶다. 색은 주민등록지가 없다.

이 세상의 모든 꽃들이 저마다의 색과 모양으로 피어나
는 비밀에 대하여 인간은 아무것도 모른다. 식물은 제 몸
속을 흐르는 수액에 적합한 재료들을 섞어서 꽃의 색과 향

기를 만들어낸다고, J. H. 파브르(1823~1915)●는『파브르 식물기』●● 마지막 페이지에 써놓았는데, 답답한 문장이다.

파브르는 뛰어난 생물학자였고, 스토리텔러였다. 그는 수많은 벌레와 풀들의 생애에 이야기를 부여했고 벌레가 하는 이야기를 사람에게 전했다.

파브르는 그의 마지막 페이지에서 색과 향기를 빚어내는 꽃의 비밀에 대해서 더 많은 이야기를 해주겠다고 독자들에게 약속했지만, 이 약속을 지키지 못하고 세상을 떠났다. 나는 그가 약속을 지켰다 하더라도, 그 비밀의 핵심부에 닿을 수는 없었으리라고 생각한다. '식물이 수액에 다른 재료를 섞어서 꽃의 색과 향기를 만들어낸다'고 할 때 인간의 개념적 언어가 수액이나 재료를 설명할 수 있겠지만, '섞는다' '만든다'에는 접근할 수 없다. 어떻게 하는 것이 '섞는다'이며 '만든다'인지를 인간은 여전히 알지 못한다. 대상과 언어 사이에 등가물等價物을 만들어놓았다고 해서 앎에 도달하지는 못한다.

● 프랑스의 생물학자. 곤충의 해부구조와 행동을 연구했다. 그의 연구는 관찰에 기초해 있다.

●● J. H. 파브르,『파브르 식물기』, 정석형 옮김, 두레, 1992.

색은 종잡을 수 없고 개념에 가둘 수 없다. 노란색을 '개나리색이다, 해바라기색이다'라고 말하거나 '빛이 프리즘을 통과할 때 전개되는 스펙트럼 중에서 세번째 층위이다'라고 말해봐도 동어반복이고 하나마나한 말이고, 아무 말도 못한 말이다.

도라지는 흰 꽃도 되고 보라꽃도 되는데, 그 색은 흰색이 아니고 보라색이 아니다. 색들은 인간의 개념 너머에서 핀다. 도라지의 흰색과 보라색은 시간의 먼 곳에서 흘러왔거나 식물의 안쪽에서 배어나온 색이다. 색들은 머물지 않고, 색들은 흘러간다. 파브르가 말하려 했던 것이 결국 이 '흘러감'이 아니었을까 싶다.

물감을 섞어서 없던 색을 만들어낼 때 화가는 이 흘러가는 색들의 흔들림을 자신의 상상 쪽으로 인도한다. 그는 물감의 작은 양을 아주 조심스럽게 섞어서 색의 가장자리에서부터 다른 색을 끌어낸다. 그의 붓 끝에서 색들은 도라지꽃의 흰색이나 보라색처럼 멀리서 다가와 내려앉는다. 팔레트 위에서 화가의 색이 드러나는 비밀은 저녁 염전에 소금이 내려앉는 모습과 같다. 염부들은 '소금이 온다'고 말한다. 화가의 팔레트 위에서 색들은 섞인 물감의 합성이 아니라 이 세상에 지금까지 없었던, 전혀 낯설고 새로운 색으로 태어난다. 이때 물감을 섞는 화가의 붓과 나이프는 대장장이로부터 이어받은 것일 테지만 그의 팔레트 위에는 연금술사의 낙원이 펼쳐진다.

꽃송이의 안쪽에서나 화폭에서나 색들이 이 세상에 처해 있는 질감은 불안정한데, 이 불안정성은 모든 색들의 운명이다. 소설가 한강이 자신의 소설 제목을 '흰'이라고 했을 때, 이 불안정을 말하는 것으로 나는 이해했다. 색들은 이동하는 운동태로서 살아 있다. 미래에 태어날 모든 색들도 흔들리면서 흘러가는데, 이 흔들림이 색의 자유이다.

물감을 섞는 화가의 팔레트°를 들여다보면서 나는 수액과 재료를 섞어서 색과 향기를 만들어내는 식물의 내면을 생각했다. 내 마음이 식물의 마음으로 건너가서 동물인 나는 식물의 자리를 느낄 수 있었다. 그 자리에서 생명은 신선했고, 시간은 순결했다. 나는 피부에 잎파랑이가 돋아나서 빛과 물을 받아 두 팔을 벌리고 스스로 광합성하는 존

• 팔레트는 한국어로 조색판調色板이라고 하는데, 좋은 어휘라고 생각한다. 造가 아니라 調이므로 화가는 색을 만들어내는 것이 아니라 섞는다.

재로 다시 태어난 것 같은 몽상을 느꼈다.

파브르는 꽃의 비밀을 말해주지 않고 세상을 떠났지만, 나에게는 몽상이 있었으므로 그의 미완성이 섭섭하지는 않았다.

제주도 윗세오름, 삿갓오름, 사려니오름에 바람이 스칠 때, 키 작은 풀꽃의 색들은 흔들리면서 저 자신의 불안정을 바람이 몰아오는 시간 속으로 풀어넣는다.

수원 화성행궁 마당 안의 고목은 중심부가 늙어서 허물어졌지만, 갓 태어난 생명의 색은 우듬지 이파리에서 나부낀다. 나무는 폐허와 신생을 동시에 살아간다. 나무는 해마다 늙어가고 해마다 젊어진다. 젊음, 늙음, 삶, 죽음, 과거, 현재처럼 인간의 어휘로 규정되는 시간의 구획이 나무에게는 없다. 나무는 나무의 시간 속에서 산다. 나무는 자연의 시간을 받아들여서 저 자신의 시간으로 바꾸어놓는다.

아프리카 남쪽의 바오밥나무는 2천 년 이상을 살아서 밑동에는 동굴이 뚫려도 푸른 잎이 반짝인다. 나무의 시간은 색에 실려서 흘러간다. 신록에서 단풍으로, 단풍에서 낙엽으로, 색은 모든 스펙트럼을 펼치면서 흘러가는데, 이 팔레트에는 이음새가 없고 꿰맨 자리가 없다. 그러므로, 낙엽은 조락凋落이 아니다. 낙엽을 시들어 무너지는 애처로운 이파리라고 말하는 것은 인간이 저 자신의 생로병사에 나뭇잎을 끌어들인 언사일 뿐, 나무와는 사소한 관련도 없다. 나무의 시간 속에서, 낙엽은 신생으로 나아가는 흐름이다.

경북 울진군 죽변항 죽변등대의 일출은 어둠의 먼 곳에서부터 색을 밀어올린다. 바다 위에 뜨는 최초의 색은 어둠을 이어가면서 어둠과 헤어지는 푸른빛이다. 이 여리고 가는 색에 붉은 기운이 번지면서 바다와 하늘에 가득하다. 색은 시간에 실려오고 색이 시간과 공간을 이어놓는데, 일출하는 동해의 색들은 대낮의 밝음 속으로 소멸했다가, 저녁 일몰에 살아난다. 동해의 빛들은 아침에 모이고 서해의 빛들은 저녁에 흩어진다.

강화도 화도면 장화리 해안도로와 장곶돈대의 일몰은 하늘에 번지고 마을의 집들과 사람들 사이에 스며든다.

이 해안선은 조수간만의 차이가 크고 해안경사가 완만하다. 썰물은 아득하고 밀물은 가득해서 갯벌은 수평선에 닿아 있다.* 거기까지 따라온 산들은 순해져서 봉우리들은 물에 잠기듯이 몸을 낮추어 바다와 평행을 이룬다.

일몰이면, 흩어지는 색은 이 무한공간에 가득찬다. 색色이 즉 공空이어서, 공과 색은 다르지 않다. 장화리 해안선에 해가 질 때, 마주앉은 연인들의 얼굴이 붉어지고, 얼굴은 점점 더 붉어져서 어두워진다. 색들의 미립자가 공기에 가득차서 색은 사람의 들숨에 끌려 몸안으로 들어오고 허파와 창자가 새로운 시간의 색으로 젖는다. 장화리 일몰의 색들은 어둠 속으로 소멸했다가 밝는 날 아침에 울진 죽변 등대에서 일출의 빛과 색으로 살아난다.

밤의 어둠 속에서 도라지의 흰색과 보라색, 일출과 일몰의 색들은 그 자리에 그대로 있는 것인가. 어렸을 때 하던 걱정을 나는 지금도 한다.

• 강화 남단 갯벌은 천연기념물 419호로 지정되어 있다. 이 마을의 풍광은 2015년에 '대한민국 경관대상' 우수상을 수상했다.

공차기의 행복

> 웃통을 벗은 뒤 달려간다.
> 날씨가 얼마나 매서운가는 상관없다.
> 그러다보면 재수없게, 넘어지는 일도 있을 것이다.
> 살다보면 개똥밭에 뒹구는 것보다 흉한 일도 많다.
> 삶이란 축구를 하는 것과 다를 바 없다.
> _월터 스콧

우리 마을, 정발산의 겨울숲은 고요하다. 겨울의 나무들은 멀리 떨어져서 수런거리지 않는다.

개를 데리고 새벽숲을 달릴 때, 차고 비린 안개 속에서 내 몸의 관능은 활짝 열렸다. 나는 개와 똑같이 땅을 딛고 달리는 운명에 행복했고, 직립보행하지 않는 개의 네 다리와 그 발바닥의 굳은살을 부러워했다. 내 달리기의 관능은 네발로 땅을 박차는 개의 행복만은 못했다.

새벽안개 속에서 공을 차는 젊은이들은 허연 콧김을 토해냈다. 이따금 그들과 어울려 공을 차며 놀았다. 살아 있는 생명의 힘들이 공 속에서 부딪치고 뒤섞이면서, 경험되지 않은 새로운 공으로 튕겨져나갔다. 모든 공은 차이고, 또 차인 모든 궤적들과 더불어 태초의 공이었다. 공을 차면서 나는 생의 신비에 놀랐고 공은 그 신비 속에서 명멸했다. 그러다가 무릎뼈를 다쳤다. 나는 한동안 목발을 짚었다. 내가 부러워하던 네발을 모두 회복했지만 나는 한걸음도 달릴 수 없었다. 개는 쭈그리고 앉아서 목발 짚은 내 꼴을 골똘히 들여다보았다.

2002년 여름은 월드컵 광장의 붉은 함성으로 소란했다. 함성은 단순하고도 열광적이었다. 그 광장의 함성 속에서 나는 공과 사람의 운명적인 관계에 대하여 말하고 싶은 간절함을 느꼈다. 나는 좀 긴 글을 써보고 싶었다.

공을 차는 모든 동작은 경험되지 않은 새로운 동작이다. 몸과 공 사이에서 벌어진 일은 언제나 새롭다. 그래서 공차기는 시원始原을 현재로 이끌어내리고 현재를 시원으로 되돌려놓는다.

일찍 일어난 사람들은 안개 속에서 공을 찬다. 인간은 공을 차는 종족인 것처럼 보인다. 이 공차기의 힘은 아득한 시원으로부터 사람의 몸속으로 흘러내려와 지금 이 안개 낀 도시의 아침 공원에서 피어나고 있다.

하늘에 뜬 공은, 해나 달처럼 자연의 일부로 느껴진다.

공이 둥글다는 것은 필연적인 섭리다. 공이 정육면체나 세모뿔이었다면, 공차기는 성립되지 않는다.

공은 둥글어서 만인의 것이고 누구의 것도 아니다.

사람들이 가지고 노는 공은 축구공이나 농구공이나 배

구공이나 야구공이나 모두 둥글다. 둥글지 않으면 놀이는 성립되지 않는다.

공은 입체의 중심에서 표면에 이르는 모든 거리가 같다. 이 공간기하학적 사태는 경이롭다.

공은 스스로 아무런 작용도 하지 않으면서 모든 충격을 수용한다. 그래서 공은 거기에 와닿는 발길에 따라 무수한 질감과 방향성으로 새로 태어난다. 공은 그 충격에 정확하고도 정직하게 반응한다. 그래서 공은 인간의 육체의 일부이며 육체와 육체 사이의 또다른 몸이고, 그 연결자이다.

럭비공은 어떤가. 럭비공은 공의 자연성을 인간의 육체 쪽으로 변형시킨 공이다. 럭비공은 자연과 육체 사이에서 마구 날뛴다. 그래서 이 공의 성질은 사납고 종잡을 수 없다. 이 공은 끼고 달릴 때의 성질과 발로 찰 때의 성질이 전혀 다르다.

공들은 살아 있는 짐승과도 같다. 사람들이 모두 떠나버린 운동장에서도 공은 여전히 공의 표정을 지니고 있다.

소나 말에게는 외양간이나 마구간이 있지만, 공의 집이 네트 안은 아닐 것이다.

공은 본래 제집이 없는데, 사람들은 기어이 공을 골 안으로 몰아넣는다.

　다리로 공을 찰 때, 팔은 저절로 덩달아 움직인다. 이 '저절로'가 완벽한 율동과 곡선을 이루어낸다.

　팔은 다리의 움직임과 엇갈리는 동작을 거듭한다. 이 '저절로' 속에는 직립보행 이전에, 네발로 땅을 기던 시절의 추억이 살아 있다. 인간의 육체 위에서 그 추억은 불멸의 등불로 빛난다.

　이 행복한 앞발은 수억만 년의 추억을 가로질러와서, 그 추억과 더불어 현재의 시간 속에서 기쁘다.

　이마로 공을 다룰 때, 팔 다리 어깨 목 허리는 이마로 집중한다. 발끝에서 머리끝까지가 집중을 이루지 못하면 이

2006년 안면도

ⓒ안웅철An, Woong Chul

마는 실패한다. 이마로 공을 들이받아서 왼쪽으로 보내려면, 상체의 중심을 왼쪽에 두어야 하고 왼쪽 다리로 힘을 옮겨야 한다. 이마로 공을 들이받을 때, 무릎은 공의 충격을 흡수할 수 있도록 부드럽게 구부려야 하고, 상체를 구부려 그 반동을 이용하면 공을 강하게 튕겨낼 수 있다. 점프 헤딩은 이 모든 동작을 공중에서 극적으로 완성한다. 땅을 박차고 솟아오를 때, 흔들리는 두 팔이 그 반동의 힘으로 몸에 가세한다. 이때 두 팔은 새의 날개의 꿈에 닿는다. 공중에서 헤딩을 할 때는, 활처럼 젖혀진 상체를, 다시 활처럼 앞으로 젖히면서 이마로 공을 들이받는다. 이 점프 헤딩은 공차기가 아니다. 이때 몸은 팔 다리 무릎의 구분이 없어지고, 공을 향한 집중만이 남는다.

땅에 들러붙어 있는 것이 몸의 운명이다. 솟구쳐오를 때도 다리가 땅을 박차면서 몸은 땅의 반동에 의지한다. 몸은 땅에 저항함으로써 앞으로 내달릴 수 있다.

땅과 몸이 끝없이 교섭함으로써 몸은 달리고 돌고 치솟고 다시 땅바닥에 닿는다. 이 저항은 육체를 관통한다. 공차기는 몸과 땅의 교감이다. 높이 뜬 공을 쫓을 때, 몸은 땅을 벗어나려는 열망으로 떨리지만 땅의 저항을 벗어나서는 뜬 공에 다가갈 수 없다. 몸은 뜨려는 꿈과 몸을 옭아매는 땅 사이에서 떨리면서 달린다. 뜬 공을 향해 몸을 날릴 때, 그리고 다시 땅에 내려와 닿을 때, 나는 내 몸의 한계와 속박 속에서 자유로웠다. 속박과 그 속박을 벗어나려는 꿈이 이 아름다운 동작을 빚어낸다. 그러나 공 차는 사람은 그 동작의 아름다움을 의식하지 못한다. 다, 저절로 되어진다.

공차기의 행복은 공 차는 사람을 보는 일의 행복과 같다.

몸이 세상의 중심이며, 몸이 세상의 척도라는 말은 듣기에 신난다. 공을 찰 때, 튕겨져나간 공은 땅의 척도이고 그 공을 차낸 몸은 세상의 중심이다. 공을 몰고 땅을 달릴 때,

3부 연필은 짧아지고 가루는 쌓인다

몸의 위치가 세상의 기준점이다. 몸에 저항하는 땅이 몸의 일부가 되는 것이다. 공 차는 몸은 아날로그의 몸이다.

　내 앞으로 굴러오는 공은 공마다 질감이 다르다. 돌면서 다가오는 공도 있고, 돌지 않고 다가오는 공도 있다. 공이 나에게 다가오는 각도와 높이와 속도는 공마다 다르다. 떠서 다가오는 공을 나는 땅 위에서 잡을 수도 있고 땅에 닿기 전에 걷어낼 수도 있다. 내 앞으로 달려오는 공을 달려가서 걷어낼 때 나는 내 살아 있는 몸의 자유를 느낀다.

　내 발길질이 공을 걷어낼 때, 공은 새로운 질감과 방향으로 튕겨져나간다. 그렇게 튕겨져나간 공은 저쪽에서 달려들고 있는 다른 사람의 발길 앞에 또다시 새로운 질감의 시간을 선사한다. 공이 몰고 오는 이 새로운 시간은 몸속의 시간이 몸밖으로 뛰어나와 굴러다니는 것처럼 신기하다. 그래서 공은 살아 있는 생명이다.

　저무는 운동장에서 혼자 공을 차는 아이가 있다. 혼자서

2006년 서울

© 안웅철An, Woong Chul

공을 찰 때는 자신이 찬 공의 질감을 자신이 수습해야 한다. 그래서 혼자서 공 차는 사람은 공을 길게 내지르지 않는다. 혼자서 공 차는 사람은 자기 자신을 차는 것과 같다.

초등학교 운동장에서 아이들이 공을 찬다. 공을 차는 아이들은 땅속에서 솟아오른 풀싹처럼 어여쁘다.

공을 쫓는 아이들의 동작에서, 생명으로 태어난 것들의 기쁨이 터져나오고 있다. 어린것들의 몸동작에는 공통된 천진성의 언어가 있다. 개나 소나 말의 어린것도 마찬가지다. 공이 공중으로 솟아오른 사태가 이 아이들의 기쁨이다. 떠 있는 공이 이 아이들을 자지러지게 한다.

아이들의 다리 동작은 아직도 이 세상의 땅을 밟기에 익숙하지 않다. 아이들의 팔다리는 공을 잡으려는 경쟁의 동작이 아니라, 공에게 보내는 사랑의 동작이다.

이 세상의 모든 마을마다 이런 아이들이 자라고 있다.

2006년 6월, 월드컵 경기로 온 세계가 함성을 지르던 그 여름에 나는 그리스 남쪽 지중해의 크레타섬을 여행중이었다. 거기서 기원전 3천여 년 동안의 삶의 자취를 보관하고 있는 여러 박물관과 유적지들을 돌아보았다.

기독교가 인간의 역사에 개입하기 이전에 현세現世의 땅 위에서 펼쳐진 자유와 꿈, 폭력과 억압, 노동과 놀이의 모습들이 박물관마다 가득차 있었다. 거기에서는 내세조차도 현세의 연장이었으며, 현세는 수없는 질곡들과 더불어 찬란하고 풍요로웠다. 6천 년 전 인간의 취락은 바다에 닿은 야트막한 언덕이었는데, 지금도 사람들은 그 언덕에 모여서 마을을 이룬다. 그 바닷가 마을에 기원전 3천 년의 마을과 신전들의 폐허가 흩어져 있었다. 무너진 돌기둥과 대리석 석편들은 햇볕을 받아서 따스했고, 벌거벗은 여자들이 기원전 3천 년의 돌기둥에 누워서 일광욕을 하고 있었다. 그 여자들의 발은 희었고, 발가락은 길었으며, 끈으로 묶는 샌들을 신고 있었다. 샌들은 허리가 잘록해서 나

3부 연필은 짧아지고 가루는 쌓인다

비처럼 보였다. 그 하얀 발은 문명 속으로 편입되기를 사절하는 발이었고, 진화의 수억만 년을 거슬러서 먼 시원을 향해 걸어가는 발이었는데, 인간의 생명이 빚어내는 풍경을 들여다보면서 자연과 문명을 구분해서 말하는 것은 불가능했다. 그 여자들이 눈을 깜박이며 나를 쳐다볼 때, 나는 박물관 벽화 속에 그려진 기원전 3천 년의 여자들이 벽화 밖으로 걸어나오고 있는 환각을 느꼈다. 자유는 역사의 밖으로 걸어나가려는 인간의 열망이라고, 그 환각 속의 여자들은 노래하고 있었다.

지중해를 건너오는 6월의 바람은 내 조국의 서남해안이나 동북산악을 건너오는 봄바람이나 가을바람과는 판이하게 달랐다. 내 조국 산하에 스치는 바람은 스러지는 계절의 끝자락과 다가오는 계절의 앞자락을 흘러가면서 간절한 부름과 응답으로 사람들을 옥죄면서 다가오는 것들을 향해 사람들을 몰아간다. 그래서 내 조국의 바람은 봄바람조차도 날카로운 찌름과 가파른 경사를 갖는다. 지중해의 바람은 늘 부는 바람이었다. 그 가볍고 투명한 바람은 계절과 계절 사이를 건너가는 바람이 아니었고 늘 불어와서 지속과 생성을 느끼게 하는 바람이었는데, 기류라기보다는 시간에 가까웠다. 바람을 박물관에 보존할 수는 없을 테지만, 바람은 가장 오래되고 또 새로워서 가장 강력하게 작동하는 문화재였다. 그 바람이 바다의 빛을 일깨워 퍼덕이게 하고, 섬의 꽃들을 흔들고, 올리브나무 우듬지의 새 잎을 떨리게 하고, 무너진 신전의 돌기둥을 스치고 벌거벗은 여자들의 허벅지에 감겼다. 날이 저물어서 여자들은 호텔로 돌아갔다. 비치타월로 아랫도리를 가린 여자들이 샌들을 신은 흰 발로 모래를 밟고 걸어갔다. 바람은 흐린 박모의 시간 속을 불어갔다. 바람은 시간 속으로, 시간은 바람 속으로 불어갔는데, 그것들은 서로의 찌꺼기를 묻히지 않았다.

크레타에서 아테네로 가는 비행기를 기다리는 승객들이 보딩 게이트 앞에 모여 있었다. 대합실 TV에서 월드컵 축구 경기가 중계되고 있었다. 승객들은 주먹을 흔들며 함성과 탄식을 내질렀다. 어느 나라 선수인지, 골키퍼가 땅을 박차고 솟아올라 몸을 날렸다. 솟아오른 골키퍼는 땅바닥에 몸을 갈며 쓰러졌다. 네 활개를 벌린 그의 육신은 도장을 찍듯이 땅바닥에 찍혔다. 그의 가슴은 비어 있었다. 공은 그의 육신이 어찌해볼 수 없는 공간을 가르며 네트에 꽂혔다. 몸이 땅에 찍히기 직전에, 아마도 그는 자신의 실패를 알았을 것이다.

이긴 자들은 날뛰고 뒤엉키고 올라타고 부르짖었다. TV 카메라는 끌어안고 춤추는 관중을 비추었다. 그 함성 속에서 공을 놓친 골키퍼가 홀로 땅바닥에 쓰러져 있었다. 그의 육신이 내뿜는 한 가닥의 맹렬한 적막이 관중의 함성을 뚫고 치솟는 듯했다. 그는 외로워 보였지만, 비참하지는 않았다. 그의 패배와 그의 추락에는 치욕이 스며들어 있지 않았다. 그의 적막은 외로움이라기보다는 순결이었다.

쓰러진 그의 뒤쪽으로, 그가 막아내지 못한 골문의 양쪽 기둥 사이는 바다처럼 넓었다. 그는 쓰러졌던 두 다리로, 쓰러졌던 자리를 딛고 다시 일어섰다. 미드필드 쪽에서는, 태풍과도 같은 관중의 축복을 받으면서 상대팀의 골세리머니가 폭발하고 있었다. 실패한 골키퍼는 뒤로 돌아섰다. 그는 골문 양쪽 기둥 사이의 거리를 들여다보면서 묵묵히 서 있었다. 돌아선 그의 어깨는 정직하고도 단순했다. 혼자서 감당하는 자의 빛나는 어깨였다. 그의 어깨의 빛이 사위기도 전에, 양쪽 공격수들은 하프라인에 포진했고 경기는 다시 시작되었다.

공을 후방으로 멀리 보내면, 공은 편안해진다. 편안해진 공을 앞쪽으로 내질러가면서 적들은 또 다가오고 있었다. 공을 멀리멀리 돌려가면서, 후퇴를 전진으로 삼고 전진을 후퇴로 연결시켜가면서, 집중을 분산시키고 분산을 집중시켜가면서, 이쪽을 찌르다가 갑자기 저쪽을 찌르면서, 이쪽과 저쪽을 모두 해체시켜가면서, 해체된 자리에 다시 공격루트를 뚫어가면서 적들은 다가오고 있었다.

다시 일어선 골키퍼는 골문 양쪽 기둥 사이에서 자신의 위치를 탐색하느라고 갇힌 맹수처럼 갈팡질팡했다. 멀리서 연결되기 시작하는 적들의 그 희미한 공격루트가 모두 그 골키퍼의 육신의 동작에 꽂히고 있었다. 다가오는 적들의 공세 앞에서 그의 긴장된 어깨는 여전히 빛나고 있었다.

아테네로 가는 승객들은 탑승시간이 다 되어도 대합실 TV 앞에서 일어나지 않았다. 늙은이도 있고 젊은 여자도 있었다. 흑인과 백인, 그리고 터번을 쓴 이슬람 남자들도 있었다. 탑승을 재촉하는 안내방송이 몇 차례 나오자 승객들은 비행기에 올랐다. 인간은 여전히 천진하다.

공을 놓친 골키퍼가 땅바닥에 쓰러지고 함성 속에서 승부가 엇갈려도 공에는 늘 아무 일도 없다. 공은 거기에 가해지는 발길질의 힘을 정직하고 순결하게 받아들이면서 튕겨져나가지만, 공에는 그 힘의 흔적이나 승부의 기억이 묻어 있지 않다. 공은 만인의 몸의 동작을 정확하게 받아내지만, 스스로 아무것도 도모하지 않는다. 그 공이 인간과 인간 사이를 매개한다. 공을 쫓아서 달려가는 인간을 바라보면서 나는 둥글다는 것의 아름다움을 알게 되었다. 둥근 것은 거기에 가해지는 힘을 정직하게 수용하고, 땅에 부딪히고 비벼지는 저항을 순결하게 드러내서, 빼앗기고 뺏는 동작들 사이의 적대관계를 해소시킨다.

멀리 하프라인을 건너서 다가오는 공은 지나간 시간과 공간의 모든 궤적과 충격, 흐름과 끊김, 전진과 후퇴의 모든 자취들을 그 안에 지니면서 늘 현재의 공이고, 닥쳐올 모든 시간의 가능성이 그 현재의 시간 속에 열려 있다. 그래서 공은 굴러가고 인간은 쫓아간다. 공이 굴러갈 때, 굴러가는 공을 작동시키는 힘은 쫓아가는 나의 힘이 아니고 그 공을 차낸 너의 힘이다. 너의 힘이 공 속에서 살아서 땅 위를 굴러가고 내가 그 공을 쫓아서 달릴 때, 너의 힘과 나의 힘은 땅 위에서 대등하다. 공은 여전히 만인의 것이고 그 누구의 것도 아니다.

고대의 보병전투가 축구의 기원이라는 말은 증명할 수는 없어도 그럴듯하다. 공격하는 쪽은 공을 멀리, 뒤로 옆으로 돌려가면서 물결의 대열을 이루며 다가온다. 수비하는 쪽은 그 상대의 진퇴에 따라서 신속히 포진을 바꾼다. 공격하는 쪽은 상대의 허를 노려 갑자기 공을 앞으로 내지르고, 그때 수비하는 팀은 골문 앞으로 전투력을 집중시킨다. 이 진퇴의 기본 대형, 그리고 집중과 분산, 수세와 공세의 전환은 고대 전투에서 보병들의 공성전이나 대회전大會戰이나 작전을 연상케 한다. 요새에서 벌어지는 공성전과 방어전에서도 주력은 집중에서 분산으로, 수세에서 공세로 신속히 전환함으로써 상대의 병력을 교란시키고 상대의 실實을 나의 허虛 안에서 용해시키고 나의 허 안에 실을 감춘다.

축구가 전쟁의 흔적을 지니고 있다 하더라도 공은 싸움의 자취를 지우고, 싸움을 놀이로 바꾸어놓는다. 공은 아득한 과거의 인간의 몸의 움직임을 현재에 되살려놓고, 인간의 몸안에 숨은 수많은 동작들을 발현시킨다. 인간의 생

명으로부터 자연과 문명을 분리할 수 없듯이 공은 자연과
문명의 복합체이다.

다시 서울로 돌아왔을 때 한국 축구팀이 프랑스 축구팀
과 1:1로 비기면서 월드컵 열기는 절정으로 치달아 있었
다. 경기장뿐 아니라 도시의 황폐한 공터나 뒷골목, 남루
하고 억눌린 삶의 오지에서 사람들은 공을 차고 있었다.
공은 억압할 수 없는 생명의 충동으로 높이 솟아올랐다.
공을 차면서, 공 차는 사람들을 보면서 나는 인간의 아름
다움을 믿는다.•

• 이 글은 2006년 출간되었던 『공 차는 아이들』(생각의나무)의 원고 일부를
다듬어 엮은 것이다.

생명의 각론

물렁하고 아리송한 문장으로 심령술을 전파하는 힐러healer들의 책이 압도적인 판매량을 누리는 독서풍토에서 외상외과의사 이국종 교수의 저서 『골든아워』에 모이는 독자들의 호응을 나는 기쁘게 여긴다.

이국종은 중증외상환자에게는 의사지만, 현실에 대해서는 힐러가 아니다. 그의 의술은 이 황잡한 세상의 모순, 질곡, 비겁함, 치사함과 더불어 존재하고, 거기에 짓밟히면서 저항하다가 나가떨어지고 다시 일어난다. 그는 현실과 사명 사이에 찡겨 있다. 내 눈에는 그가 중증외상환자처럼 보인다.

이국종은 중증외상환자 수술방을 '막장'으로 인식하고 있다.[*] 수술방은 어둡고 긴 복도 끝에 있다. 생업의 현장에서 추락하거나 깔려서 몸이 으깨진 사람들, 사고나 범죄 피해자들, 훈련중에 부상당한 군인들이 '막장'으로 실려온다. 헬리콥터는 막장에서 다친 사람들을 싣고 막장으로 날아온다.

막장은 갱도의 맨 끝이다. 한자로는 채벽採壁이라고 하는데, 곡괭이로 벽을 찍어서 석탄을 캐내는 자리라는 뜻이다. 막장은 생산의 최전방이다. 막장군이 곡괭이로 찍어낸 만큼만 갱도 밖으로 나갈 수가 있고, 그가 찍어낸 만큼만 갱도는 전진한다.

막장군은 탄광에서 가장 노련하고 경험 많은 노동자들이다. 일본말로는 사키야마先山, 아토야마後山라고 한다. 사키야마는 숙련된 노동자고 아토야마는 기량이 미숙한 노동자다. 막장에서 사키야마는 2~3명의 아토야마를 거느리고 곡괭이로 벽을 찍는다. 사키야마는 생산량과 작업자의 안전을 책임진다. 사키야마 중에서도 가장 뛰어난 기량

---

[*] 이국종, 『골든아워』 1권, 흐름출판, 2018, 175쪽. 이하 『골든아워』 인용시 출처는 권과 쪽수만 명기한다.

을 가진 사람이 오사키야마大先山다. 오사키야마는 가장 험난한 막장에 배치된다. 이들은 탄광의 최전방 공격수들이고 제1차 생산자들이다.

생산은 원초적으로 막장에서 이루어진다. 막장은 무의미한 암흑의 수억 년에 잠겨 있던 지하 심층부의 검은 벽을 곡괭이로 찍어서 그 조각들을 인간의 삶 속으로 끌어넣는데, 그 노동의 질감은 막장꾼의 근육에 각인된다.

난잡한 욕망들의 충돌을 보여주는 TV드라마나 권모술수와 이합집산을 거듭하는 정치판을 '막장'이라고 하는데, 여기에는 아무런 생산이 없고 생산에 가해지는 근육의 작동이 없으므로, 이것은 결코 막장이 아니다. 이것은, 남을 막장으로 밀어넣고 자신은 갱도 밖으로 달아나려는 난장판이다.

이국종의 막장에서 생사는 명멸한다. 이국종은 으깨진 환자의 몸을 칼로 열고, 몸속 장기들의 가장 깊숙한 막장으로 들어간다. 거기서 생명은 기름 떨어진 램프의 희미한 불빛처럼 가물거리고 있는데, 이국종은 그 불씨를 살려내거나, 살려내지 못한다. 그는 그 막장에서 생명의 삶과 죽음에 대한 명석한 인식에 도달한다.

중환자실에 누운 환자가 의식이 없어도 그 몸이 스스
로 살고자 애쓰고 있음을 느낄 때 나는 놀랍고도 안쓰러
웠다. (1권 328~329쪽)

라고 그는 썼다. 이 놀라움과 안쓰러움이 그를 막장에 붙
잡아놓는 가장 큰 힘인 것처럼 보인다. 그는 이 힘에 포획
되어서, 막장을 둘러싼 인간과 제도를 혐오하면서도 막장
을 떠나지 못한다. 그런데 '스스로 살고자 애쓰던' 이 환자
는 고난도 수술 끝에 죽었다.

　자동차에 치여서 머리와 내장이 부서진 아이가 이국종
의 막장에 실려와서 '가망 없는 수술'을 마치고 죽었다. 이
국종이 죽은 아이의 얼굴을 들여다보았더니

열려 있는 아이의 눈동자는 맑았다. 생명이 떠난 후에
도 눈빛이 마치 호수처럼 맑아서 나는 시선을 오래 두지
못했다. (…) 간호사가 아이의 눈을 덮었으나 아이의
열린 눈동자는 내 눈에 선명하게 남았다. (1권 433쪽)

생명이 떠나고 나서도 생명의 흔적은 당분간 육신의 표정에 남아 있는 모양이다. 아마도 이 동안은 매우 짧을 것이다. 이 짧은 동안의 생명의 잔영도 그를 막장에 붙잡아놓는 힘일 터이다.

그는 수술방에서 간호사가 수술가위Mayo Scissor를 건네줄 때 손바닥에 와닿는 가위의 촉감을 좋아한다고 썼다(1권 33쪽). 이 가위는 사람의 혼을 이승에 붙잡아놓는다.

그는 구두 닦는 일을 좋아하는 모양이다. 그는 구두에 구두약을 칠하고 헝겊으로 비벼서 구두코 끝에서 광이 올라올 때 환자가 죽어나간 뒤의 허탈한 마음이 '조금 안정을 찾아갔다'고 썼다. 가망 없는 수술이 끝난 밤에, 연구실에 혼자 남아 그는 신문지를 펴놓고 구두를 닦고 있다. 수술가위의 촉감이나 구두 닦는 일을 좋아하는 그는 '작업하는 사람'이고 작업을 통해서 완성돼가는 사람이다.

그는 가끔씩 노점식당에서 늦은 저녁을 먹는다. 강남역 근처의 한 노점식당은 주인이 점포 안을 매우 능률적으로 관리해서 "주인의 움직임은 크지 않았고, 움직임 사이에 틈이 없었"고 필요한 도구들은 모두 "손이 닿는 곳에 있었

3부 연필은 짧아지고 가루는 쌓인다

다"(1권 117쪽)고 한다. 그는 이 노점식당을 좋아한다.

그는 눈 덮인 산악 위를 날아서 환자를 실으러 갈 때, 조종석에서 알사탕을 꺼내 먹는 항공대원들의 볼록한 입을 보고 행복해한다. 이 볼록한 입은 비현실적인 편안함을 느끼게 해주었다고 그는 썼다(1권 380쪽). 나는 이 대목을 읽으면서 그가 단순한 것들의 의미를 깊이 이해하는 사람임을 알았다.

이국종의 저서 『골든아워』 두 권에서 가장 아름다운 대목은 그의 후배이며 동료의사인 정경원이 나오는 페이지다. 정경원은 부산대학교 의과대학을 졸업하고 육군보병사단에 군의관으로 근무할 때 이국종을 찾아와서 제대 후에 외상센터에서 함께 일하고 싶다고 자원했다. 정경원은 이국종 밑에서 혹독한 수련 과정을 거치면서 수많은 환자를 살려냈다.(2권 363쪽)

정경원은 이국종의 막장을 함께 지켜왔다. 지금 이국종의 왼쪽 눈은 거의 실명 상태다. "눈 때문에 생긴 내 공백을 정경원이 몸을 던져 꾸역꾸역 메워나갔다"(2권 160쪽)고 이국종은 썼다.

이국종은 병원의 상부조직이나 정부관료들과 수없이 부딪치면서 적들을 만들어왔다. 사람들은 '막장'을 외면했고, 없애지도 못했고, 막장이 있다는 사실을 너무 힘들어했고, 다만 막장이 조용하기만을 바랐다. 그는 수없이 절망하고 좌절했고 어디까지 가야 하는지를 스스로 물었다.

　　답이 없는 물음 끝에 정경원이 서 있었다. (…) 나는 정경원이 서 있는 한 버텨갈 것이다. '정경원이 중증외상 의료시스템을 이끌고 나가는 때가 오면' (…) 그때를 위해서 하는 데까지는 해보아야 한다. 정경원이 나아갈 수 있는 길까지는 가야 한다…… 거기가 나의 종착지가 될 것이다. (2권 313쪽)

이것이 『골든아워』의 맨 마지막 대목이다. 나는 이 책에서 이 페이지가 가장 아름답다고 생각한다. 막장의 우정과 헌신, 희망과 미래는 그야말로 막장다워서 눈물겹지만, 그 신뢰는 탄탄해 보인다.

이국종은 이 책에 '정경원에게'라는 헌사를 붙였다. 정경원은 이 책을 받아야 한다. 미래의 정경원이 이 책의 주인공이다.

냉면을 먹으며

2018년 가을에 문재인 대통령과 그 일행이 평양에 가서 냉면을 잡수시니까, 서울 거리의 냉면 식당에 사람들이 몰려와서 대통령을 따라 냉면을 먹었다. TV의 먹방 프로그램에서도 미남 미녀들이 나와서 새삼스레 평양냉면의 맛을 치켜세우고 있다.

우리네 사람들이 화나서 모이면 무섭고, 순할 때는 이처럼 착하니 무섭고 착한 것이 다 나라의 복이다.

맛은 인간 정서의 심층부를 형성한다. 삶은 설명될 수 없고, 다만 경험될 뿐인데, 맛 또한 그러하다.

맛은 음식이 목구멍을 넘어가는 동안만 그 실체가 살아 있고, 먹고 난 후에는 만질 수 없는 기억이나 그리움으로 마음의 밑바닥에 깔린다. 맛을 경험할 때 생명은 발랄하게 작동되어서 충만감에 도달하지만, 이 실존의 전율이 지나가고 나면 충만감은 사라지고 맛은 결핍으로 변해서 목구멍은 다시 먹고 싶어진다. 중생의 고통은 한이 없다.

이러니, 평양 옥류관 냉면의 맛을 분석하고 평가하는 TV 먹방을 하루종일 들여다봐도 말짱 헛일이고 옥류관 냉면 국물 한 모금 먹느니만 못하다. 내가 지금부터 냉면에 대해서 원고지 100장을 쓰고 당신들이 나의 100장을 다 읽는다 한들, 그 또한 옥류관 냉면 한 가닥을 쪼르륵 빨아들이느니만 못하다.

맛은 관념이 아니라 관능으로 작동하고 관능은 감각으로써만 소통된다. 맛은 개념이 아니고 기호가 아니고 상징이 아니다. 맛은 인간과 자연의 직거래이다. 맛은 정의가 아니고 불의가 아니다. 인간은 맛을 통해서 자연에 사무치고 저 자신의 육체를 자각하게 되는데, 이때의 인간은 개인이며 또 공동체이다. 음식을 먹을 때, 맛은 혓바닥에서 목구멍으로 넘어가는데, 인간의 마음은 맛이 사라져가는 목구멍의 안쪽을 따라간다. 개별적 인간의 목구멍으로 넘어간 맛이 공동체의 정서와 공동체의 독자성을 이룬다.

평양냉면, 함흥냉면, 전주비빔밥, 남원추어탕, 충무김밥 같은 음식 이름은 개별적 관능에서 공동체의 정서로 넓어져가는 맛의 사회적, 역사적 전개이다.

문대통령이 평양냉면을 드심으로써 그 긴 국수가 분단된 강토를 이어주는 가느다란 가닥으로 등장하게 된 이 경사를 나는 기뻐한다. 이 면발과 국물의 맛은 이미 사람들의 마음속에 깊이 자리잡고 있기 때문에 냉면 가락이 생기기는 가늘어도 그 힘은 결코 약하지 않다.

분단 70년의 세월 동안 남과 북은 우리의 소원은 통일, 조국은 하나다, 우리 민족끼리를 목이 터지게 외쳤다. 외치면서 동시에 적대관계를 불바다 직전의 상호 멸절주의에까지 몰고 갔다. 이 세계사적인 부조리의 드라마는 일상화되어서 70년의 세월은 헛되고 헛되다.

남쪽과 북쪽에 청춘남녀가 수없이 많은데도 이념과 체

제를 깔아뭉개고 철조망을 넘나드는 연애사건, 치정, 불륜, 사랑의 망명, 줄행랑, 들통난 밀회가 70년 동안 한 건도 없었다. 국가보안법상의 잠입·탈출죄(6조), 회합·통신죄(8조)에 해당하는 로맨스도 불륜도 없었고, 내로고 남불이고가 아예 없었다.

청춘남녀들은 꼰대들이 아무리 말리고 짓눌러도 기어코 사고를 치게 되어 있고, 이것은 자연의 순리다. 남북 인민 간에 어린애를 낳으면 처벌한다는 조항이 국가보안법에 없는데, 이 70년 동안 남남북녀와 남녀북남 사이에는 어린애 한 명도 태어나지 않았다. 무사고였다.

이 격절과 불임의 세월에도 서울 거리에는 평양냉면과 함흥냉면을 파는 식당들이 서로 '원조'의 기원과 육수의 품격을 다투며 장사를 해왔다.

이 식당들은 거의가 을밀대, 모란봉, 부벽루, 대동강, 보통강*, 만월대, 능라도, 만포진, 평양집, 개성집, 함흥집, 강계집 같은 북쪽의 지명을 옥호로 삼고 있었다. 냉면 파는 식당의 이 옥호들은 갈 수 없는 산천에 대한 기억을 환

* 평안남도 순안평야를 자유파행하면서 대동강에 합쳐진다. 『동국여지승람』에는 평양강으로 표기되어 있다.

기시켰고 가본 적 없는 그 산하의 기후와 표정을 '맛'으로 끌어당겨주었다. 갈 수는 없지만 그 이름을 먹을 수는 있었다. 공동 정서의 힘을 확보한 냉면 국물의 힘은 진작부터 정치군사적 장애를 넘어서고 있었다.

 냉면은 6·25전쟁 때 내려온 월남피난민들이 부산에서 본격적으로 확산시켰다. 냉면의 확산은 전선戰線의 진퇴에 따른 것이었지만, 냉면 국물에는 애초부터 철조망이 없었다. 이것이 냉면의 힘이고 누항의 힘이다.
 이러니, 냉면이란 대체 무엇인가.

 일제강점기의 소설가 김남천金南天은 평안남도 성천成川에서 태어나 평양에서 청소년기를 보냈으니, 나는 냉면에 관한 그의 글을 신뢰한다.
 김남천의 글에 따르면, 평안도 사람들은 냉면을 '국수'라고 불렀다. 메밀로 국수를 뽑아서 냉면으로도 먹고 온면으로도 먹는다. '국수'란 그 둘을 아우르는 말이다. 그러고 보니, 백석白石의 시에 자주 나오는 '국수'는 냉면임이 분명하다.

피난 수도 부산의 냉면거리(1954년)•

© Clifford L. Strovers

• Clifford L. Strovers, 『칼라로 만나는 1954년 KOREA』, 두모문화산업, 2018.

평안도 사람들은 냉면을 끼니로 먹었을 뿐 아니라 모든 축제와 경사, 흉사, 기념일에도 냉면을 먹었다. 화가 날 때나 울적할 때, 노름판에서 돈을 잃고 약오를 때도 냉면을 먹었다고 한다. 김남천 자신은 평양 거리에서 친구와 마주쳤을 때 차를 마시러 가자는 친구를 말려서 냉면집으로 데려갔다고 한다.[*] 평양 사람들에게 냉면은 술이나 차 같은 힐링식품이며 의전식품이었다.

김남천은 1930년대 프롤레타리아 문학운동의 최전방에서 있었다. 그는 소설과 평론으로 식민지의 구조적 모순을 질타했고, 파업에 열성적으로 가담했다. 그는 현장에 언어와 실천을 공급했다. 그는 1931년 카프[KAPF] 일제 검거 때 붙잡혀 2년 남짓 옥살이를 했다. 그는 그 수감 시절의 식욕을 다음과 같이 기록했다.

모든 자유를 잃고, 그러므로 음식물의 선택의 자유까지를 잃었을 경우에 항상 애끓는 향수같이 엄습하여 마음을 괴롭히는 식욕의 대상은 우선 냉면이다.[**]

[*] 김남천 수필 「냉면」(『모던 수필』, 방민호 엮음, 향연, 2003) 중에서.
[**] 같은 글.

냉면은 없고, 맛의 기억은 화급하게 솟구친다. 이 맛은 헛것이지만, 실체보다 더 강하게 인간을 옥죈다. 맛을 향하는 마음과 몸은 구별되지 않는다. 맛볼 수 없는 이 맛은, 맛볼 수 없음에도 불구하고 뚜렷이 존재한다. 이 결핍과 복받침은 삶을 향한 기갈일 터인데, 여기에 이르러 선명한 것이 모호해지고 모호한 것이 오히려 선명해진다.

김남천은 1947년 이승엽李承燁(1905~1953)•, 임화林和(1908~1953) 들과 함께 그들의 '사회주의 조국' 평양으로 월북했다. 휴전 직후인 1953년, 김일성이 남로당계를 제거할 때 김남천은 임화 들과 함께 죽임을 당한 것으로 알려져 있다. 김남천의 최후가 총살형이었다면, 말뚝에 묶여서 눈이 가려진 채 발사를 기다리는 그의 심중을 헤아려보는 일은 기막히다. 그는 혁명의 제단에 자신의 한 목숨을 바친다고 생각했을까, 아니면 이 세계의 모든 권력을 저주하고 있었을까. 나는 그의 마지막 그리움이 냉면이었기를 바란다.

• 공산주의 운동가. 6·25 때 서울시 임시 인민위원장을 지냈고 1953년 북에서 처형되었다.

나는 평양냉면을 좋아해서 자전거를 타고 멀리 갈 때 단
골식당에서 냉면 육수를 얻어 물병 서너 개에 담아서 배낭
에 넣고 간다. 식초와 겨자를 미리 풀어넣는다. 냉면 육수
는 몸에 스미는 깊이가 냉수보다 훨씬 더 깊게 느껴진다.
냉수보다 갈증이 더 잘 풀리고, 길 위에서 배부르지 않고
도 허기를 면할 수 있다.

　추운 겨울날, 자전거 기어를 낮게 내려놓고 긴 오르막의
마루턱에 겨우 올라와서 헐떡이면서 냉면 육수를 마시면
이 차가운 국물의 본질을 확연히 알 수 있다.

　냉면 육수는 조리 과정에서 발생하는 인공의 흔적을 모
두 제거하고 국물의 맛을 자연 상태로 밀어붙인 그 극한의
경계선에서 발생하는 국물이다. 이 국물은 한바탕의 선연
한 세계를 갖는다. 냉면 육수를 만들려면 쇠고기나 꿩고기
를 여러 가지 채소들과 함께 고아서 기름기와 건더기를 제
거하고 나서 국물을 안정시켜야 한다. 이 국물 안에서는
건더기의 무거움과 누린내, 동물성의 육기肉氣가 온전히
제거된다. 이 국물은 동물성에서 출발해서 식물성의 맛에
닿는다. 이 국물은 재료의 무거움을 가벼움으로 전환시켜
서 맑고 투명하다. 이 국물은 재료에서 우러나왔으되 재료

의 자취가 남아 있지 않다.

냉면의 국수는 메밀로 만든다. 함흥냉면은 메밀에 녹말을 많이 넣어서 질기고 평양냉면은 녹말을 덜 넣어서 부드럽다. 나는 늘 평양냉면을 먹는다.

메밀껍질로 속을 넣은 베개를 베어보면 메밀이 어떤 곡식인지를 알 수 있다. 메밀 베개는 가볍고 서늘해서 장마 때도 습기가 차지 않는다. 이 베개에서는 가을의 마른 풀밭을 스치는 바람 소리가 들린다. 메밀은 쌀처럼 사람에게 들러붙지 않는다. 메밀은 끈끈하지 않고, 엉기지 않는다. 사람과 메밀 사이에는 일정한 거리가 있는데, 이 거리가 메밀의 서늘함이다. 그래서 메밀을 국수로 만들려면 어느 정도의 녹말을 넣어야 한다. 함흥냉면에 녹말을 너무 많이 넣으면 이 서늘한 자유의 공간이 줄어든다.

메밀은 아시아 북방의 풀이다. 메밀의 원산지는 바이칼 호, 아무르강변인데, 만주, 한반도 북부 지방으로 넓게 퍼졌다. 가뭄과 추위를 잘 견디고 땅 위에 돋아나서 두어 달 지나면 낱알이 영글고, 사람이 돌보지 않아도 고원이나 야산, 허름한 빈터에서 스스로 자라니, 메밀은 구하기 쉽고 만만한 곡식이다. 메밀의 낱알 속에는 북방의 서늘함이 영

글어 있다. 『동의보감』에 "메밀은 성질이 평平하면서 독이
없다. 오장에 낀 더러운 것을 몰아내며 정신을 맑게 한다"
고 쓰여 있는데, 메밀을 골똘히 먹어보면 이 말이 맞다는
걸 알 수 있다.

메밀국수를 육수에 말면 평양냉면이 완성된다. 평양냉
면의 맛은 역사적이고 사회적인 울림을 갖는다. 이 맛이
공동체의 규모로 발현되면 평양냉면의 맛은 공적 개방성
에 도달한다. 평양냉면의 맛은 젓갈이나 양념, 간을 많이
쓰지 않고 재료의 생명력을 온전히 살려내는 여러 가지 북
한음식들과 친인척관계에 있다. 평양냉면의 맛은 자작나
무 우거진 툰드라숲과 눈보라 치는 고구려의 벌판을 향해
열려 있고, 거기에 찾아오는 새벽을 맞는다. 이 육수 속의
시간은 차갑고 새롭다.

시인 백석은 김남천과 동시대를 살았고, 평안북도 정
주定州에서 태어나고 자랐다. 백석은 인간의 모든 감각에
민감하게 대응하면서 개별적 감각을 공동체의 정서로 넓
혀나갔는데, 음식의 맛은 가장 강력한 매개물이었다. 백석
의 시에는 여러 가지 북방음식의 질감과 그 음식을 먹고
또 그리워하는 인간의 마음이 드러나 있다. 음식은 생활의

구체성이었고, 맛은 삶의 증거물이었고, 나로부터 너를 건너가는 징검다리였다. 백석의 시 속에서, 국수 곧 냉면은 이 교량의 역할을 가장 확실하게 수행하고 있다.

　　거리에서는 모밀내가 났다
　　부처를 위하는 정갈한 노친네의 내음새 같은 모밀내가 났다

　　어쩐지 향산香山• 부처님이 가까웁다는 거린데
　　국숫집에서는 농짝 같은 도야지를 잡어걸고 국수에 치는 도야지고기는 돗바늘 같은 털이 드문드문 백였다
　　나는 이 털도 안 뽑는 도야지고기를 물꾸러미 바라보며
　　또 털도 안 뽑는 고기를 시꺼먼 맨모밀국수에 얹어서 한입에 꿀꺽 삼키는 사람들을 바라보며
　　나는 문득 가슴에 뜨끈한 것을 느끼며
　　소수림왕小獸林王을 생각한다 광개토대왕廣開土大王을 생

•　향산은 묘향산이다.

각한다

백석, 「북신北新—서행시초西行詩抄 2」[•]

　여인숙이라도 국숫집이다

　모밀가루포대가 그득하니 쌓인 웃간은 들믄들믄 더웁
기도 하다

　나는 낡은 국수분틀과 그즈런히 나가 누워서

　구석에 데굴데굴하는 목침木枕들을 베여보며

　이 산골에 들어와서 이 목침들에 새까마니 때를 올리
고 간 사람들을 생각한다

　그 사람들의 얼골과 생업生業과 마음들을 생각해본다

백석, 「산중음山中吟·산숙山宿」

　토방에 승냥이 같은 강아지가 앉은 집

　부엌으론 무럭무럭 하이얀 김이 난다

　자정도 훨씬 지났는데

　닭을 잡고 모밀국수를 누른다고 한다

• 북신은 영변군 북신현면인데 지금은 향산군에 편입되었다.

어늬 산 옆에선 캥캥 여우가 운다

백석, 「산중음·야반夜半」

산골집은 대들보도 기둥도 문살도 자작나무다

밤이면 캥캥 여우가 우는 산도 자작나무다

그 맛있는 모밀국수를 삶는 장작도 자작나무다

그리고 감로甘露같이 단샘이 솟는 박우물도 자작나

무다

산 너머는 평안도平安道 땅도 뵈인다는 이 산골은 온통

자작나무다

백석, 「산중음·백화白樺」

아, 이 반가운 것은 무엇인가

이 히수무레하고 부드럽고 수수하고 슴슴한 것은 무

엇인가

겨울밤 쩡하니 닉은 동티미국을 좋아하고 얼얼한 댕

추가루를 좋아하고 싱싱한 산꿩의 고기를 좋아하고

그리고 담배 내음새 탄수 내음새 또 수육을 삶는 육수

국 내음새 자욱한 더북한 삿방 쩔쩔 끓는 아르굴•을 좋

아하는 이것은 무엇인가

　　이 조용한 마을과 이 마을의 으젓한 사람들과 살틀하
니** 친한 것은 무엇인가
　　이 그지없이 고담<u>枯淡</u>하고 소박<u>素朴</u>한 것은 무엇인가

　백석, 「국수」 중에서

　　이상이 백석의 시***에 나오는 국수(냉면)의 모습이다.
냉면은 인간의 마음과 마을에 깊이 자리잡고 있다. 나는
지금 시를 논하자는 것이 아니다. 냉면을 말하려 한다.
　　북쪽의 산간마을에서는 집집마다 국수틀을 놓고 국수
를 뽑고 육수를 끓여서 냉면을 만들어 먹었다. 길거리에서
메밀 삶는 냄새(「북신」)가 났는데 이 냄새를 불심 깊은 노
인네의 몸냄새와 같았다고 한다. 이 냄새는 메밀의 단순하
고 소박한 본질이다.
　　여인숙에서도 메밀포대를 쌓아놓고 국수틀로 면을 뽑

* 　'아르굴'은 '아랫목'이다.
** 　'살틀하니'는 '살뜰하니'이다.
*** 여기에 인용한 백석의 시는 『정본 백석 시집』(고형진 엮음, 문학동네, 2007)
　　의 표기에 따랐다. 밑줄은 내가 쳤다.

아서 손님들에게 먹였고, 떠도는 사내들은 이 냉면을 먹고 어디론지 떠났다(「산중음·산숙」).

국수틀은 영업집에도 있었고 여염집에도 있었다. 2018년 4월 27일 판문점에서 남북 정상이 만날 때, 김정은 위원장은 평양에서부터 국수기계를 끌고 와서 문대통령 일행에게 평양냉면을 대접했다. "내가 이 기계를 끌고 왔다"고 김위원장은 자랑했다. 나는 TV를 보면서, 백석의 시에 나오는 산골마을의 국수틀을 생각했다. 내가 가보지 못한 산골마을들의 메밀 냄새가 떠올랐다. 냉면은 불임의 70년 세월을 건너오고 있었다. 김정은 위원장이 그 국수기계를 남쪽에 주고 갔으면 더 좋았겠구나 싶었다.

북쪽의 산골마을 사람들은 자정이 넘은 심야에도 모여서 면을 뽑고 육수를 끓여서 냉면을 만들어 먹는다(「산중음·야반」). 눈 덮인 산촌의 어둠과 추위 속에서도 그들의 생활은 활기에 넘쳐 있다. 추위 속에서 찬 냉면을 먹고, 차가운 산야로 그들은 나아간다. 백석은 이 냉면의 맛을 "수수하고 슴슴한 것" "고담하고 소박한 것"이라고 말했다.

백석이 먹은 냉면의 맛은 내가 일산 신도시의 식당에서

사먹는 냉면의 맛과 그 기본과 지향성이 다르지 않을 것이다. 그 기본은 인공이 자연을 지향하는 극한의 경계에서 발생하는 육수의 순수함과 가벼움, 그리고 북방의 눈보라와 폭양을 낱알 속에 간직하는 메밀의 서늘함이고, 그 지향성은 개인에서 마을로 퍼져나가는 맛의 공적 개방성이다. 판문점에서 두 정상이 드신 냉면도 이와 다르지 않다.

평안북도 영변寧邊은 김소월의 시(「진달래꽃」)에 등장해서 모든 국민의 마음속에 사랑과 이별과 그리움의 고장으로 자리잡고 있다. 지금 영변은 북한 핵폭탄의 실리콘밸리이다. 북한의 가장 중요하고 규모가 큰 핵시설은 대부분 영변에 모여 있고, 거기서 우라늄을 농축하고 플루토늄을 만들어서 실제로 핵폭탄 완제품을 만들어낸다. 작년까지만 해도 미국이 이 동네를 '외과적 선제 타격'하겠다고, 세계를 겁주었다. 지금 트럼프가 가장 무서워하는 동네가 바로 이 동네다.

소월 시에 나오는 '영변에 약산'은 영변 관아(영변면)에서 서쪽으로 4킬로미터 정도인데, 험산준령을 자유파행하는 구룡강에 닿아서 벼랑을 이룬다. 약산의 해발고도는 489미터로 그 고장에서는 높다고 할 수 없지만, 이 산의 험준함은 '동방의 으뜸이고 멧부리가 사방을 둘러싸서 하늘이 만든 성이다'라고 옛 글●에 적혀 있다. 이 산에 온갖 신령한 약초가 많아서 산이름이 약산藥山이다. 나는 가보지는 못하고 지도와 기록을 들여다보면서 쓰고 있으니, 말이 느낌에 닿지 못하고 겉돈다.

영변 북쪽으로는 묘향산맥의 산세가 묘향산 향로봉, 칠성봉, 강선봉, 가마봉●●으로 이어져 남쪽으로 출렁거리면서 첩첩연봉을 이룬다. 이 깊은 산속에 진달래꽃이 지천으로 피는데, 진달래꽃은 메마른 돌밭, 허름하고 물기 없는 비탈에서 더욱 고운 색깔로 피어난다. 여성의 몸으로 이 깊은 산속의 꽃을 따와서 이별의 길 위에 뿌리겠다고 하니 그 사무친 슬픔과 한을 알 만하다.

영변은 시원의 아름다움을 간직한 맑은 땅이지만, 가파른 산세로 둘러싸여서 적의 폭격기들이 급강하 폭격을 하기 어려운 지형이다. 땅이 너무 순수해서 이 진달래 꽃동산은 핵동산이 되었겠지만, 내년 봄에도 영변 약산에서 진달래는 필 것이다.

● 『동국여지승람』『여지도서』의 영변 편.
●● 향로봉 1600미터, 칠성봉 1894미터, 강선봉 1613미터, 가마봉 1305미터.

영변군 북신현면은 묘향산 동남쪽 기슭의 산골마을이다. 백석의 재세在世시에 이 마을에 국숫집(즉, 냉면 식당)이 있었는데, 이 식당에서는 '농짝 같은' 도야지고기를 걸어놓았고, 손님들이 시키면 털이 박힌 돼지수육을 맨모밀국수에 싸서 '한입에 꿀꺽' 삼켰다고 한다(「북신」).

백석은 이 먹성 좋은 사람들을 바라보면서, 난데없이 소수림왕과 광개토대왕을 생각한다.

나는 몇 년 전에 압록강 두만강의 중국 쪽 물가를 따라서 며칠 여행한 적이 있다. 광개토대왕릉비를 처음 보았고, 집안, 통구, 용정처럼 이름만 듣던 대처들과 물가를 따라 들어선 작은 마을들도 수박 겉핥기로 돌아보았다. 큰 거리와 골목에서 냉면을 파는 식당이 장사를 하고 있었다.* 이 식당들은 출입문과 유리창에 고구려 고분벽화에 나오는 세 발 달린 까마귀三足烏의 문양을 그려놓고 있었다. 까마귀뿐 아니라, 주작, 청룡 같은 고구려 무덤 속의 문양도 있었고 여름볕에 그을린 사람들이 그 식당 안에서 냉면

* 나는 그때 단체여행을 하고 있었으므로 버스를 타고 스쳐지나갔을 뿐 차에서 내려 냉면을 먹어보지는 못했다. 이로써 여행의 의미는 반감되었다.

을 먹고 있었다. 식당뿐 아니라, 여염집 대문이나 담장 골목 어귀에도 고구려의 문양이 그려져 있었다. 이 문양들은 무덤 속의 생동감과 표현력이 그대로 살아 있었다. 이 집 저 집에서 제멋대로 그린 것이 아니라, 공적으로 디자인되고 승인된 마을의 아이콘임을 알 수 있었다. 광개토대왕의 비석과 장수왕의 체취가 남아 있는 고구려의 옛 마을에서 고구려의 후손들이 고구려의 문양이 그려진 마을과 식당에서 냉면을 먹고 있었다.

그 고구려의 거리에서 나는 백석을 따라서 광개토대왕과 소수림왕을 생각했다. 나는 그 고구려의 임금님들이 반드시 냉면을 많이 드셨으리라는, 합리적 확신에 도달했다. 두 임금님뿐 아니라, 안시성에서 싸운 양만춘 장군과 청천강에서 싸운 을지문덕 장군, 그리고 그 휘하의 수많은 장수와 군병들도 냉면을 군대 급식으로 먹었으리라고 생각한다. 메밀은 고구려의 산야에 지천으로 널려 있었으니 싸움터에서 쉽게 구할 수 있는 군량이었고, 그 육수와 국수의 맛은 시원하고 또 열려 있어서 대륙을 달리고 지키는 사람들의 정서에 맞는다.

백석의 「북신」에 따르면, 영변의 국숫집에서는 '농짝 같은 도야지고기'를 걸어놓고 있었다고 하는데, 이런 그림은 고구려 고분벽화에도 나온다.* 이 생활의 풍경은 그야말로 고구려적이다. 큰 짐승을 잡아서 통째로 갈고리에 걸어서 매달아놓고 아궁이에 불을 때는 그림이다. 나는 이 고구려의 일상을 보면서 소수림왕 때나 광개토대왕 시절의 냉면을 떠올린다.

　거칠게 말하자면, 고구려 고분벽화는 연대가 내려옴에 따라서 생활에서 초월, 구상에서 추상으로 전개된다. 초기의 그림은 주로 삶의 일상적 구체성이 묘사되어 있고 후대로 갈수록 도교적 유토피아의 세계가 넓어진다. 내가 좋아하는 그림은 생활의 모습이 그려진 초기의 것들인데, 그림에는 나타나 있지 않지만, 고구려의 냉면은 이 초기의 화폭 어디엔가 숨어 있을 터이다. 고구려 사람들은 대장술과 연금술, 물질과 정신, 현실과 초월, 구상과 추상, 찰나와 영원, 시간과 초시간, 무기와 악기, 전쟁과 노래에 걸쳐서 문명 전체를 사유하고 표현할 수 있었다. 고구려 고분벽화

---

* 고구려 안악 3호분 벽화.

에서는 그들의 사유와 몽상과 생활이 어우러진 교향악이 울린다. 그들은 대지에 살았고, 천공天空에 살았고, 지상에는 존재하지 않는 또다른 시간 속에서 살았다. 그들은 현세의 땅 위에서 작동하는 물리적 힘의 실체를 알았고, 천상을 흘러가는 리듬의 떨림을 알았다. 나는 이 리듬 속에서 메밀국수를 삶고 육수를 끓이는 고구려의 냄새를 맡는

고구려의 부엌. 고기가 갈고리에 꿰여서 걸려 있다.
부엌에서 여자 셋이 요리를 하고 있는데, 솥에는 냉면 육수를 우리는 것인가.
(안악 3호분 벽화)

다. 고구려 고분벽화의 부엌에서는 늘 아궁이에 불이 지펴져 있고 가마솥에서 김이 오른다. 이것은 필시 고기를 고아서 냉면 육수를 끓이는 것이 아닌가.

고구려 사람들은 그가 처한 시대의 세속적 생활을 긍정했고 자랑으로 여겼다. 현세적 삶에 대한 긍정은 초기의 벽화에서 더욱 생생하다. 그 그림에는 '농짝 같은' 고기가 걸린 음식창고, 국물을 끓이는 부엌의 아궁이, 아궁이 속의 새빨간 장작불, 처마 끝에 와서 짖는 까치, 씨름하는 사내들, 물방울무늬 드레스를 입고 춤추는 무희들•, 화덕 앞에서 달군 쇠를 내리치는 대장장이, 말 위에서 뒤돌아보며 호랑이를 쏘는 기마 궁수(파르티안샷), 베를 짜는 아가씨, 커다란 바퀴가 달린 마차, 마차가 주차된 차고, 가마 타고 나들이 가는 귀부인, 금실 좋아 보이는 귀족 부부, 굴렁쇠(바퀴)를 가지고 노는 아이, 소를 모는 농부, 창을 들고 싸우는 기마 무사…… 인간의 현실을 구성하는 모든 사람들의 표정과 동작이 묘사되어 있다. 이 무덤 속의 삶은 건

• 2018년 평창 동계올림픽 개막식 때 이 옷을 입은 무희들이 등장해서 반가웠다.

고구려 미녀. 베 짜는 아가씨는 단발머리를 하고
귀고리, 목걸이에 눈화장까지 하고 있다. (대안리 1호분 벽화)

강하고 힘차다. 죽음은 사별死別의 절망이 아니라, 현세의
삶을 이끌고 또다른 삶으로 넘어가는 시간의 전개이다.

고구려의 냉면은 새로운 시간의 음식이다. 고구려 고분
벽화의 밤하늘에는 천공의 가운데를 흘러가는 은하수를
중심으로 수많은 별자리들이 그려져 있고, 밤하늘에서 직
녀가 소를 끌고 떠나가는 견우를 배웅하고 있다.* 냉면의

열린 맛은 대륙으로 향하고 천공으로 향하며, 현세에서 미래를 향하고 있다. 나는 고구려의 그림을 보면 냉면이 먹고 싶다. 그 맛은 '히수무레하고 슴슴하고 수수하다'.

냉면을 먹으면서 나는 영변 약산의 진달래꽃과 영변 약산의 핵폭탄을 생각한다. 냉면을 먹으면서 나는 눈 덮인 안시성의 겨울과 메밀꽃이 피어서 바다를 이루는 고구려의 광야를 생각한다. 냉면을 먹으면서 나는 청천강에서 싸우는 을지문덕과 불타서 무너지는 고구려의 평양성을 생각한다. 냉면을 먹으면서 나는 개마고원의 저녁놀과 백두산의 새벽과 압록강 하구의 밀물과 썰물을 생각한다. 냉면을 먹으면서 나는 평양의 박치기꾼과 강계의 미녀들을 생각한다. 냉면을 먹으면서 나는 마지막 철수선이 떠나던 1950년 12월 24일(내가 세 살 때) 흥남부두의 눈보라와 아우성을 생각한다. 냉면을 먹으면서 나는 박헌영, 임화, 김남천의 죽음을 생각하고 병자호란 때 만주로 끌려간 50만 명의 포로를 생각한다.

• 「별아 내 가슴에」347쪽 참조.

냉면 육수를 마시면서 나는 이 모든 그리움과 회한과 상처를 다 합친 것보다 더 큰 미래가 있음을 안다. 냉면의 맛은 '히수무레하고 슴슴하다'. 냉면은 공적 개방성을 미각으로 바꾸어서 사람을 먹여준다.

문대통령이 다음번에 미국 가실 때는 공군 수송기에 냉면 육수를 잔뜩 싣고, 김정은 위원장처럼 국수기계도 가져가서 백악관 마당에 차려놓고 트럼프, 멜라니아, 이방카와 연방의원들, 주지사들에게 한 사발씩 먹여주었으면 좋겠다. 아베, 푸틴, 시진핑도 '이 히수무레하고 부드럽고 수수하고 슴슴한 것'을 한 그릇 먹으면 핵폭탄 문제에 접근하는 데 큰 효험을 볼 것이다.

서울↔신의주

  2018년 11월 30일 새벽에 '남북철도공동조사단'의 열차가 신의주를 향해 서울역을 떠났다. 이 열차는 7482호 기관차에 객차 6량을 달고 신의주까지 400킬로미터를 달리며 철도시설을 점검한다. 이 열차는 다시 한반도를 가로질러 동해로 나가서 금강산에서 두만강 하구까지 800킬로미터를 달린다. 30일 아침에 경의선 도라산역에서 환송식이 열렸다. 식장에서 정관계 고위층 인사 대여섯 명이 차례로 연단에 올라가서 TV 카메라의 조명을 받으며 축사를 했는데 모두들 평화와 번영의 미래를 기약했다.

경의선철도는 서울역—도라산—판문—개성—사리원—대동강—평양—정주—곽산—선천—용천을 거쳐서 신의주에 닿는데, 이 대처들 사이사이에 수많은 간이역들이 있다. 간이역들의 이름은 어파, 매교, 맹중리, 내중, 청강, 낙원…… 들이다. 지도를 들여다보니까 마을 주변에 평야가 펼쳐지고 물줄기가 가깝고 저수지가 곳곳에 박혀 있고 마을 사이에 길이 연결되어 있으니 사람 사는 동네다. 경의선은 강남산맥, 적유령산맥, 묘향산맥, 멸악산맥, 마식령산맥, 낭림산맥이 겹치는 내륙산악을 피해서 서쪽 평야지대를 지나가는데, 이 노선은 서울서 의주까지 걸어가거나 말 타고 가던 의주대로義州大路의 노선과 대체로 일치하고, 의주에서 발신하는 봉수망烽燧網은 서한만 해안선에 바싹 붙어서 서울 남산에 닿는다. 의주대로의 노선은 수만 년의 생활 속에서 자연발생된, 필연적인 길이다.

30일 새벽 도라산역을 떠난 7482 기관차에는 '서울↔신의주'라는 운행구간 표시가 붙어 있었다.•

• 12월 5일 오후 5시경 경의선 남북철도공동조사단이 버스를 타고 귀환했다. 이날 7482 열차는 돌아오지 않았다. 열차는 평양에서 원산으로 이동해 12월 8일부터 열흘간 금강산—두만강 하구의 동해선 조사에 투입된 뒤 18일에 귀환했다.

←라는 이 무표정한 기호는 천여 년의 역사 속에서 이 길을 따라 전개된 침략과 항쟁, 굴종과 저항의 이정표처럼 보였는데, 의주대로와 경의선철로는 그 고난의 축선이다.

서기전 2세기 무렵에 한漢의 5만 병력은 요동에서 발진해서 압록강 하구를 건너왔다. 한나라 육군은 의주대로를 따라 남진했다. 평양(왕검성)은 잿더미가 되었고 고조선은 멸망했다. 그로부터 700여 년 후에 수隋 양제의 30만 대군이 다시 이 의주대로를 따라 고구려로 쳐들어왔다. 을지문덕의 고구려 육군이 청천강에서 적을 맞아 30만 대군을 모조리 수장시켰고 살아서 돌아간 자들이 2700여 명 정도였다. 수는 이 섬멸적 패배의 충격을 감당하지 못하고 곧 멸망했다.

다시 70여 년 후에 당唐의 대군이 압록강 하구를 넘어왔다. 평양은 다시 잿더미가 되었고, 고구려는 멸망했다.

다시 500여 년 후에 살례탑이 지휘하는 몽고의 대군이 압록강을 건너서 고려로 쳐들어왔다. 몽고군은 의주−서경(평양)을 잇는 의주대로를 따라 내려와서 개성을 유린했다. 몽고 군대는 전라남도 나주까지 내려갔고, 동경(경주)으로 쳐들어가서 신라의 고도古都를 파괴하고 황룡사를 불질렀다. 몽고 군대는 40년 동안 11번 고려에 쳐들어왔는데 매번 의주-곽산-평양-개성에 이르는 의주대로를 따라서 내려왔다.

다시 400년쯤 후에 청(후금)의 12만 군대가 의주에서 압록강을 건너왔다. 의주대로는 천 년 이상을 침략의 말발굽에 다져져서 군마를 이동시키기에 편했다. 청군은 의주를 돌파한 지 7일 만에 서울에 들어왔다. 청군이 서울에 들어올 때 전투는 없었다. 조선 임금은 남한산성으로 피난 갔다가 삼전도에서 투항했다. 조선은 주권의 절반 이상을 헌납 형식으로 빼앗겼고, 임금이 투항하던 겨울에 청군은 조선인 포로 50만 명을 묶어서 심양으로 잡아갔다. 포로들은 얼어죽고 굶어죽어가면서 의주대로를 따라서 끌려갔다. 대륙의 군대는 수천 년 동안 압록강을 건너서 한반도로 쳐들어왔는데, 한민족은 어째서 의주에 국방력을 집중시키지 않았는지, 나는 늘 의아하다.

나는 의주대로를 걸어보지 못했다. 나는 그 길가 작은 마을 사람들의 말투와 표정을 알지 못한다. 나는 압록강 청천강 대동강 예성강 하구의 일몰과 두만강 하구의 일출을 보지 못했고, 개마고원의 석양을 보지 못했다. 나는 서한만 갯벌의 밀물과 썰물에 발을 담가보지 못했고, 그 바다의 물고기를 먹어보지 못했다. 나는 겨우 책을 서너 페이지 읽고 옮겨적었다. 사서史書는 메마른 문장으로 지나간 사실만을 기록할 뿐 인간의 고통을 옮기지 않지만, 신의주행 7482 기관차에 붙은 쌍화살표↔ 구간의 고난은 나의 시대 많은 사람들의 당대 체험 속에도 살아 있다. 그러므로 이 쌍화살표는 서울↔신의주의 공간뿐 아니라 고대에서 현재에 이르는 시간을 건너온다.

1905년에 한반도, 중국대륙, 일본열도의 공간관계는 천지개벽했다. 이해에 경의선, 경부선이 동시에 개통되었다. 신의주와 부산은 서울에서 만났고 압록강 하구에서 낙동강 하구에 이르는 철길은 한반도의 서북↔동남 축선으로 국토를 관통했다. 대한제국은 이 철도부설권을 일본에게 이양 형식으로 강탈당했다. 이해에 또 부산—시모노세키 구간의 대한해협에 부관연락선이 취항했다. 일본열도의 철도와 한반도 철도의 수송능력이 해로로 연결되면서 동북아의 수송은 동일체계로 정돈되었다.

하얼빈역은 동청東淸철도와 만주철도 여순지선의 교차
점이다. 하얼빈역은 안중근이 이토를 쏘아 죽이기에 가장
걸맞은 시대적 분위기를 지니고 있었고, 이토 또한 총 맞
아 죽기에 나쁘지 않은 장소였다. 나는 이토가 잠자다가
침실에서 당하거나, 기생집에서 놀다가 당하거나, 자신을
배반한 부하에게 당한 쪽보다는 동청철도 하얼빈역에서
실탄 7발만을 지닌 조선 청년에게 당한 죽음이 그의 명예
에 다소 기여한 바가 있으리라고 생각한다. 안중근은 블라
디보스토크에서 기차를 타고 서쪽으로 왔고, 이토는 여순
에서 기차를 타고 북쪽으로 왔다. 둘은 하얼빈에서 부딪쳤
는데, 동서와 남북이 만나는 이 교차로의 개방성은 안중근
의 거사를 암살이 아니라 공개처형으로 격상시켰고, 이 철
도의 침략성은 이토의 제국주의적 야망과 안중근 거사의
당위를 그 철도의 노선으로 보여주고 있다. 이 교차점이
안중근의 사격 위치였고 이토의 죽음의 자리였다. 1909년
10월 26일 아침의 하얼빈역 사진 속에서 검은 객차와 레
일은 지금도 쇠비린내를 풍긴다. 길들은 싱싱하다.

이토가 죽은 지 2년 뒤인 1911년 신의주↔단동 간에

압록강철교가 개통되었다. 이로써 일본열도의 철도는 부관연락선-경부선-경의선을 따라 압록강을 건너서 봉천(심양)-장춘-하얼빈에 연결되었고, 하얼빈에서 다시 철도를 따라서 내륙 깊숙이 서진하고 블라디보스토크로 동진했는데, 대륙을 침탈하는 일본의 병력과 군수는 이 철도로 수송되었다.

내 청소년기에 한반도 공간의 축선은 경의선이 아니라 경부선이었다. 내 소년의 의식 속에서 경의선과 의주대로는 늘 북으로부터의 참화를 몰고 오는 풍운의 도로였는데, 이 의식의 증후군은 시대적 파란의 산물이다. 그후 한 시대의 부와 권력은 주로 경부선을 따라 이동했고, 그 주변에 뿌려졌다.

나는 세 살 나던 1950년 겨울에 피난열차에 실려서 부산으로 피난 갔다. 엄마가 삼남매를 데리고 길을 떠났는데, 막내인 나는 엄마 등에 업혀 있었다. 1951년 1월 4일, 국군이 서울을 다시 내준 날을 꼽아서 1·4후퇴라고 하지만, 1950년 12월 말부터 경기권의 피난민들은 남하하고 있었다. 중공군과 인민군이 서울로 다가오자 시민들이 피

난을 가야 하는지 아닌지를 묻는 기자들의 질문에 이승만
대통령은

— 갈 곳이 있고 갈 수가 있는 사람은 길을 찾아 남하하
되, 날씨가 추우니까 식량, 의복, 침구를 지참하라. 피난
은 명령이 아니다.

라고 말했다.

이기붕 부통령은 이에 덧붙여서

— 일시적이나마 연고지를 찾아 남하하는 것은 무방하
다. 남하할 때, 문명한 국민의 질서를 보여달라.

고 말했다.

내무부장관은

— 동요는 금물이다. 근신자제하라. 고위 공직자들은
관용차를 가족 피난용으로 동원하지 마라.

고 말했고

국방부 정훈국장은

— 태연자약하라. 두고 가는 김장김치는 인근부대에 전
달해달라. 일선과 총후는 일치해야 한다.●

● 이 진술들은 1950년 12월부터 1951년 1월 초까지의 부산일보, 조선일보
   등에서 발췌했다.

고 말했다. 이것이 내가 세 살 때 경부선 언저리에서 보여준 집권자들의 언동이었다. 그들의 언사는 자애롭고 고품격이었다.

1950년 8월, 전선이 낙동강까지 밀려내려갔을 때 이승만 대통령은 경부선의 종착역 부산에 있었고, 국군이 다시 경부, 경의선을 따라 북진해서 신의주를 압박하자 김일성은 1950년 12월 초부터 압록강변 강계로 숨어들었다. 김일성은 강계를 임시수도로 정하고 미군의 폭격을 피해 철도 터널 속에서 전쟁을 지휘했다. 신의주와 평양은 폭격으로 가루가 되었다.

중공군은 1950년 10월 중순부터 압록강을 넘어왔다. 중공군 주력은 봉천－단동－신의주－평양을 잇는 경의선을 따라서 이동했다. 지금 압록강철교의 중국 쪽 입구에는 조선반도로 진공을 명령한 모택동의 문서와 압록강을 넘어 진공하는 중국군의 모습이 청동 부조로 새겨져 있다.

중공군이 다가오자 평양시민들은 1950년 12월 초부터 피난길에 나섰다. 피난민들은 의주대로를 따라 이동했고, 폭파된 대동강철교 철근 구조물의 잔해 위를 기어서 대동강을 건너왔다. AP통신의 맥스 데스포 기자가 찍은 이 대

1950년 12월 4일 무너진 대동강철교(경의선)를 따라서 남하하는 피난민.
Max Desfor, <Flight of Refugees Across Wrecked Bridge in Korea>
ⓒ Max Desfor, AP/연합뉴스

동강 피난민의 사진은 퓰리처상을 받았다. 나는 이 사진을 들여다볼 때마다, 사진 속의 사람들이 아무 나라 국민도 아닌 사람들로 보인다. 그들은 다만 서식지를 파괴당해서, 또다른 서식지를 찾아가는 야생의 무리들처럼 보였다. 파괴된 철교를 넘어오는 피난민들과 함께 서울↔신의주의 쌍화살표는 고대에서 나의 당대로 건너왔다.

  7482 기관차가 신의주로 떠나기 이틀 전에 서울에는 첫눈이 내렸다. 밤중에 눈이 와서 오는 줄을 몰랐는데, 아침에 창문을 여니까 하얘서 새 세상 같았다. 눈이 푸근히 내려서 추위가 따스했다. 북쪽 경의선 구간에도 눈이 많이 내렸다고 TV가 전했다.

  신의주행 7482 기관차는 눈길을 밟고 북으로 갔다. 대동강철교에 눈이 쌓이고 의주대로에 널린 모든 백골들이 눈에 덮여도 눈이 역사의 고난을 지울 수는 없다. 7482 기관차는 역사의 하중을 벗어난 새로운 구간을 달리는 것이 아니라 수천 년 이어진 고난의 길을 새로운 시간 속으로 달리고 있다.

  조선 영조 때의 학자 신경준申景濬(1712~1781)은 도로와 산천을 체계와 흐름으로 정리했다. 그의 지리관은 로路 =road를 도道=way에 접근시키고 있는 것으로 나는 이해 했다. 신경준은

— 길에는 본래 주인이 없어서 그 위를 걸어가는 자가 주인이다.

라고 썼다. 북으로 가는 7482 기관차의 뒷모습을 TV로 보면서 나는 이 문장의 깊이를 생각했다.

"그 위를 걸어가는 자가 주인이다"라는 말은 '걸어가지 않으면 길이 아니다'라는 말처럼 들렸고, '걸어갈 때만 주인이다'라는 말처럼 들리기도 했다. 오는 자도 주인이고 가는 자도 주인이어서 길 위에서는 누구나 주인이고 누구도 주인이 아니다. 오는 길과 가는 길이 따로 있는 것이 아니어서, 돌아서면 가던 길이 오는 길이다. 내가 너에게 갈 때 너는 내가 너에게 온다라고 말한다. 길에서는 옴과 감이 다르지 않으므로 길에 주인 없음을 알 것이다.

'길'이라는 모국어 단어는 길다고 해서 길이 된 모양인데, 길은 공간 속으로 길고, 시간 속으로 길다.

그러므로 신경준이 "길은 그 위를 걸어가는 자가 주인이다"라고 말했을 때의 주인은 미래의 길 위를 걸어갈 미

래의 행자行者를 말하는 것으로 나는 이해했다. 길은 시간과 공간의 양쪽으로 열려 있고, 그 교차로에서 시간과 공간이 만난다. 지금 의주대로는 백골 위에 백설이 덮여 있다. 경의선은 백골의 길을 따라서 신의주로 가고 있다. 7482 기관차는 백미러와 사이드미러를 잘 들여다보라. 7482호는 과속하지 말라.

금강산↔두만강

남북철도공동조사단의 열차는 금강산↔두만강 구간의 철도시설물들을 조사하기 위해 2018년 12월 8일 안변에서 출발한다. 함경남북도의 동한만 해안선을 따라가는 800킬로미터의 철길이다.

국토지리정보원이 발행한 『대한민국 국가지도집』에 수록된 1:500,000 지도에는 부산진에서 동해안을 따라 올라가 두만강 하구를 지나 경흥, 경원, 온성에 이르는 육로를 '7번 국도'라고 표기해놓았다. 조선시대의 역로驛路도 대체로 이 7번 국도의 노선과 일치하는데, 동해안의 해안도로와 두만강의 강변도로를 따라서 수많은 역참들이 설

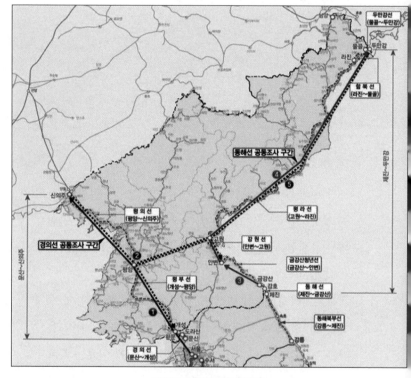

남북철도공동조사단의 조사 구간

치되어 있었다.

　금강산↔두만강 구간의 철도노선도 이 7번 국도와 일치하는데, 압록강, 두만강 유역의 국경도시들로부터 마천령산맥, 함경산맥, 개마고원, 낭림산맥을 지나서 바다로 나오는 철로들이 금강산↔두만강 구간의 철로와 동해안에서 만난다. 지도를 들여다보면 북한 내륙 산악지대의 기찻길들은 심하게 구부러져 있는데, 개마고원을 건너가는 백무선(백암↔무산)이나 함경산맥을 가로질러서 두만강 물줄기를 따라서 동해로 내려오는 함북선(청진－회령－온성－나진)이 가장 심하다. 눈이 많이 내리는 산악지대이다. 시인 이용악(1914~1971)의 시에 '백무선 철길'이 나온다.

　눈이 오는가 북쪽엔
　함박눈 쏟아져내리는가

　험한 벼랑을 굽이굽이 돌아간
　백무선 철길 위에
　느릿느릿 밤새어 달리는

화물차의 검은 지붕에

연달린 산과 산 사이
너를 남기고 온
작은 마을에도 복된 눈 내리는가•

　이용악의 시에서 폭설 속에 첩첩연봉을 돌아서 작은 마
을들을 지나가는 산악열차는 '그리움'의 매개물이다. 백무
선 열차는 눈 쌓인 개마고원을 건너서 두만강으로 간다.

　이순신 장군은 31살 되던 해에 무과에 급제해서 동구비
보 권관(종9품)으로 부임했는데, 여기는 함경도 북쪽 개마
고원 지대이다. 그후에는 서울, 충청, 전라 지역으로 근무
처를 옮겨다녔고, 다시 두만강 하구인 조산보와 녹둔도를
방어하는 초급 지휘관으로 부임했다. 이순신은 어떻게 이
먼 거리를 여행하면서 육전, 해전을 모두 치러낸 것인가.
두만강 하구에서 전라도 남해안까지 그가 어떻게 이동했

• 이용악, 「그리움」(1945) 중에서.

는지 나는 궁금하다. 두만강 하구 조산보, 녹둔도에서 조선, 청, 러시아 국경의 끄트머리가 마주친다. 이순신 장군은 이 북방 극지에서 여진족을 격퇴해서 큰 전과를 거두었다. 240여 년 후인 1827년 10월 24일에 북평사 박래겸이 군사시설을 점검하러 녹둔도에 갔더니 이순신 장군의 승전비가 세워져 있었다고 한다.[*] 이 비석이 아직도 남아 있는지는 알 수 없다. 이 일대가 이번 금강산↔두만강 열차의 북쪽 종착역이다.

광복 이후 남한에서 산 사람으로서 이 구간의 열차를 타고 두만강을 건너가는 여행을 해본 사람은 시인 박용래(1925~1980)이다.

그는 왜정 때 조선은행의 현찰운송 책임자가 되어 서울−원산−청진−두만강−블라디보스토크까지 곳간차에 돈을 가득 싣고 갔다고 한다. 소설가 이문구(1941~2003)와 술 마시면서 나눈 대화를 이문구가 기록해놓았다.[**]

[*] 박래겸, 『북막일기』, 조남권·박동욱 옮김, 글항아리, 2016, 144쪽.
[**] 이문구, 『이문구의 문인기행』, 에르디아, 2011, 97~98쪽.

"차가 두만강 철교를 근너가는디…… 오! 두만강……
오, 두만강! 내 눈에는 무엇이 보였겠네? 눈! 그저 눈!
쌓인 눈, 쌓이는 눈…… 아무것도 안 보이구 눈 천지더
라. 그 눈을 쳐다보는 내 마음이 워땠겠네? 이 내 심정
이 워땠겠어?"

"워땠는지 내가 봤으야 알지유."

"그러냐. 야, 너두 되게 한심하구나야. 그래가지구 무
슨 문학을 헌다구. 나는…… 나는 울었다. 그냥 울었
다. 두만강 눈송이를 바라보며 한없이 그냥 울었단 말
여……"(…)

"오, 두만강…… 오, 두만강의 눈…… 오…… 오……"

이날 박용래는 하루종일 울었다. 아침 9시부터 저녁 9시
까지 울었다. 박용래 이후에 이 열차를 탄 사람은 없다. 이
번에 금강산↔두만강으로 가는 열차가 기관차 뒤에 72석
객차와 2층침대차를 붙이고 가면서도 거기에 일반인은 아
무도 태워주지 않았으니, 나는 원통하다.

동해안은 산맥이 해안까지 바짝 밀고 내려와서 농경지

는 협소하고, 하천의 유로는 짧고, 물은 차다. 갯벌이나 섬이 없어서 수평선은 일망무제의 한 가닥을 이룬다. 아침에 해가 뜨면, 새로운 시간의 빛이 두만강 하구에서부터 나진, 청진, 원산, 고성, 강릉, 삼척, 울진, 울산, 포항, 부산진에 이르기까지 해안선에 가득차고 동해에 와닿은 작은 물줄기들을 거꾸로 따라가며 빛은 내륙 쪽으로 전개된다. 조선은 아침 조朝, 새로울 선鮮을 국호로 삼았는데, 조선은 이 해안선의 아침이다. 두만강에서 부산진에 이르는 이 해안선에는 수많은 작은 포구들이 염주알처럼 붙어 있다.

지금 7번 국도의 남쪽 최북단은 강원도 고성군 대진이다. 대진등대는 12초에 한 번씩 백색 섬광을 쏘아서 거기가 대진항임을 선박들에게 알린다. 대진등대의 불빛은 37킬로미터를 건너간다. 대진등대는 그 아래쪽 무인등대인 거진등대를 관할하면서 동해안 어로한계선을 표시한다. 대진등대 등탑 위 전망대에서는 멀리 해금강과 북한 지역의 어촌들도 볼 수 있다는데 내가 갔을 때는 날이 흐리고 또 어두워서 북쪽 해안에는 불빛 한 점 없었다. 그 어둠 속에서 바닷가의 포구마을들은 두만강 하구까지 이어져 있다.

금강산↔두만강 열차가 떠나기 며칠 전에 뉴스를 보았더니 일본 서북 해안에 떠밀려오는 북한 어선들이 점차 늘어나고 있다고 한다. 일본 해상보안청 자료를 인용한 보도에 따르면 2013년부터 2017년까지 5년 동안 일본 연해로 떠밀려온 북한 어선은 277척에 달한다.•

떠밀려온 배는 길이가 10미터 내외의 소형 목선이라는데, 길이 10미터면 영업용 택시 3대를 이어놓은 크기다. 내수면 어로에나 적합한 크기인데, 이 배를 타고 400킬로미터를 항해해서 대화퇴어장까지 들어온다고 한다. 2016년 11월에는 길이 12미터 정도의 목선이 떠밀려왔는데, 배 안에서는 3개월쯤 전에 사망한 북한 어민의 시신 9구가 발견되었다. 서해의 배들이 남해를 돌아서 대화퇴까지 오지는 못할 테니까, 이 참혹한 배들은 모두 함경남도 함경북도의 동해안 포구마을들의 배일 터이다.

뉴스를 읽고 나니까, 대진등대에서 바라보던 북쪽 해안선의 밤바다가 생각났다. 바다에 나간 사람들은 연락도 없이 돌아오지 않고, 해안선을 따라서 울음이 길게 이어졌을

• '외화벌이 오징어 잡다 무리 죽음 당하는 北 어부들', 뉴데일리, 2018년 11월 28일.

터이다. 기다림의 시효도 지나서 눈물이 다 말라버리면 사람들은 다시 10미터 목선을 타고 바다로 나아간다.

3세기경에 함경남도 지방의 부족국가 옥저국 어부들이 고기 잡으러 바다에 나갔다가 울릉도에 표류해서 이 섬의 존재를 알게 되었다고 『삼국지』 '위지동이전'에 쓰여 있는데,[•] 그로부터 1700년 후에 같은 지역 어민들이 10미터 배를 끌고 바다에 나왔다가 일본에 표류하고 있다는 사실은 너무나도 설화적이다.

금강산↔두만강 열차는 '번영과 평화'의 깃발을 날리며, 이 설화적 비극의 노선을 간다.

금강산↔두만강 열차가 이 해안선에서 인간이 당면한 현실을 건너뛰어서 번영과 평화의 미래로 곧장 갈 수는 없을 것이다. 서울↔신의주 구간을 다녀온 철도 관계자들은 이 구간의 열차 시속이 20~60킬로미터였다고 한다. 시속 20킬로미터면 내 자전거 속도 정도다.

동해안 쪽 철로는 거듭된 태풍 피해를 복구하지 못해서 사정은 더 나쁠 것이라고 한다. 금강산↔두만강 열차가 그

• 『한국민족문화대백과사전』.

작은 포구마을들의 밑바닥을 꼼꼼히 성찰하기를 바란다.
사람은 아무것도 건너뛰지 못한다. 열차는 천천히 가라.

새들이 왔다

겨울새들의 선발대는 10월 18일 해질 무렵에 한강 하구에 도착했다. 나는 장항습지* 쪽에서 바라보았다. 김포 쪽으로 해가 지는데, 멀리서 다가오는 새들의 비행대열은 노을 속을 흘러가는 한줄기 연기처럼 보였다. 비행대열은 종대에서 횡대로, 일렬에서 2열로 길게 너울거리면서 다가왔다. 흩어지고 모여서 다시 편성되는 질서는 유연했고, 진행의 방향이 흐트러지지 않았다.

* 자유로 장항IC에서 서울 쪽으로 가다보면 오른쪽에 있다. 장항습지에는 버드나무가 군락을 이룬다. 습지 안에 10만 평 정도의 농지가 있고, 황복, 실뱀장어, 웅어, 참게가 잡힌다. 밀물과 썰물의 영향을 받는다. 민간인 통제 구역.

한강 하구의 겨울새는 쇠기러기와 청둥오리가 대부분이다. 시베리아나 캄차카반도, 유라시아에서 날아오는 철새들이다. 한강에서 겨울을 나고 매년 2월 초에 돌아간다.

착륙한 새떼들은 피곤한 기색도 없이 날개를 퍼덕거리다가 다시 날아올라 겨울을 지낼 서식지를 광범위하게 정찰했다.

18일 저녁에 한강과 자유로 장항IC의 하늘은 새떼로 뒤덮였고 새들이 끼룩거리는 소리가 차도에까지 들렸다. 새들의 비행편대들은 서울 도심 쪽으로, 북한산 쪽으로, 강 건너 김포 쪽으로 날아다녔는데, 무슨 볼일인지는 알 수 없었다. 새들의 가슴에 노을이 닿아서 털이 빛났다. 새들이 끼룩거리니까 하늘과 강물이 살아나는 듯싶었다. 더 어두워지자 새들은 자러 가서 날지 않았다. 시베리아에서 한강까지 오려면 새들은 몇 번 날개를 퍼덕여야 하는가.

새떼들은 한강의 하류 쪽인 오두산 아래 산남습지•, 파

• 산남습지에는 청둥오리뿐 아니라 쇠기러기, 재두루미, 저어새가 온다. 밀물과 썰물의 영향을 받는다. 민간인 통제구역.

주출판도시 습지•, 공릉천•• 주변의 갈대밭, 신곡수중보에 내려앉는다. 상류 쪽으로 더 올라가서 서울의 도심까지 진출하는 새들은 서강대교 밑 밤섬, 한강대교 밑 노들섬에서 겨울을 지낸다. 압구정동 앞 한강까지 가서 성수대교 가로등 위에 올라앉은 놈들도 있다. 가로등 위에서 쇠기러기와 오리들이 서울의 야경을 감상하고 있다.

일산 장항습지에 자리를 잡은 무리는 가까운 호수공원까지 와서 물속을 뒤져서 밥을 먹는다. 호수공원 연못에는 먹을 것이 많다. 겨울 아침에 공원에 가면 막 도착한 새들이 날개로 물을 차면서 내리고 뜬다. 공원은 새들의 날개 치는 소리로 수런거린다.

금년에 오는 새떼들이 작년에 왔던 그 새떼인지는 확실히 알 수 없지만 나는 그렇기를 바란다. 작년에 왔던 새떼는 또 그 전해에 왔던 새떼이고, 새떼의 한 집단이 수천 년 동안 대를 이어가면서 한강에 찾아오는 것이지 싶다. 그렇

• 파주출판도시 습지는 산남습지와 연결되어 있었으나 출판도시 건설로 고립되었다.

•• 경기도 파주시 조리읍에서 교하에 이르는 물줄기로 유로연장流路延長은 45킬로미터이다. 밀물과 썰물의 영향을 받는다. 자유파행하는 하천의 표정이 살아 있다. 하구는 민간인 통제구역.

새들이 왔다

다면 이 철새 집단의 학명學名은 '한강오리' '한강기러기'가
마땅하다.

　새들은 30~40마리 또는 10~20마리씩 편대를 이루어
서 날아오고 날아가는데, 이 비행편대의 선발기준과 구성
원리가 무엇인지 몰라서 나는 철새가 올 때마다 궁금하다.
　난생卵生하는 것들은 어렸을 때는 어미에게 매달리지만
혼자서 먹고 날기 시작하면 어미 아비가 없이 따로따로 사
니까, 새들의 비행편대가 가족이나 혈연은 아닐 것이다.
그렇다면 마음이 맞는 것들끼리 작당을 한 사회적, 심리적
집단인가, 그 구성원들은 어떤 동기나 친소관계로 모이고
또 헤어지는가, 올 때의 패거리와 갈 때의 패거리가 같은
가 아닌가. 한강에서 겨울을 나는 동안 저네들끼리 싸우고
지지고 볶고 또 친해지고 해서, 갈 때는 패거리가 바뀌는
것인가. 편대장의 힘과 지도력을 보고서 그 휘하로 들어가
는 것인가, 편대장이 대원들을 스카우트하는 것인가를, 새
들을 들여다봐도 나는 모르겠다.●

　　●　나는 새에 대해서 아는 것이 거의 없다. 아시는 분들이 가르쳐주기를 바란다.

일산 신도시는 계획과 설계에 의해 토목과 건축의 힘으로 세워졌고, 짧은 기간 동안에 급팽창해서 지금은 누구의 고향이라고 말하기가 어려운데, 동네 가까이 한강이 흐르고 수만 년 동안 먼 데서 새들이 찾아오니, 사람이 마음 붙이고 살 만한 동네다. 새들이 돌아오면 나는 내가 사는 자리가 먼 대륙, 먼 근원, 먼 시간과 연결되어 있음을 안다.

나는 새처럼 옮겨다니며 살지 못하고 겨울이면 난방을 켜고 살던 자리에서 살아야 하지만, 멀리서 온 새들은 내 마음속에서 오래전에 사라진 유목遊牧의 피를 소생시킨다.

서울 도심의 한강으로 진출한 쇠기러기와 오리들은 대부분 밤섬이나 노들섬, 선유도에 모여 있다. 새들은 무리 지어 사니까, 무리별로 서식지의 구역이 정해져 있을 것 같다.

겨울에 한강변 도심의 빌딩은 난방 증기를 구름처럼 뿜어내는데, 시베리아의 차가운 숲에서 온 새들이 그 구름을 배경으로 도심의 상공을 날아다닌다. 한강은 댐으로 막히고 강변도로로 갇혀서 이제 흐름의 힘을 잃고 꼼짝달싹 못하게 되었지만, 강은 아직도 살아서 새들을 불러들인다.

새들이 왔다

새들이 어떻게 성수대교와 압구정동과 일산을 기억해서 그 먼 거리를 날아서 찾아오는 것인가. 서울 도심에서 겨울을 지내는 새들이 서울의 먼지와 매연, 자동차 소음, 별이 보이지 않는 서울의 밤하늘, 도심의 불야성에 익숙해져서 해마다 이 자리를 찾아온다면, 이 오리들은 참으로 기특한 서울의 목숨들이다.

겨울 한강에 새들의 날개 치는 소리 들린다. 자유로 상공에서 새들이 끼룩거리는 소리가 들린다. 새들이 돌아오면, 옮겨 살지 못하는 나는, 한강 물가가 내가 사는 자리임을 안다. 선발대가 왔으니까 뒤따르는 무리도 곧 돌아올 것이다. 새들은 돌아오고 또 돌아온다.

덧붙임

일산 호수공원은 물이 맑고 숲이 우거져서 사람들이 의지할 만한데, 스토리는 매우 빈약하다. 일산에 신도시가 들어서는 동안에 일산소방서 소속 소방관 3명이 화재진압과 인명구조 현장에서 목숨을 잃었다.

이분들의 작은 흉상을 만들어서 호수공원에 모셨으면

좋겠다. 이 동네가 뜨내기들이 살다 가는 신도시가 아니라, 사람이 사람을 위해 목숨을 바친 사람의 마을이라는 것을 사람들에게 알려야 한다.

또 겨울새들이 돌아오는 날 호수공원에서 작은 잔치를 열어서 새를 귀하게 여기고 기쁨으로 맞이하는 마음들을 넓혀갔으면 좋겠다.

우리는 타향 위에 고향을 건설해야 한다.

순직한 일산소방대원 3명의 명단은 다음과 같다.

- 김형성 소방위(2012년 12월 31일 순직)
- 조동환 소방위(2008년 2월 26일 순직)
- 김상민 상방(의무소방대원, 2012년 12월 29일 순직)

그대는 기다리게

  도시 앞바다에까지 고래떼가 찾아와서, 울산은 복이 많
다. 오랜 세월에 걸친 울산시민들의 정성과 노력으로 썩
었던 태화강이 생명을 되찾아 물고기가 놀고 새들이 모
여들고 대숲이 살아났다. 태화강 상류, 반구대 물가의 바
위에는 고래 수십 마리와 호랑이, 표범, 멧돼지, 사슴들과
산과 바다에서 사냥하는 사람들의 모습이 새겨져 있으니,
울산의 자랑이며 나라의 보물이다.** 이 암각화는 어림잡

- 2015년 3~5월 울산시 장생포고래박물관에서 같은 제목으로 기획전시회
  가 열렸다.
- ** 국보 제285호 반구대 암각화.

아 7천 년 전에 이 태화강 물가에서 살던 사람이 제작한 것인데, 7천 년 전의 고래와 지금 울산 앞바다의 고래는 태화강 물줄기로 이어져서, 울산 앞바다에서 뛰는 고래는 바위 속 고래의 후손이다.

나는 몇 년 전 글을 쓰겠다고, 경북 울진 죽변항 근처에 자리를 잡고 1년을 지냈다. 바다가 끝이 없고 시간이 매 순간 새로워서, 구태여 글을 쓰고 싶지가 않았다. 나는 새로운 것들을 맞느라고 빈둥거리면서, 바쁘게 지냈다. 나는 가끔씩 바닷가에 나가서 고래가 오기를 기다렸다. 작은 어선들이 쉴새없이 포구를 드나들었는데, 고래는 오지 않았다.

그후 일산으로 돌아와서 나는 울산 앞바다에 펄펄 뛰는 고래떼를 TV로 보았다. 나는 놀라고 또 숨이 막혔다. 나는 속으로 '동해 만세!' '고래 만세!' '울산 바다 만세!'를 불렀다. 새벽바다의 미명未明은 아직 남아 있는 어둠이면서 새로 찾아오는 밝음이었는데, 아침해의 붉은 광선이 바다 위로 퍼지고, 고래떼들이 그 붉은 새벽바다에서 솟구치고 또 잠기면서 원양을 건너오고 있었다. 고래는 무슨 신나는 일이 있길래 저처럼 끝없이 솟구치는 것인가.

숫구칠 때 고래는 머리로 아침햇살을 들이받았고, 잠길 때 고래 꼬리가 바다를 때려서 물보라가 일었다. 숫구치고 또 잠기면서 고래떼는 달려오고 또 달려갔다.

TV를 보면서, 나는 바다로부터 나에게로 건너오는 생명의 힘을 느꼈다. 우주가 인간에게 부여하는 힘을 고래가 전해주고 있었다. 고래는 새로운 시간의 바다에서 뛰고 있었다. 나는 잘한 것도 없이 다만 살아 있다는 이유만으로 큰 상을 받는 느낌이었다.

7천 년 전 바위 속의 고래가 지금도 같은 바다에서 뛰고 있다. 암각화가 그려지기 수만 년 전부터 고래는 울산 앞바다에서 뛰었을 테니까, 거기는 고래의 나라이며 고래의 고향이다. 7천 년 동안 왕조들은 모조리 무너졌으나, 고래는 죽지 않고 인간의 꿈은 멸망하지 않았다. TV로 고래를 보면서 나는 '사람아, 고래야, 산과 바다에 우리가 사네'• 라고 노래하고 싶었다. 나는 지금껏 바다에서 뛰는 고래의 실물을 보지 못했다.••

• 노래 〈세노야 세노야〉를 흉내냈다.
•• 이 글을 쓰고 있을 때(2018년 10월 초순) 제주도 서귀포시 대정읍 노을해안에 돌고래떼가 가까이 다가와서 숫구치고 있다는 뉴스가 나왔는데, 원고 마감이 바빠서 가보지 못했다.

　　　　　3부 연필은 짧아지고 가루는 쌓인다

살기가 팍팍스럽고, 온갖 헛된 말들이 신기루처럼 밀려다닐 때, 나는 내 꿈속에 새벽바다가 펼쳐지고 거기에 고래떼가 솟구치며 다가오기를 바랐다. 고래는 내 꿈에 찾아오지 않았고, 나는 반구대 바위 속의 고래를 들여다보았다.

　반구대 암각화는 물가에서 북향하고 있다. 맑은 여름날 오후 4시나 5시쯤, 해가 기울어서 엷은 광선이 비스듬히 바위를 비출 때, 암각화의 모든 점, 선, 면에 빛의 알갱이들이 스며들어서, 모든 고래와 호랑이, 표범, 멧돼지, 사슴들이 살아난다.
　빛은 7천 년 전 이 동네 사람들의 연장이 쪼고 지나간 자리에서 반짝인다. 광선이 각도를 유지하고 있는 삼사십 분 동안 이 바위에서 7천 년 전 고래가 뛰고 호랑이가 짖고 고래잡이 사내들은 보트를 타고 바다로 나간다. 날이 저물고 광선이 기울면 그림은 천천히 지워지고 바위 속 마을은 밤을 맞는다.
　이 바위는 물가에서 가장 넓고 판판하고 단단해서, 마을 사람들의 소중한 화폭이었다. 이 바위 화폭에 물가 사람들은 자신들의 생산과 노동을 그림으로 새겨넣었다. 문자가 없고, 종이가 없고, 그림재료가 없던 시대에도 사람들은 자신의 삶을 바위에 기록했고 그들은 스토리텔링할 수 있는 문화 기량을 지니고 있었다. 7천 년 전의 이 물가 마을 사람들이 바위 화폭 전체를 구상하고 운영하는 토털 디자인을 가지고 있지는 않았다. 그들은 화폭의 이곳저곳에 그림을 새겼고, 옛 그림의 가장자리를 뭉개면서 새 그림을 그렸으므로, 이 화폭 전체는 오랜 세월을 거쳐서 대를 이어가며 제작된 삶의 연대기이고, 바위 화폭은 마을의 지성소至聖所였음을 알 수 있다. 힘든 생산과 거친 노동은 한없이 계속되었고, 바위에 그림을 새길 수 있는 마을의 예술가들은 그 노동자들 속에 있었다.

이 고래 잡는 산골마을은 태화강 상류의 심산유곡이다. 수많은 산봉우리들이 연봉을 이루며 동해에 닿고, 그 사이를 작은 물줄기들이 흘러서 태화강으로 모인다. 여기가 호랑이도 잡고 고래도 잡는 사람들의 오랜 마을이다. 신석기 혹은 청동기의 연장으로, 어떻게 호랑이를 잡고 또 고래를 잡을 수 있었던지를 나는 모른다. 내가 모를 뿐, 그들은 일

'작살을 맞은 고래'(좌)와 '여럿이 긴 배를 타고 나가 고래잡이하는 모습'(우)
(반구대 암각화 부분)

상적으로 호랑이를 잡고 고래를 잡았다. 바위 화폭 속에서
이 마을 사내들은 지금도 보트를 타고 바다로 나가고 있
다. 바다로 나가서, 고래등에 작살을 박고 있다. 사람들은
산과 바다에 살았고 산과 바다로 나아갔다.

   이 암각화가 제작된 시대부터 약 5천 년(!)쯤 지난 후,
신라 문무왕文武王 13년 6월에 호랑이가 왕도에 들어왔고
그후에도 호랑이는 번질나게 경주 도심에 어슬렁거렸다.
5마리가 떼로 돌아다닌 적도 있었다.•

  • 『삼국사기』 신라 문무왕, 혜공왕惠恭王, 문성왕文聖王, 헌강왕憲康王조.

암각화가 있는 울산 대곡리에서 경주까지는 산줄기로 이어지는 근거리이고 신라시대에는 경주와 울산이 같은 생활권이었다. 49대 헌강왕 때 신라는 가장 영화로운 시절을 누렸는데, 왕은 울산만의 개운포*까지 놀러 다녔다. 대곡리와 경주가 이처럼 가까우니까 경주 서남쪽 산악에 사는 호랑이는 산세를 따라 경주를 드나들었을 것이고, 이 암각화가 제작되던 시대에는 영남 알프스 산악 일대에 호랑이가 우글거렸으리라는 것은 쉽게 짐작할 수 있다.

　암각화 속에서 호랑이는 생포되어 우리 속에 갇혀 있다. 이것이 가능한 일은 아닐 테지만, 이 동네 사람들은 맹수를 제압하고 통제할 수 있다는 자부심을 표출하고 있다.

　대상을 사실적으로 표현할 수 있는 능력과 도구가 모자라기도 했겠지만, 이 바위그림 속의 호랑이, 고래, 멧돼지들은 무찔러야 할 사나운 존재라기보다는 온순한 가축 같은 친근감을 드러내 보이고 있다. 그들은 사냥을 위해 죽음을 각오해야 했지만, 인간과 사냥감의 정서적 관계가 적대적인 것은 아니었다.

---

*　개운포開雲浦라는 지명은 대동여지도에도 나온다. 헌강왕이 놀던 자리는 지금의 울산광역시 남구 용잠동 SK5부두나 남화부두쯤으로 보인다.

암각화에는 7, 8종의 고래 그림이 보이는데, 그 신체구
조상의 특징과 동작이 정확히 묘사되어 있다. 북방긴수염
고래, 향고래는 먼바다에 살면서 연안으로는 좀처럼 다가
오지 않는데, 이런 고래까지 그려놓은 걸 보면 이 동네 사
람들은 보트를 타고 먼바다까지 나가는 전문 고래사냥꾼
들이었다. 그들은 힘세고 용감했다. 그들은 몸으로 삶에
부딪치고, 삶을 주물렀다. 인간과 삶은 직접성의 관계로
맺어졌고 삶의 모든 흔들림과 감각, 고난과 기쁨은 그들의
근육에 각인되었다. 암각화 속에서, 신명 뻗친 무당들은
발기된 성기를 자랑하면서 악기와 무기를 흔들며 신기^{神氣}
를 뿜어낸다. 고래를 사냥감일 뿐 아니라 경배해야 할 토
템으로 모심으로써, 그들은 세계와 화해할 수 있었다. 무

악기를 연주하는 사람(좌)의 성기와 춤추는 사람(우)의 팔다리를 과장되게 그려서 신명
뻗친 모습을 새겼다. (반구대 암각화 부분)

당이 그 화해의 춤을 추고 있다.

　암각화는 생산자의 자랑으로 가득하다. 바다로 나갔던 사내들이 며칠 만에 큰 고래를 배에 싣고 돌아왔을 때 마을 사람들은 이 바위 앞에서 축제를 벌였을 테고, 또 한 마리의 고래를 화폭에 추가했을 터이다.

　그리고 많은 사람들은 산과 바다에서 돌아오지 못했고, 많은 아이들은 어려서 죽었을 터이다. 암각화 속에 슬픔과 상실의 자취는 보이지 않는다. 슬픔은 고래와 고래 사이의 빈자리에 숨어 있거나, 무당의 춤사위에 녹아 있다.

　경기도 연천군 전곡선사박물관에는 1만여 년 전에 죽은 서양 어린아이의 무덤(모형)이 있다. 죽은 아이의 누운 키는 1미터 정도이다. 이 무덤에서는 1만 년 전의 꽃가루가 무더기로 발굴되었고, 작고 갸름한 돌멩이에 줄을 새겨서 만든 장난감 현악기가 출토되었다. 죽은 아이의 부모가 아이의 주검 둘레를 꽃으로 채워주었고, 장난감 악기를 함께 묻어주었다. 아이의 무덤 속에서는 꽃이 피고 음악이 울린다. 인간은 죽음에 거역할 수 없지만, 슬픔을 위로하고 슬품을 원료로 해서 아름다움을 만들어낼 수는 있다. 이 변용의 힘에 의해서 인간은 고해를 건너갈 수 있다. 반구대 암각화를 들여다보면서 나는 7천 년 전에 어려서 죽은 이 동네 아이들의 무덤 속에 꽃이 피고 음악이 울리기를 바랐다. 그 아이들 무덤이 물가 어디엔가 있을 텐데 아직 찾지 못했다. 암각화에 아이들 그림은 없다.

고래는 생명의 자연사적 전개 과정을 증명하는데, 이 증명은 시원적^{始原的}이고 현재적이다. 생명의 역사가 자연의 역사와 나란히 간다는 생각을 유물론이라고 말할 수는 없다. 자연으로서의 시간은 다만 전개될 뿐, 그 전개의 방향에 도덕적 목표가 없고 진화의 충동이 없다. 그 진행의 궁극에 관하여 인간은 영원히 아무것도 알 수 없다. 생명은 그 자비 없는 시간에 쓸리면서 시간이 가져오는 변화를 받아들임으로써 저 자신을 전환시키는데, 저 자신을 전환시키지 못하는 것들은 모조리 멸종해서 그 생명을 미래에 전할 수 없다. 이 전환이 건너뛰기식으로 이루어질 수는 없고, 수백만 년의 시간 속에서 수많은 멸종들의 무덤을 딛고 서서히 이루어진다.

사람은 손과 팔과 손가락이 있음으로 해서 일하고 싸우고 사랑할 수 있다. 손과 팔이 없다면 사랑의 기쁨은 반토막도 안 남는다. 고래의 지느러미, 수달의 앞발, 박쥐의 날개 속에는 사람의 손가락 관절과 거의 비슷한 뼈의 구조가 들어 있다. 이 동물들의 엑스레이 사진을 보았을 때, 나는 같은 포유류로서의 동류의식을 느꼈다. 이루 헤아릴 수 없는 아득한 과거에, 고래는 뭍에서 물로 옮겨 살기 시작한 것일까.

나는 사실, 7천 년이라는 시간을 논리로도 상상으로도 짐작할 수 없는데, 수백만 년 전의 고래는 반구대 암각화를 거쳐서 지금 울산 앞바다에서 뛴다.

진화론이 수백만 년의 시간과 공간 속에서 종種에서 종으로 이행하는 생명의 연결고리를 질서 있게 제시하지는 못하지만, 진화생물학은 이 빈약한 증거들을 짜맞추면서, 멸종과 단절의 시공을 건너간다. 고래는 다윈이 건너갔던 시간과 공간을 거꾸로 내려와서 울산 바다에 당도했고, 그보다 더 먼 미래의 시간으로 나아가고 있다.

이 물가 마을 사람들의 고래잡이 보트는 그리스의 갤리

선이나 바이킹의 롱십long ship처럼 폭이 좁고, 길이가 길고, 이물이 솟아 있다. 바다에서 고래를 몰아갈 때 속도가 빠른 배가 필요했을 것이다. 그 보트에 10여 명 혹은 7~8명이 일렬로 앉아서 바다로 나간다. 나는 암각화에 그려진 많은 그림들 중에서 배와 선원들을 그린 그림이 가장 신난다. 고래잡이 보트의 그림은 이 암각화가 몽상이 아니라, 생산의 기쁨과 상실의 슬픔이 한덩어리가 되는, 살아서 작동하는 생활이었음을 증명한다.

암각화 주변 일대에서는 7천 년 전 사람들의 주거지나 유물들은 발견되지 않았지만, 그림만 보아도 내 마음에는 그 마을이 떠오른다.

고래사냥은 한 번 출항에 고난도 기술이 몸에 밴 전문 인력 수십 명과 장비가 필요하다. 노련한 작살잡이와 힘센 노잡이, 그리고 작업 전체를 하나의 목표로 집중시키는 강력한 리더가 있어야 한다. 고래를 마을로 끌고 와서는 해체하고 부위별로 정리해서 다양한 용도로 분류해야 하는데, 많은 인원이 참가하는 협업이 조직되고 관리되었다.

마을 사람들은 생사를 넘나드는 노동을 통해서 강하게

결속되어 있었고, 생산물을 분배하는 질서와 관행이 있었고, 배를 만들 수 있는 목수와 청동기를 만들 수 있는 대장장이, 무당, 의사, 예술가 들이 있었고, 마을 전체의 삶을 통어統御하는 권위적 존재가 있었다. 그들은 농경에 의지하지 않고도 정주定住할 수 있었고, 수많은 죽음과 불귀不歸와 상실에도 불구하고 마을은 삶의 신명이 뻗쳐 있었다.

이 물가 마을이 언제 사라졌는지는 알 수 없다. 기록도 없고 남은 자취도 없다. 마을은 사라졌지만, 이 마을 사람들이 어데로 갔는지 나는 알 수 있다. 마을 사람들의 몸과 마음은 지금 나와 내 이웃들 속에 용해되어 있다. 7천 년 전의 고래, 백만 년 전의 고래들이 일출의 동해로 다가오고 있다. 일산의 누항에서, 나는 고래를 기다리고 있다. 고래들이 울산, 원산, 청진, 나진, 두만강 하구로, 우리나라 모든 청년들의 마음속으로 돌아오기를 나는 기다리고 있다.

해마다 해가 간다

　연말에 소년 시절의 친구들 몇 명이 녹두전 파는 식당에 모여서 송년의 자리를 가졌다. 송년회라고 하지만, 송구送舊도 영신迎新도 말처럼 되는 것은 아니고, 다만 세월의 허망함을 이기지 못해 모여서 술 마시고 시시덕거리는 자리였다. 모인 친구들은 다들 70살이 넘은 노인들이었다. 내가 어렸을 때 몰려다니며 놀던 패거리 중에는 공부 잘하고 말 잘 들어서 선생님한테 귀염받는 애들은 한 명도 없었고, 싸움 짱, 땡땡이꾼, 시험 때 학교 안 오는 애, 선생님한테 대들다가 매맞고 나서 또 대드는 애, 밴드부, 산악부, 비틀스 숭배자, 닭쌈 챔피언, 허클베리 핀의 동생, 메릴린

먼로의 애인, 마술사 지망생…… 이런 애들뿐이었다.

소년 시절에 나는 노는 구역이 광역화되어 있어서, 내 패거리에는 다른 학교 다니는 애, 먼 동네 사는 애들도 있었다. 이날 송년회는 이 패거리의 모임이었다.

이 늙은 친구들은 서너 살 때 6·25를 당해 엄마 등에 업혀서 피난 갔다가 국민소득 80달러 시대에 소년기를 보냈다. 북한 무장공작원의 부대가 청와대를 습격하고, 울진 삼척에 북한군 유격대가 쳐들어와서 산골에서 화전하는 주민들을 학살하고, 전방에서 소규모 전투가 빈발하던 시절에 육군에 징집되어서 3년을 복무했고, 그후에 박정희, 전두환 시절의 야만적 노동환경 속에서 밥벌이를 해온 사람들이다.

크게 출세한 사람은 없지만, 대기업에 말단사원으로 들어가서 임원까지 승진했거나, 지방 소도시에서 통닭 가게 서너 개를 벌여놓았거나, 종합상사가 해외로 진출하던 시절에 유럽 주재원으로 나가서 베를린, 비엔나, 파리를 돌아다니면서 한국산 가발, 죽제품, 비닐우산을 팔았거나, 임금이 싸고 환경 규제가 허술하고 노조가 없는 먼 나라에 공장을 차려놓고 한 장에 2달러 미만의 티셔츠를 만들어

팔아서 처자식을 건사해온 가장들이었다.

다들 얼굴이 쭈그러들었고, 머리털에 먼지가 낀 듯했고, 눈동자에 쏘는 힘이 빠져서 헐렁해 보였다.

— 이젠 술도 다부지게 못 먹네. 앞으로는 모이면 우유로 하자. 사이다로 하든지.

— 술 몇 잔 먹다보니 날이 다 저물었어.

— 늙기가 너무 힘들다. 삭신 108마디가 쑤셔. 한꺼번에 팍 늙어버리면 좋을 텐데, 찔끔찔끔 늙으니까 더 힘들어.

— 난 그래도 사는 게 좋다. 살아 있어야 손흥민이 공차는 것도 보고 녹두전도 먹잖냐.

— 맞아. 늙기가 힘들어도 사는 게 그래도 좋아. 죽을 날짜를 모르니까 살 수가 있는 거야. 넌 몇년 몇월 며칠에 끝난다, 이렇게 정해져 있다면 죽기보다 살기가 더 무섭지 않겠냐. 모르니까 사는 거야.

이런 허접하고 하나마나한 이야기로 판이 시작되었다.

술이 두어 잔 들어가자 우리는 이미 세상을 떠난 친구들의 살았을 적 놀던 꼴을 이야기했고, 그 처자식들의 안부를 물었다.

우리는 치매가 와서 요양병원에 들어간 친구의 양태를 이야기했다. 문병 다녀온 친구가 말하기를, 치매환자들이 모여서 점심 먹는 자리를 보았는데, 지옥이 따로 없었고 무섭고 슬퍼서 눈물이 났다는 것이다. 그 친구는

—너네들은 문병 가지 마라. 그 꼴을 보면 늙기가 더 힘들어진다.

라고 말했다. 한동안 다들 말이 없었다.

한 친구는 손자가 두 돌인데, 뽀뽀를 해주면 더 많은 뽀뽀로 갚아준다고 자랑했다. 그러자 다른 친구가 말했다.

—너, 한평생 술 먹고 욕하고 거짓말한 그 더러운 입으로 애한테 뽀뽀하지 마. 애한테 균 옮긴다. 애엄마가 싫어할걸.

다들 낄낄 웃으며 한잔씩 마셨다.

우리는 암, 당뇨, 고혈압, 불면증, 관절염으로 고생하는 친구들과 유방암, 자궁암 수술을 한 그 부인들의 증상을 이야기했고, 어느 병원 의사가 용한지 이야기했다. 우리는 70이 가까운 나이에 바람피우다 들통나서 이혼한 친구를 욕했고, 그 친구의 애인을 욕했고, 다 늙어서 이런 걸 못 참아서 이혼하자고 들이댄 그 부인을 욕했는데, 어떤 친구

는 바람피운 친구를 부러워했다.

— 야, 간통죄가 없어졌으니까 걔는 좀 늦기는 했지만 헌법의 덕을 많이 본 거야.

그러자 또다른 친구가 소주잔을 때려붙이면서 말했다.

— 간통죄가 위헌이라고 결정난 것이 2015년 2월이었는데, 그날 저녁에 술집에 갔더니 젊은것들이 모여서 우리나라가 비로소 문명한 단계로 진입했다고 마구 떠들어대더군. 그때 우리 또래는 이미 칠십을 바라보고 있었어. 그놈의 악법 때문에 평생 운신을 못하고 살아왔는데 법이 폐지된 후에는 다 늙어서 우린 아무런 혜택도 받지 못한다. 보상도 안 해주고.

다들 낄낄낄 웃으며 한 잔씩 마셨다. 말은 뒤죽박죽으로 엉켰고, 이쪽저쪽에서 다른 화제로 떠들어댔다.

밴드부에서 트럼펫 불던 친구는 작년에 차를 몰다가 가벼운 교통사고를 내고 난 뒤에 순간판단력에 자신이 없어져서 자동차를 팔았는데, 차가 없어지니까 처음에는 죽은 목숨 같더니 이제는 자동차가 저승사자로 보인다고 말했다.

또다른 친구는 동네 노인회관에서 떡국을 준다고 해서 갔더니 노인들이 너무 많아서 무서워서 도망치듯 돌아왔다면서 '아직도 내가 덜 늙은 모양'이라고 말했다.

　— 야, 너 요즘도 솜씨가 살아 있냐?

라고 내가 싸움 잘하던 친구에게 물었더니

　— 쌈 안 한 지 오래됐어. 내가 한 번 뒈지게 맞았거던.

뒈지게 맞으니까 남을 패면 안 된다는 걸 저절로 깨닫게

되더군. 이게 바로 깨달음이야. 날 팬 놈도 한 번 뒈지게

맞아야 해. 공부가 따로 없다구.

해서 다들 그의 득도得道를 칭찬해주면서 한 잔씩 마셨다.

　40년 동안 매일 소주 한 병 이상씩을 마신 친구는 금년

에 초기 간경화, 복부비만, 동맥경화 판정을 받았다. 의사

가 당장 술을 끊으라고 경고했다. 그 친구는 의사한테 이

렇게 말했다.

　— 나는 그렇게는 못한다. 이제 와서 뭐한다고 술을 끊

겠나. 이게 끊어지는 게 아니다. 내가 술을 못 끊는 사람이

라는 걸 인정하고, 그 전제하에서 나를 치료해달라.

　그랬더니 의사가 말했다.

　— 나도 그렇게는 못한다. 술을 못 끊겠으면 나한테 오

지 마라.

　간경화 걸린 친구는 그 젊은 의사의 말하는 태도가 싸가

지 없고, 술 못 끊는 중생의 고통을 이해하는 감수성이 없고, 환자의 고통에 동참하지 못해서 의사 자격이 없는 돌팔이라고 욕하면서 더 어질고 실력 있는 의사를 찾아보겠다고 말했다.

그는 의사한테 대든 일을 무용담처럼 떠벌렸고, 의사가 병을 고친다면 병들어 죽을 놈이 어디 있겠냐면서 생로병사의 운명을 설파했다.

우리는 그의 늙음이 한심하다는 데 의견의 일치를 보면서 또 한 잔 마셨다.

아이들이 다 커서 제 밥벌이 하니까 돈을 달라고 하지 않고 집에 돈 벌어다주지 않아도 되니까 이것이 늙음의 복이라고 국수공장 하던 친구가 말했다. 종신형 받은 죄수가 만기출소한 느낌인데, 이 복역에는 사면도 가석방도 없어서 만기가 아니면 출소할 수 없는 것이라고 그는 말했다. 술자리 분위기는 갑자기 쓸쓸해졌고, 그래서 또 한 잔씩 마셨다.

30년 전에 아버지가 돌아가셨을 때는 눈물이 많이 나왔지만, 금년에 어머니가 돌아가셨을 때는 마음이 슬퍼도 눈물이 나오지 않았는데, 늙으면 눈물이 말라서 나오지 않는 것인지 궁금하다고 한 친구가 말했다. 눈물이 말라서 눈알

이 쓰라릴 때는 눈물이 겨우 나오는데, 눈물이 나와도 눈이 쓰라린 것은 무슨 까닭이냐는 것이었다.

이 패거리 중에서 내가 그나마 책권이나 읽고 글줄이나 쓰는 편이어서 나는 언제나 서생 대접을 받는다. 친구들은 떠들어대다가 이야기가 애매해지면 나에게 떠넘긴다.

—야, 그건 훈이*한테 물어봐. 쟤는 머릿속이 아는 걸로 꽉 차 있거던. 도루묵알처럼 말이야. 몽땅 아는 거야. 아이구 니미, 그놈의 책.

나는 『동의보감』에 나와 있는 대로 설명해주었다.

—늙으면 정精과 혈血이 약해져서 몸에 뚫린 일곱 구멍, 즉 두 눈, 두 귀, 두 콧구멍, 입이 정상正常을 잃는다. 그래서 슬퍼서 울 때는 눈물이 안 나오는데 웃을 때는 눈물이 나오고, 밥을 먹을 때는 침이 안 나오는데 잘 때는 침을 흘린다.

옛 성현이 이처럼 말씀하셨으니, 늙어서 닥치는 모든 비정상이 곧 정상임을 알고 걱정하지 말라고 일러주었다. 그리고 슬퍼하거나 기뻐하기를 과도히 하지 말라, 술은 만악의 근원이다, 라는 『동의보감』의 말씀을 전해주었다.

• '훈이'는 바로 나 김훈이다.

그랬더니, 티셔츠 공장 하던 친구가 또 물었다.

— 늙으니까 살껍질이 푸석푸석해지고 껍질이 부스러져서 가루가 떨어지는데 왜 그런 거냐?

나는 그건 잘 모르겠고, 『동의보감』을 좀더 들여다보고 내년 송년회 때 대답해주겠다고 말했다. 그리고 사물을 억지로 알려고 덤비는 것이야말로 큰 병의 원인이 된다, 라는 『동의보감』의 말씀을 전했다. 다들 낄낄낄 웃었다. 종합상사 주재원 하던 친구가 어디서 구했는지 달력을 한 개씩 나누어주었다. 우리는 마지막으로 잔을 들어서 또 한 잔씩 마셨다. 총무가 회비를 걷었다. 다들 3만 원씩 냈다.

저녁 6시에 시작했는데, 오래 버티지 못했다. 8시가 넘으니까 다들 마누라한테서 전화받고, 9시에 흩어졌다. 집으로 돌아오는 어둠 속에서 가슴이 뻥 뚫린 듯이 허전했다.

당신들은 이 송년회가 후지고 허접하다고 생각하겠지. 나 역시 그러하다. 그러나 덧없는 것으로 덧없는 것을 위로하면서, 나는 견딜 만했다. 후져서 편안했다. 내년의 송년회도 오늘과 같을 것이다. 해마다 해가 간다.

한강 하구에서

나는 한강의 하류 언저리에서 20여 년을 살아왔다. 내가 사는 마을에서 늙은 강은 더디 흐르고 건너편 산은 멀고 흐려서 산하는 진양조의 리듬으로 펼쳐진다.

마지막 원고를 넘기고 나서 나는 하루종일 강을 따라서 하구 쪽으로 내려갔다.

파주 오두산은 산세의 흐름을 따르지 않고 물가에 돌출한 110미터의 고지다. 오두산 꼭대기에서, 풍경은 크고 아득해서 인간의 시야로는 감당하기 어렵다. 한강과 임진강이 거기서 합쳐져서 서해로 나아가 흐름을 다한다. 물이 하늘과 닿아 있어서 그 풍경이 텅 빈 것인지 가득찬 것인지는 말하기 어렵다. 강의 한복판에서 물은 크게 휘돌면서 합쳐 지는데, 물은 모든 갈래가 모여서 마침내 한줄기를 이룬다. '다ᄋ 업슨 긴 ᄀᄅᄆᄂ 니섬니어 오ᄂ다.不盡長江滾滾來'●

거기서부터 국토는 찢기어 남북으로 막히고, 물은 합쳐 져서 동서로 흐른다.

강물이 만나서 더 큰 물을 이루어 앞으로 나아가는 풍경 은 소멸함으로써 신생하는 미래의 소망으로 인간의 마음 을 설레게 하고, 그 설렘 속에서 강물은 새로운 시간을 향 해 흐르는데, 지금 오두산 꼭대기에서 내려다보는 산하는 무인지경의 적막강산이다.

저 물을 어찌하랴 어찌하랴, 오두산 꼭대기에서 나는 발 을 동동 구르고 싶었다.

장단반도와 초평도는 임진강 하구 쪽이다. 서해의 밀물 이 거기까지 올라와서 겨울강의 얼음을 깨뜨린다. 밀물이 얼음을 부술 때 얼음 깨지는 소리가 강을 따라서 상류로 올라간다. 썰물 때는 깨진 얼음조각들이 하류 쪽으로 떠내 려가면서 서로 부딪쳐 와글거린다. 물가에 서면, 갈대숲에

● 두보,「등고登高」부분,『두시언해』.

서 새들이 날개 치는 소리 들리고, 날아오르는 새떼들의 울음소리 들린다. 풍경은 우지끈거리고 수런거리고 끼룩거리고 퍼덕거린다. 풍경은 살아서 제소리를 내는데 강물 위에는 쪽배 한 척의 인기척도 없다.

새들은 빈 농경지와 물에서 먹는데, 잘 때는 청둥오리는 빈 논에서, 두루미는 물가에서 모여 자고, 까치는 나무 꼭대기 단독주택에서 잔다. 새들이 잠들면, 밀물과 썰물이 밤새도록 강을 드나들며 버스럭거린다.

제적봉制赤峰은 강화도 최북단의 작은 고지다. 제적은 공산당을 제압한다는 뜻으로, 김종필 전 총리가 글씨를 쓴 돌비석이 세워져 있다. 제적봉에서는 강 건너로 황해남도의 연백평야와 황해북도 개풍군 대성면의 들과 마을이 바라보인다. 예성강 하구는 멀리서 반짝거린다. 송악산은 들판 가운데 솟아 있고, 그 아래 개성은 잔산에 가려 보이지 않는다.

김포 북단에서 강화 북단에 이르는 물길의 모든 포구에 배가 끊긴 지 70년이 되어온다. 남쪽 연안이나 북쪽 연안이 마찬가지다. 김포시 하성면 전류리에서 파주출판도시에 이르는 강폭이 한강 내수면의 어로한계선이다. 강화도 산이포의 한창 시절에는 포구마을에 700여 가구가 살았고 오일장이 열리면 강 건너 연백 사람들도 장을 보러 와서 소시장, 어시장이 열렸고, 조기는 1천 마리를 묶어서 1동으로 거래했으며, 골목이 복잡해서 노는 아이들이 저녁 먹으러 안 오고 숨으면 찾을 수가 없었다고 산이포에 살던 노인들이 말했다.[•] 산이포는 지금 논밭이 되었고 다른 포구들은 풀밭이 되었다.

제적봉에서는 바람에 소금기가 실려오고 여기서부터 강물은 서해에 닿는다. 전망대에서 망원경에 500원짜리 동전을 넣으면 구멍이 열린다. 강 건너 해창리의 장사정포 벙커가 검은 구멍을 드러냈고, 선전마을의 단층 슬라브집들이 하모니카 구멍처럼 잇닿아 있는데, 사람도 가축도 줄에 널린 빨래도 장독도 보이지 않았다. 손수레를 끌고 나온 사내 한 명이 빈 밭에서 무언가를 줍고 있었다. 풍경 속에서 사람은 그 사내 한 명뿐이었다. 밭에 주울 것이 별로 없었던지 그 사내는 손수레를 끌고 선전마을 뒤쪽으로 사

[•] 김창일 글, 유창호 강현우 전호창 사진, 『한강과 서해를 잇는 강화의 포구』, 국립민속박물관, 2019, 34쪽.

라졌는데, 나는 그가 어디로 갔는지 모른다. 그는 대체 누구인가. 사내가 사라지자, 풍경은 완벽한 무인칭으로 변했다. 사람이 없는 풍경은 보는 사람을 소외시켜서 밀쳐낸다. 제적봉에서도 그렇고, 동양 산수화 속에서도 그렇다.

제적봉에서 날이 저물었다. 그날 날씨가 맑아서 노을이 크고 진했다. 적막강산에 노을이 가득했다. 해가 수평선 쪽으로 내려앉을수록 노을은 더 넓게 퍼졌다. 먼산들이 노을 속에서 붉게 드러났다가 다시 어둠에 잠겼다. 노을은 강물 위에 내려앉아서 물을 거슬러 상류 쪽으로 번져갔다. 노을은 예성강 강물을 타고 개성 쪽으로, 한강물을 타고 서울 쪽으로 올라갔다.

한강은 그 유역에 신석기부터 4차 산업에 이르기까지의 문명을 거느려왔는데, 대도시를 벗어나서 행주대교를 지나면 이 큰 강은 말을 걸 수 없는 적막 속을 흐른다. 국토가 찢어진 틈새로 강은 흐르고 있다.

나는 여기에서 이 글을 마친다. 500원 내고 망원경 구멍으로 들여다보는 산하를 향해 나는 자꾸만 말을 걸어야 하리라. 밤 9시쯤에 일산으로 돌아왔다. 길이 막히지 않아서 자동차로 한 시간 반 정도 걸렸다. 적막강산은 바로 옆 동네였다.

2019년 봄

일산에서 초미세먼지 ultra-fine dust 를 마시며

김훈 쓰다

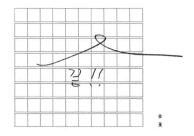

연필로 쓰기

ⓒ 김훈 2019

1판 1쇄 2019년 3월 27일
1판 15쇄 2023년 10월 17일

지은이 김훈

책임편집 이연실 | 편집 정현경 오동규 김소영
디자인 김이정 최미영 | 저작권 박지영 형소진 최은진 서연주 오서영
마케팅 정민호 서지화 한민아 이민경 안남영 왕지경 황승현 김혜원 김하연
브랜딩 함유지 함근아 고보미 박민재 김희숙 정승민 배진성
제작 강신은 김동욱 이순호 | 제작처 영신사

펴낸곳 (주)문학동네 | 펴낸이 김소영
출판등록 1993년 10월 22일 제2003-000045호
주소 10881 경기도 파주시 회동길 210
전자우편 editor@munhak.com | 대표전화 031) 955-8888 | 팩스 031) 955-8855
문의전화 031) 955-3579(마케팅) 031) 955-1905(편집)
문학동네카페 http://cafe.naver.com/mhdn
인스타그램 @munhakdongne | 트위터 @munhakdongne
북클럽문학동네 http://bookclubmunhak.com

ISBN 978-89-546-5569-9 03810
* 이 책은 김훈 작가가 손글씨를 기증하고 문화체육관광부와 한국저작권위원회에서 폰트를
  개발한 KCC-김훈체를 사용해 디자인했습니다.
* 이 책의 판권은 지은이와 문학동네에 있습니다.
  이 책 내용의 전부 또는 일부를 재사용하려면 반드시 양측의 서면 동의를 받아야 합니다.

잘못된 책은 구입하신 서점에서 교환해드립니다.
기타 교환 문의 031) 955-2661, 3580

www.munhak.com

김훈이 연필로 눌러쓴 책들

강산무진 소설

"벗들아, 이제 헤어져야 할 시간이다. 늙은 강의 하류에서 나는 너무 오랫동안 주저앉아 있었다. 그러므로 벗들아, 이제 헤어지자. 나는 강을 거슬러서 상류로 가려 한다. 모든 낱말과 시간이 다시 새롭게 태어나는 그 시원의 물가로."
이상문학상(2004), 황순원문학상(2005)

저만치 혼자서 소설

"죽음의 문턱 앞에 모여서 서로 기대면서 두려워하고 또 받아들이는 사람들의 표정을 겨우 썼다. 나는 이 글을 쓸 때 편안했고, 가엾은 존재들 속에 살아 있는 생명의 힘을 생각하고 있었다."

칼의 노래 장편소설

"사랑은 불가능에 대한 사랑일 뿐이라고, 그 칼은 나에게 말해주었다. 영웅이 아닌 나는 쓸쓸해서 속으로 울었다. 이 가난한 글은 그 칼의 전언에 대한 나의 응답이다."
동인문학상(2001)

현의 노래 장편소설

"들리지 않는 적막을 어찌 말로 옮길 수 있었겠는가. 내 글이 이루지 못한 모든 이야기는 저 잠든 악기 속에 있고, 악기는 여전히 잠들어 있다."

공무도하 장편소설

"'공무도하가'는 강 건너 피안의 세계로 가자는 것이 아니라 약육강식의 더러운 세상에서 함께 살자는 노래이다. 나는 인간 삶의 먹이와 슬픔, 더러움, 비열함, 희망을 쓸 것이다."

내 젊은 날의 숲 장편소설

"나는 말을 거느리고 풍경과 사물 쪽으로 다가가려 했다. 가망 없는 일이었으나 단념할 수도 없었다. 거기서 미수에 그친 한 줄씩의 문장을 얻을 수 있었다. 그걸 버리지 못했다. 이 책에 쓰여진 글의 대부분은 그 여행의 소산이다."

하얼빈 장편소설

"안중근의 빛나는 청춘을 소설로 써보려는 것은 내 고단한 청춘의 소망이었다. (…) 나는 안중근의 '대의'보다도, 실탄 일곱 발과 여비 백 루블을 지니고 블라디보스토크에서 하얼빈으로 향하는 그의 가난과 청춘과 그의 살아 있는 몸에 관하여 말하려 했다."

풍경과 상처 산문

"풍경은 밖에 있고, 상처는 내 속에서 살아간다. 상처를 통해서 풍경으로 건너갈 때, 이 세계는 내 상처 속에서 재편성되면서 새롭게 태어나는데, 그때 새로워진 풍경은 상처의 현존을 가열하게 확인시킨다. 그러므로 모든 풍경은 상처의 풍경일 뿐이다."

자전거여행 1, 2 산문

"자전거를 타고 저어갈 때, 세상의 길들은 몸속으로 흘러들어온다. (…) 흘러오고 흘러가는 길 위에서 몸은 한없이 열리고, 열린 몸이 다시 몸을 이끌고 나아간다. 구르는 바퀴 위에서, 몸은 낡은 시간의 몸이 아니고 현재의 몸이다."

라면을 끓이며 산문

"아, 밥벌이의 지겨움!! 우리는 다들 끌어안고 울고 싶다. (…) 이 세상의 근로감독관들아, 제발 인간을 향해서 열심히 일하라고 조져대지 말아달라. 제발 이제는 좀 쉬라고 말해달라. 이미 곤죽이 되도록 열심히 했다. 나는 밥벌이를 지겨워하는 모든 사람들의 친구가 되고 싶다."